鈴木商店焼打ち事件

城山三郎

文藝春秋

目次

鼠

―鈴木商店焼打ち事件―

一

歴史は、裁断好き、そして、少々感情的な女性である。深情《ふかなさけ》もたのしかろうが、斬捨御免も覚悟しなければならない。

たとえば、「鈴木商店」という名について、彼女は何を残したか。

主人は鈴木ヨネなる女。金子直吉というやり手の番頭が実際上の大将株で、大戦景気でまたたく間に財産をつくり上げたが、買占めをしていると噂されて米騒動で焼打ちされ、ついで、昭和二年の金融恐慌であえなく潰れた——。

わたしの知識は、その程度であった。多くがその部類で、深く紹介されることもあるまい。

米騒動といえば鈴木商店。鈴木といえば、焼打ちされても仕方のなかった店——その程度に紹介され、その程度に裁断される。滋養とならないものについて、歴史は意外に薄情である。

鈴木をそう見たのは、わたしの主観だけではない。そう、今日いくつかの郵便物と共に送られてきた労働雑誌の一頁《ページ》に、偶然、鈴木のことが次のように紹介されていた。

「神戸の暴動がとくにはげしかったのは、寺内内閣の内務大臣であった後藤新平の政治資金を出していた鈴木商店が、神戸を支配していたことと、この鈴木商店は政府指定の外米輸入商で、神戸だけではなく全国からそのあくどい商売は非難されていたのだが、これにたいする反感がとくに強かったためである」（山辺健太郎「8月の歴史・全国に波及した大正七年の米騒動」『学習のひろば』一九六四年八月号）

やり手の番頭と、米の買占めというあくどい商売——愉快ではない、焼打ちも当然。そして、アブクのように消えたのも歴史の摂理と、わたしは何の興味も抱かなかった。見向きたくもない一企業の話であった。

わたしは、「鈴木商店」を簡単に斬捨てて歩いてきた。今後も、しらけた気持でしか、その名を聞くこともあるまいと思っていた。

それをこわしたのが、某大銀行の部長をつとめるT氏である。

蝶ネクタイのよく似合うT氏は、亡父が鈴木商店につとめていたというなり、珍しく頬を染めるようにして、しゃべり出した。

「ふしぎな会社でしたね。もっとも、わたしの知ってるのは、潰れた後のことですが……。残党たちの集まった整理会社へ行くと、学資の足しにと、おカネをくれたんです。

どこからどう出てくるのか知らないが、同じ会社仲間の遺児だから、面倒みてくれたんですなア。……暗い穴蔵のような小さな事務所の奥には、大きな写真が二枚飾ってありました。『お家さん』と呼んでいた鈴木の女主人と、それに、金子さんの写真です。小人数しか居ませんでしたが、その写真を守るようにして働いてましたな。いえ、ただ主人だったから仰ぐというんじゃないんです。金子さんという人、社員のみんなにとても慕われてたんですな。りっぱな人だったらしいですよ。きまじめな、当節の言葉で言えば、道徳教育の見本といった人だったようです」

「起て労働者、奮い起て……」

カンカン帽に単衣姿《ひとえすがた》、幟旗《のぼりばた》を立てた労働者の大群がせかせかと走る。

「当時、労働運動に最も理解のあった朝日新聞支局前では大歓迎を受け……」

と、アナウンスメント。

画面では、洋風の二階の窓から、なるほど大きな紙吹雪が散っている。

「……血汐は流れて川をなし……」

米騒動に続く川崎三菱大争議の記録映画は、拍手の中に終った。

一九六四年八月の日曜日。

神戸三宮《さんのみや》のKCCホールで開かれた米騒動四十六周年記念講演会は、盛況であった。

せまい会場には、主催者側の予想をはるかに上廻る聴衆がつめかけ、講演を中心にして会場を整理すること三度。補助椅子の鉄パイプがきしみつづけた。

映画が終ると、講師を急に辞退したという前知事の手紙が読み上げられた。

「……わたしの眼には、殺気立った暴動ではなく、一瞬の喜劇のような感じでした」

会場の空気が少しこわばる。だが、手紙はそこを計算に入れていたように、すかさず、

「……日本史における意義の重要さを知ったのは、後のことでした。これは、政治の責任者に、生活の苦しみを知らせた最初の国民運動です。もっと正しく評価さるべきだと思います」

いよいよ、最初の講師。

統計数字をあげて、米騒動前夜の生活の窮迫ぶりを丹念に説明。顔も上げず、ずり落ちる眼鏡を直しながらの学究的な話だが――。

「地主階級を基盤とした政府、それと結託した三井・鈴木の独占資本の商業部門――もっとも鈴木は新興資本ですが――それにおどらされた中小の米屋、こういったものに向ってですネ、全勤労人民を蹶起《けっき》させたのです。突発的にではなく、全人民の……」

思い出の味をなめに来た胡麻塩頭《ごましおあたま》や禿頭は、ちょっと、とまどったよう。下駄ばきもあれば、日傘代りのコウモリ傘を持ってきた男もある。

「十二日が最高潮で、鈴木商店と神戸新聞が焼かれました……」

冷房装置は、人の息に負け、扇子がしきりにゆらぐ。

「……翌年には、無秩序な暴動ではなく、さらにはげしい労働攻勢になりました。米騒

動は、朝鮮の三・一独立運動、中国の五・四運動と並んで、当時のアジア人民の三つのノロシなのです。毛沢東主席が指摘されるように、中国の新民主主義は五・四運動をきっかけにしましたが、米騒動をきっかけに、日本の人民は政治的・階級的に自覚したのです。その辺のことになると、鈴木大先輩がいちばんお詳しいと思いますので、鈴木先生に」

鈴木は鈴木だが、社会党の輝ける元委員長。小脇の風呂敷包から幾冊もの文献を机上にひろげた。題して『特派記者の目から見た米騒動』。

「米騒動は、わたしどもの立場から大いに検討する必要のある問題。暑い中をいまわたしは労働運動史の仕事をやっているが、米騒動から書きはじめている」

と、前置き、報知新聞の青年記者当時の思い出を話し出した。

政党もダメ、財閥もダメ、信頼できるのは、軍部の正義感だけだと思いつめていたところ、シベリヤへ派遣されて戦争づくりに狂奔《きょうほん》している軍の特務機関の動きを目撃、憤慨して帰国すると、米騒動が起っていた。

すぐまた特派されて、京都・大阪・神戸と、火の手の移るのを追って動いて来た……。

「八月十二日夜、湊川《みなとがわ》公園に集まった群衆二万余名……」

当時送稿したという新聞記事を左手に、右手を腰に、元委員長は、にやりと笑った。

「新聞記者的誇張があるようですな。どうも人数はよくわからなかった」

はりつめていた空気が、ほころびる。女生徒や大学生の白い歯も見える。

「奸商鈴木を倒せと怒号し、瓦礫《がれき》を投入し、器物を破壊する音物凄く、店員はすでに逃亡。警官は傍観するのみ。消防隊は消火せんとせず、近隣にホースを向く。近くには三菱会社あり……」

最前列。赤銅色《しやくどういろ》の組合運動家は満足そうにうなずき続ける。

元委員長は、そこで新聞記事を置くと、眼鏡をはずし、人なつっこい眼で、くまなく聴衆を見廻しながら続けた。

「鈴木の建物の中へ火持って入って行くから、よくわかる。石油罐持って来て、まく。パァーッと燃え上る。ワ、ワァーッと群衆が声をあげる。いやァ新聞記者として見とるだけでも仲々痛快」

どっとホールいっぱいに爆笑。

それより、ほぼ一年前。

京都東山岡崎の近く、某麦酒《ビール》会社社長の所有である豪華な庭園で、一風変った園遊会が催されていた。

出席者は、これも主催者の思惑を大幅に上廻って三百余名。しかも最年少が六十歳という高齢者ぞろい。だが、世すて人を集めての敬老会ではない。

さまざまの業界にわたって第一線にある社長・会長・専務が数多く顔を見せた。といって、現世的な財界や経済団体関係のパーティでもない。

旧南禅寺領という広大な庭には、草堂や鐘楼が散り、滝がかかり、心字形の池をめぐる長い散策路があった。水車の廻る深い木立もある。選りぬきの料理人をそろえた模擬店も、そこここにつくられていたが、集まった人々は景色や料理よりも、お互いの話に打ち興じた。

そのふんい気を、「たいへん和気あいあい」と告げた人もあれば、「しんみりと沈んで」と話してくれた人もある。いずれもが真実であろう。極く極く親密なムードを、その人の心境に照らして語ったまでだ。

便乗して商談に触れる客はなかった。三々五々と渦のように集《つど》う話題の中心は、どれも過去にあった。

「えらい人だったなァ」

「いい店《みせ》だったな」

四十年以前の過去を慕って、無数の詠嘆がもやのように垂れこめていた。パーティの唯一の行事が、大徳寺からの僧を招いての慰霊祭である。

「鈴木ヨネ、鈴木岩治郎（二代目）、鈴木岩造、金子直吉、柳田富士松、西川文蔵、以下、鈴木商店関係物故者之霊」を仰いで、永い永い読経が続いた。

会の名前は「辰巳会《たつみかい》」。鈴木商店の商標㈢（かねたつ）にちなんでの命名である。このときは、久しぶりの総会であったが、東京・大阪では年に数回の例会がある。

在籍は、全国にわたって八百。鈴木商店最盛時の社員数が約三千といわれているから、その生存者のほとんどを網羅している。その中には、病床にある人、体の自由を失った人も少くない。鈴木商店がこの世から消えたのは、昭和二年のことであり、当時の新入社員でも、すでに六十幾歳かになっているためである。

その老人たちが、顔を合わせれば二言目に、「鈴木は働きよかった」「金子さんはえらかった」との話に落ちこむ。いまだに「お家再興」の夢を説く人もあった。

荒かせぎした商社にふさわしく、給与がずばぬけてよかったかというと、当時の平均以下。大正八年で学卒者の月給二十五円となっている。やはり、ふんい気の魅力であり、経営者の人徳なのだ。

たまたま、某経済誌が、鈴木商店出身の一流会社の社長たちの座談会を開いたことがある。座談会を終り、速記者が帰った後も、多忙を極める社長たちがなお子供のように頬をあからめて話し続けた。金子直吉や西川文蔵といった人の手紙を表装して持ってきた社長もあった。

四十年近い歳月。わたしの生涯よりも永いその歳月を越して抱き続ける追慕の念は、歳を経るに従って、いよいよ濃く純粋になって行くのかも知れない。

しかし、これほどまでに「徳を偲《しの》ばれる」経営者が、なぜ世間に向っては、悪のイメージのような「鈴木商店」をつくってしまったのか。実業家の持つ二面性といって片づけるには、その敬慕があまりに純情過ぎる。手ばなし過ぎる。

京都の園遊会の参加者たちは、久しぶりに心ゆくまで彼等の「鈴木商店」を味わった。堪能《たんのう》し、満足して、夕陽のかかる東山の山道を下った。ただ、たったひとつ、淋しかったのは、当時からの鈴木家の唯一人の生存者である岩造未亡人の出席がなかったことだ。岩造は、鈴木ヨネの次男。長男岩治郎には姉がとつぎ、岩造には妹がとついだ。かつて鈴木商店の上に王室のように君臨していたこの五人の中、その未亡人ひとりが存命である。

未亡人は、須磨海岸の西、塩屋に住んでいる。

神戸市もそこまで行くと、海も山も色をとり戻し、空気にも黄金の色がついている。国鉄駅より七、八分。まだ潮のにおう坂の中途に、その家がある。

米騒動の数日前に竣工祝いのモチマキをしたという家。縁起をかつぐ人から新築は不吉だと言われ、わざと古材を使ってつくったものであったが……。

窓の外には、緑が溢れている。座敷の壁には、細縁の眼鏡、やや怒ったようなヨネの写真――。

当時、鈴木の本宅は、須磨にあった。泉水のある、かなり大きな邸であった。

大正七年、八月十二日の朝、お家さん鈴木ヨネは、いつもと変らず邸を出て行った。印鑑を入れた小さな袋を手首にかけ、庭から切ったカンナの花束を抱えて。

昔は、店の者のおやつのために、毎日数百枚のおかきを自分で焼いたものだが、店と邸が遠くなり、また社員がふえたため、花をつくり、それを店に持って行くのが、日課である。その花束と印鑑だけが、ヨネと店とをつないでいた。印鑑だけでつながることを、ヨネは不安にも、また、気の済まぬことにも感じていた。

邸に帰ってからは、時間をかけて雑巾《ぞうきん》を縫った。針のあとが、型紙でも当てたようにきちんとした格子《こうし》縞《じま》や紋様をつくる。それが三枚四枚と溜まると、また、店へ運んだ。

それだけの生活をもたらせてくれた以上、ヨネはもっともっと店に尽くしたかった。夫の死後、店の切り盛りをした経験があるだけに、よけいその誘惑は強い。

小さな店先で、直さんや富士やんらの若い番頭と、ほこりにまみれて働いていたときのことを、ふっと懐しく思う。もう一度、その生活を、乱暴に引き戻してみたい気がする。

だが――。

ヨネは、賢い女であった。分《ぶん》というものを知っていた。いまは一切の口出しをしないことが、店に尽くし、直さんたちの苦労に報ゆる唯一の道だとわきまえていた。

岩治郎・岩造二人の息子に遊びをすすめ、放蕩《ほうとう》を許したのも、その肚《はら》あってのことであった。

息子たちは、酒にも女にも親しんだ。美しい嫁がありながら、幾人かの女を囲っているということも耳に入っている。だが、ヨネは何も言わなかった。

若くて、金も時間ももてあます息子たちは、ゴルフにも競馬にも熱を入れた。それも、人なみのことではなく、馬を持ち、その馬のための豆をはるばるオーストラリヤからとり寄せ、競馬場づくりには大金を持ち出して一役買ったりした。神戸に気に入りの天ぷら屋がないからと、大阪から呼び寄せて店を開かせた。猟にも釣りにも親しんだ。釣り舟をつくり、漁師を抱えた。

息子たちに、力や才能がなかったわけではないが、遊びが調子にのれば、とめどがなくなり、遊《あそ》び呆《ほお》けを装ったつもりで、正気とのけじめがつかなくなる。

だが、ヨネは眼をつむった。

ここまで来たのは、金子直吉らのおかげ。店には人材が溢《あふ》れている。息子には、店への興味を持たすまい。思いのままに、遊びをたのしませておこう。

そうは思っても、岩造が釣ってきた小魚をすてているのを見ると、つい、叱言《こごと》が出た。すでに子供もある大きな息子は、眼をむいて、

「なんや、けちやなあ」

「けちと始末は、ちがうんやで」

ヨネは弱々しくつぶやいた。次男の岩造は、ヨネの眼にはいつまでも子供であり、それだけに可愛がった。

十二日の朝、ヨネは、店に出た後、盆のための墓詣りをし、夜は市内栄町の旧宅にとまると、言い置いて出て行った。

夜に入って、塩屋の家では、女二人が留守居していた。

いつもは互いにかなり離れた部屋で寝るのに、はずみでこわい話をし、それから怖気《おじけ》

がさして、一つの部屋に枕を並べた。

夜半、しきりに戸をたたく音がした。眼をさまして、身を寄せ合った。やってきたのは、ヨネであった。ついて来た店の者がひどくうろたえているのに、気丈なヨネはいつもと変らなかった。

女たちが店の者から焼打ちのあった話を知った後、ヨネは吐きすてるように言った。

「お米ほしい言うたら、やりますんになア。家焼いて何になりますねん」

何がどう起っているのか、くわしいことはわからなかったが、そこに居ては危険だという。

だいいち、隣近所の漁師たちが騒ぎ出していた。暴徒が襲ってくる、鈴木の家の近くではやられると、布団や簞笥を持ち出しての逃げ支度である。

警察からのすすめもあって、ヨネは次の日の夕方、教師上りの老社員ひとりに伴われて、姫路から鳥取県下へ抜けた。

岩造の妻は、五歳・三歳・六カ月と三人の子を抱え、出入りの屈強の漁師に守られ、舞子に出、そこで直吉の妻と合流して、宮島へ。いっしょに居てはいけないからと、一家ちりぢりになっての逃避行であった。

着のみ着のままたどりついた宮島で、「井上」と偽名を使った。毎日毎日、子供を海に浸《ひた》らせて、あてどもない生活が続いた。軍隊が出て、神戸もいくらか静まったという便りだけがあった。

さまで、恐怖感はなかった。子供だけにかまけていた。

「難《むずか》しいことは、一切耳に入れないようにしてたようですから、お家さんは何も御存知なかったようです」

いまは当時のお家さん以上の高齢となった岩造未亡人は、いたましそうに言った。物言わぬ人であっただけに衝撃も一入《ひとしお》であったろうと言わぬばかりであった。

未亡人自身——もはや老婆というのがふさわしいかも知れぬが——言葉少い人であったが、それでも、

「米騒動といえば、つい先頃わたしは……」

と、苦しそうな顔になった——。

高校一年になった孫が、ある日、学校から帰ると、いきなり言った。

「おばあちゃん、うちの鈴木商店って、米の買占めやって、ひどう、うらまれたんだってね」

「え」

老婆は動顚《どうてん》した。五十年静かに坐ってきた座をいきなりひっくり返された気がした。

「そんなはずはありませんよ」

「だって、焼打ちされたんじゃないか」

「あれは、まちがいです。まちがって……」

「どこにその証拠がある。どこにも、そんなこと書いてないよ」

「……でも」

学校で習って来たという孫の澄んだ眼の色を前にしては、老婆はどんな説明も空しいことを知らされた。

それに、説明するにしても、何をどう……。いまとなっては、その材料も。いや、当時からも鈴木の家の者には……。

直吉も誰も、そんなことをするはずはない——そうした強い信頼をどう伝えたらよいのか。

二

今日、米騒動について最も権威ある研究書とされ、いわば米騒動研究の決定版ともされているのが、井上清・渡部徹編『米騒動の研究』全四巻である。

文部省科学研究助成費の出された大規模な研究で、そこには現在までに発掘された資料のほとんどすべてが集約され整理されている。

その厖大《ぼうだい》な研究の中、鈴木商店焼打ちの事情については、第三巻に次のように記されている。

「……その（鈴木の）事業の一部に米仲買があったのであるが、すでに大隈《おおくま》内閣の米価釣上政策の一端として行なった買上米の払下げを受け、さらに自ら買集めたものを合わせて①七一万俵を国外に輸出している（鈴木商店「米価問題と鈴木商店」）。この輸出でも同商店は「満足すべき成績」をおさめたが、そのさい、集積した米すべてを輸出したのではなく、かえって④買占めを続行しているのではないかと疑われ、鈴木が米を買占めて値をつり上げているという噂は世上に喧《やかま》しかった（「新史流」四四頁）。事実すでに第四〇議会で（一八年二月二九日）③憲政会の横山勝太郎により、鈴木商店は五千万円の資本を投じて精粉類と小麦の買占めをやっていると暴露されているのである。その上、外米管理令による指定商人として、②外米・朝鮮米を取扱って莫大な利益をあげていた。このため、鈴木商店は市民の怨嗟《えんさ》の的《まと》となっていた」（第三巻一九頁。傍線及び番号は作者）

鈴木が果して買占めをしたかどうか。

①まず七一万俵を国外に輸出、「満足すべき成績」をおさめたという点。断りはないが、この「満足すべき成績」という言葉は、『米価問題と鈴木商店』というパンフレット（後出）とは別の、金子直吉から高畑ロンドン支店長への手紙から引用されている。そして、合成されたこの文脈からは、鈴木商店が米の大量輸出によっていかにも会心の利潤をあげたかのように読みとられる。

金子直吉の手紙については後に触れるとして、もともと米の輸出は、農村救済のための政策として直吉が進言したものであり、同じパンフレットによれば、大正元年十二月、二十八円にまで行った米価が、一時は十二円に落ち、政府の買上措置で十四円六十銭にまで回復したが、まるで浮揚力をなくしたかのように、大正五年六月には十三円にまで下った。このため、農村の不況がはなはだしく、ここで国外輸出をはじめたところ、ほぼ一年後には十六円から十七円台にまで回復。

進言者としての直吉が「満足すべき成績」と言ったのも、買占め的な利潤をあげてというより、米価の回復をよろこぶといった単純な意味にとれないのであろうか。

そして、この論述では、折角『米価問題と鈴木商店』という報告を参照しながら、国外輸出と米騒動とをやや強引に結びつけただけに終っているが、七一万俵輸出の時期は、米騒動の一年余り前で終っている。

「大正六年七月出帆ノ藻《も》寄丸《よろまる》コソ実ニ当商店ガ米輸出ノ最終ニシテ爾来一度モ米ノ輸出ヲ企テタルコトナシ」（一八頁）

と、強調してあるのに、そのことは無視されている。

②米価が騰勢に転ずると、鈴木商店は、輸出をやめ、むしろ、朝鮮米の移入に廻った。とすれば、移入は移入でもうけたであろうと、文尾の「外米・朝鮮米を取扱って莫大な利益をあげていた」ということになるのだが、輸入外米は、取扱商社が一定の手数料を政府とのとりきめで受ける形になっており、鈴木が主力であった朝鮮米については、

一、手数料ハ一石参拾七銭五厘トス

二、鈴木商店ガ朝鮮米ノ買入及売渡ニ於テ万一損失アル時ハ政府之ヲ補給シ利益ヲ生ジタル時ハ政府之ヲ収得ス

と、利益は、公定の手数料だけに限られていた。

二

手数料収入を莫大にするためには、取扱量を殖やす必要があり、そのためには、海外から国内への米の供給が殖えるばかりで、この経済の論理からいえば、鈴木はむしろ米

不足緩和に一役買っていたということになる。鈴木としては、むしろ感謝されてもいい気持だったのではないか。

拝啓　当店ガ今回指定外米輸入業者タル特権ヲ得タルハ御同慶ニ堪ヘザル所ニ有之《これあり》此機ニ於テ当店ハ一意奉公ノ誠ヲ致シ以テ政府ノ米価調節下層民救済ヲ旨トスル政策ニ順応シ一面社会公衆ノ福祉ニ貢献シタキ念慮ニ有之候ニ付テハ本支店各所ニ於テ事ニ外米ノ事務ニ従ハルル各位ハ深ク此ノ趣旨ヲ体シ遺算ナキヲ期セラレ度御承知ノ如ク市井小売ノ輩《やから》ガ薄利ノ事業ヲ営ムニ当リテハ往々公正ナラザル商策ヲ試ムルモノナキヲ保スベカラザルモノニ候ヘバ当店ノ此事業ノ如キモ図ラザル方面ヨリ疑心ヲ挟ミテ嫉視セラルル事アルヤモ測リ難キコトハ須《すべから》ク覚悟セザルベカラザル所ニ有之候　即チ当務各位ハ其事務ニ関シテ特ニ慎重ナル注意ヲ払ハレテ万事政府ノ命令ヲ遵奉シ現品ニ帳簿ニ将《は》タ商談ニ終始一点ノ陰翳《いんえい》ヲ留メザル様致度《いたしたく》此ノ如キハ独リ此ノ時局ニ処シテ当店奉公ノ務ヲ全ウスル所以ナルノミナラズ亦実ニ将来幾多国家的事業ヲ経始スル基礎ヲ築ク所以ニ外ナラズ何卒各位ノ一致協力ニ依リ此ノ事業有終ノ美ヲ済《な》シ度不堪切望《たくせつぼうにたえず》候
右特ニ小生ヨリ　呈婆言度　如　此《ばげんをていしたくかくのごとくに》御座候　敬具

これは同じパンフレットに収録されている金子直吉の注意書である。お座なりの警告書でもなく、また、カムフラージュのための作文でもない。もっと真情がこもっている。

直吉はこれを、大正七年六月五日、全店の外米担当者あてに送った。鮮米移入において、直吉にもし何らかの野心があったとすれば、それは移入そのものの利益より、将来の事業発展の布石という意味においてではなかったか。直吉には彼なりの朴訥《ぼくとつ》で大きな夢があり、その夢のために、このように細心にして心打ちこんだ注意書を書くことになったのではないか。

③憲政会の代議士によるメリケン粉・小麦買占めの暴露という点について。

仮に暴露されたことが事実としても、それは小麦類の買占めであって、米とは関係ないと突き放すこともできるが、小麦を買占めたのだから当然米をもと論者は言いたいのかも知れない。

そのころ、小麦市場をめぐって、売方買方のはげしい戦いがあり、買方に廻った鈴木に対して、売方は連合して売り浴びせにかかったが、鈴木は最後まで屈せず、遂に売手側が音《ね》をあげたという事件があった。売手側は鈴木を動揺させようと、政界や言論界の一部を動員した。この代議士の発言の背後には、そうした利害関係があったことを見落してはならない。

また憲政会の代議士による暴露という点も、問題である。当時、憲政会は、内閣を倒すためには、あらゆる手段を使って、という意気ごみであった。後藤内相が金子直吉と親交のあるということは、絶好の攻撃目標を与えることになり、ことごとに鈴木はたたかれた。

米騒動被検挙者の中、「奸商、鈴木をやっつけろ」と、群衆を前にアジ演説を行い、法廷でその旨供述している唯一人の男も、憲政会の弁士であった。

神戸の講演会でも、元委員長は若やいだ口調で話していた。

「米騒動の一年後の大正八年六月、わたしは突然東北へ米の調査にやらされた。どれだけ、農家が米を保有しているか見て来いというわけだ。さあて、なぜ、そんなことをやらされるのか――そのとき、わたしはよくわからなかったんだが」

元委員長は、ゆっくり聴衆の反応を待って、

「いまから考えれば、報知新聞は当時唯一の在野党である憲政会の機関新聞だったが、米騒動のときに、火をつける役割を政党がやったのではないか。あのとき内閣は倒れたが、もう一度内閣を倒して、今度は自分の方に天下をとれないものか。倒せる条件があったら、ひとつ新聞で煽《あお》ってみよう――そんな気持が新聞社の上層部と憲政会の間にあったのではないですか」

わたしは、〈鈴木が米の買占めをした。だから焼打ちされた〉のだという事実の単純な証明が欲しい。

だが、米騒動研究の決定版と言われる『米騒動の研究』が示してくれたのは、

①鈴木が米の輸出をしていたから、もうけたろうという臆測であり、つづく時期にお

ける②外米朝鮮米輸入による莫大な利益獲得という臆測であった。そして、さらに、③反対党代議士による小麦買占めの暴露攻撃があったという。

①②は、事実の誤認または拡大解釈であり、③は米と小麦のすり替えがあり、さらに反対党による政策的攻撃として割引かねばならぬ。

とすると、残るのは、

④買占めを続行しているのではないかと疑われ、鈴木が米を買占めて値をつり上げているという噂は世上に喧しかった。

という『新史流』からの引用である。

「神戸に於ける米騒動特輯」と題した『新史流』創刊号は、法政大学社会学部歴史学研究会によって十年前に発表されたもの。二百部限定、プリント印刷、一二四頁の雑誌で、学生たちの足による調査にもとづいた丹念な論文十五篇ほど集めている。『米騒動の研究』が引用しているのは、その中の「米穀取引と鈴木商店　伊原大礼」という論文からであった。

二段組十四頁にわたるこの論文は、『米騒動の研究』と同様の筆法で、鈴木が米の買占めをしたらしいという状況証拠を並べ立てにかかっているが、とくに鈴木買占め説の直接的な証拠となりそうなのは、『米騒動の研究』が要領よく引用しているように、この研究者たちが訊《き》いて廻った関係生存者からの証言だけである。

いまとなっては、物証がないだけに、証言には異常な迫力がある。まして、それが、学究的な研究論文の中に活字にされれば、決定的な権威を持つ。

論文の中から、鈴木買占め説についての証言を拾い上げると次の通りになる。

証言㈠――「米は鈴木商店が買占めていた。青田買いまでしている。鈴木が廉売したという記憶がない」(高木行松氏)

証言㈡――「鈴木ヨネと金子を除いて米騒動は考えられぬ。米価の騰貴の最中、鈴木は小売商店にまで買占めに来た。騰貴は鈴木の買占めと期米《きまい》の買占めをした石井貞一(仲買人)が張本人だ」(上田歳樹氏)

証言㈢――「鈴木商店の買占めは事実であり、一貫して買いに廻っていた」(天野又蔵氏)

反論や懐疑を許さぬ明瞭な断定。しかも、三人そろって。

陪審は説得され、鈴木は断罪に服する他はない。歴史にはカタがつき、恰好《かっこう》がつく。

学術論文について型通りの良心的処理かも知れぬが、それら証言の真実性を証しうるかのように、三人の証言者の住所まで記されていた。

しかし――。

これらの証言者は、何を証拠にしてそうした証言ができたのか。

眼前に買占められた米の山を見たとでもいうのか。いや、仮に見たとしても、それが米価吊上げのための買占め米であったと、どうして判断できたのか。米俵がしゃべるわけではない。緊急輸入米かも知れぬし、運送途中の米かも知れぬ……。

さらに、この証人たちが選び出された理由は何なのか。証言台に立つ資格は十分な人ではあろうが、どうしてこの人たちが探し出されたのか。

証人の住所がついていたのが、わたしには幸いであった。

わたしは、その人たちに会って、直接に、訊《たず》ねてみようと思った。ただし、この論文集が発行されたのは、十年前。証言できる程度に米騒動を目撃した人といえば、当時で二十歳以上。従って、論文集のための証言を求められたときは、若くても六十歳のはず。

それから十年。

住所に移動があるかも知れぬし、死没した人があるかも知れぬ。だが、その一人にでも会えれば——。

紙質がよくないせいであろう、すでに頁の端から褐色《かっしょく》に変色しはじめている論文集を小脇に、わたしは神戸の街を探し歩いた。

夏のさかり、アスファルトの路面の至るところから、強い炎が噴き上げているような感じの日であった。

三

神戸市生田区《いくたく》楠町八の三九――。

タクシーの運転手に、おおよそ見当をつけて走ってもらう。市電の走る坦々《たんたん》たる大通りである。

「米騒動と言えば、軍隊が出て収まりましたね。暴民も軍隊には叶《かな》いませんよ。何しろ天皇陛下の軍隊でしたからねエ。軍隊に逆らえば、天皇に逆らうことになるんだから。……いまじゃ、とてもああは行きませんよ」

中支で四年戦ったという運転手には、米騒動はそんな風にだけ映っているようであった。

その番地には、別の人が住んでいた。わたしは隣人に、運転手はすぐ近くの交番に訊きに走り、同時に転居先がわかった。

一丁ほど、さらに西寄りのところ。市電の交叉点に近く、地価の高さを知らせるように小さな店が細長くなってつまっている一画。

人影のないその一画に、ステテコの老人が如雨露《じょうろ》を持って姿を見せた。それが高木氏であった。

来意を言うと、気さくに家の中へ通された。

眼鏡をかけて、名刺交換。「生田防犯協会楠支部長・麻薬撲滅楠地区委員長」との肩書であった。方面委員と民生委員を二十年間続けてきたという。

ステテコに腹巻、乳のあたりがときどきふるえるといった半裸のままだが、髪をきちんと分け、耳が大きい。町の人格者といった感じである。

十年前、法政大学の「学生さんのような人」に訊きに来られたという記憶はあった。

わたしは、論文の中の氏の証言を伝えてから、その根拠を訊ねた。

「……新聞にしきりに書いてましたからなア」

わたしは、肩すかしをくったような気がしたが、

「青田買いという証拠は」

「それも新聞です」

「どんな新聞」

「朝日。それに又新《ゆうしん》も神戸も毎日も、各新聞で書いてたんとちがいますか」

ちょっと間《ま》を置いてから、

「あくどいことをするやつはやっつけろと、いうことになったんじゃな」

「すると、鈴木はあくどいことをしたんですか」

「そういう噂だったな。……いや、噂じゃない、実際やっとった」

「どうして、それが……」

「やっとるから、噂に流れてくるんや」

大正七年、米騒動の年、関西大学卒。

楠町は未解放部落に近い関係もあり、学生時代から差別反対の同和事業に関心を持ち、地方講師を引き受けていた。卒業後も打ちこむつもりでいたが、心酔してその秘書になる予定でいた先輩が急死し、大阪の電機会社につとめた。米騒動当時は、神戸の家から大阪へ通っていた。

氏は、タオルをとってきて、うすい胸を思い出したように拭った。汗をとるというより、肌を摩擦する感じである。

「鈴木をにくむという割合からいうと少かった。標準の高い人が知っとるだけで、大衆にはそういう智慧さえなかったな」

それは、「その人たちはひとつもあばれとりません」という強調に続く。かれらは強《こわ》買《がい》はしても、襲撃には参加しなかったと、くり返した。

「鈴木の前に人が集まっとると聞いて出かけて行った。わっさわっさ言うてまして、行ってからも、だんだん殖えましたな。名状し難い感じで、わしもよほど立ってしゃべってやろうと思ったが、危いとも思うて……。あばれたきっかけは、煽動者《せんどうしゃ》が来たためらしいが、その煽動者はいまだにわからんらしいな」

「おまわりが百人居ても、こらえやしません、という勢いになった。誰かが井上油店へとびこみ、石油カンを持ってきた……」

わたしは、そっと話を戻した。

「なぜ鈴木めがけて集まったんでしょう」

「鈴木が大きかったからな。それに、場所がよかった。焼打ちされるに便利なところにあったな。湯浅（買占めと噂された）の店なんかは、知らん人の方が多かった」

「……」

「新聞に鈴木の名がチョイチョイ出てたし、ハデにのびた会社だったからな」

「鈴木の経営者の評判はどうでした」

「鈴木ヨネも金子直吉も、聞えの悪い人ではなかった。米の問題だけですぜ。あの後だって、鈴木をうらんどるということ聞きまへんで」

「鈴木ヨネには、りっぱな邸があったそうですが」

「あたりまえでしょう。あれだけの店やから」

「後藤新平とつながりのあったことは、御存知ですか」

「知りませんな」

「鈴木の社員に対する反感といったものはありましたか」

「鈴木はええなアという羨望《せんぼう》はあったが、にくいということはおまへん。何しろ、えらぶらんですからな。商売人だから昔式にしつけとったんでしょう、いばらす癖つけていません」


ここで、鈴木の規模について記しておこう。

前述のように、最盛時の社員数三千。それも、粒選りのエリートを集めていた。すでに地元の神戸高商卒業生にとっては、鈴木か、三井かと、恰好の就職先とされていたが、米騒動の大正七年には、帝大出を一挙に十人採用、また東京高商を卒業した大屋晋三（現帝人社長）が二十九人の卒業生を連れ、集団就職している。個人商店でありながら、帝大・一橋合わせて四十人の新卒者を呑む勢いであった。

事業経営の範囲は製鋼・金属精錬・造船・人絹・毛織・セルロイド・窒素肥料・染料・皮革・製糖・製粉・製油・樟脳・ゴム・麦酒・燐寸《マッチ》・煙草・鉱山・ゴム栽培（英領ボルネオ）・海運・倉庫・保険等にわたり、帝人・日商・神戸製鋼・石川島播磨造船など、今日の著名会社は、その分身である。

本業の貿易においても、全盛時（大正八・九年）の年間取扱高は十六億と、三菱はもとより、三井物産（十二億）を圧倒し、日本一の商社となった。商圏は全世界にわたり、大戦中に鈴木が獲得した外貨は十五億。スエズ運河を通過する全船腹の一割は、ニッポンのスズキのものと言われた。㐧に代わる鈴木の商標、ＳＺＫ・イン・ダイヤモンドは、七つの海を制覇したとも言える。

生田区再度筋町《ふたたびすじまち》九三――。

山手だが、両側に商店の並んだ街道筋。

だが、第二の証人もまた、その住所に見当らなかった。

米屋で訊ねて、別の米屋を紹介された。証人上田氏が、かつてはその店の主人。いまは息子夫婦に任せて平野の山奥に隠居の身という。

市街を出外れ、谷川沿いに有馬へ通じる道を上る。

蟬の声と、通り過ぎる自動車の音とが、闘い合う。その音がふっとやむと、谷川のせせらぎがきこえる。水量は少いが、きれいな水が流れていた。川の対岸のところどころに、数戸の住宅がかたまった集落があった。細い橋を渡ると、暑さは消え、緑の風が吹いていた。

上田氏は、ガンジーを思わせるような瘦せた老人であった。髪も眉も白い。土間の隅に古びた籐椅子《とういす》が置かれ、そこで話を聞いた。氏は、わたしに横顔を向ける位置で、ついぞ視線は合わさない。

膝頭を掻《か》きながら、氏はまず言った。

「あのときは、うちもえらい目に遭ってな」

父と氏と若い衆の三人でやっていた米屋。

広島で五十俵買いつけての帰りの汽車で、富山の騒動の話を聞いた。荷が着いた夜、警察が来て「米屋とわからんようにしとけ」という注意。入れ代りに、「二十五銭で売れ」と、小人数が押しかけてきた。七十銭近い相場だった。鈴木の焼けるのは、物干場から見た。

翌日は、ヤクザが来た。群衆が殺到してきた。

向側にも米問屋があり、強買の渦にもまれた。主だった人がやかましく言って、金は持ってきてくれたが、もちろん仕入値にも足りなかった。

軍隊が来、警察が捜査をはじめると、買うとる人があわてて「引き取ってくれんか」と言う。「常識あるええ人」でも買占めしとった。

いつもきちんきちんと買うてくれてる客に呼ばれて行ったら、なんと、床下から十俵も出てきた。米屋顔負けである。毎日五銭ずつも騰り、米が無くなると聞いて、買いこんでたと言うんだが――。

とぎれとぎれながらも、宙に眼をすえたまま話し続ける氏を、わたしは遮った。

「鈴木が買占めをしてたんですか」

氏は大きくうなずいた。

「メリケン粉なんかを、八百屋の店先まで来て買い漁《あさ》っとった。ええお客さんと思うて売っとったら、鈴木が買占めとったんや」

「米はどうです」

「米は別に買い漁りはせなんだなア」

氏は、気の抜けたように答えた。

「どうして鈴木は、八百屋まで来てメリケン粉を買ったんでしょう」

「いまは統制だが、昔は定期の市場があって、毎日上ったり下ったり。売ったものは何月何日までに現物にせにゃいかん。そのために買い焦《あせ》ったんやな」

前出のように、小麦については、鈴木は買方に廻っている。現物を買って提供する必要のあったのは、鈴木ではなく、むしろ鈴木の敵方なのだ。

だが、わたしはその理屈で氏を追うのはやめた。訊き出せる限りのことを聞くことが、先決だ。

「八百屋へ買いに来たのが、どうして鈴木とわかったのですか」

「いままで買いつけん人が来て、あるだけみんな買うて、自分の方から取りに来た。それが鈴木らしいというわけや」

その程度の判断なのかと思っていると、氏も未練げに、

「ふつうの何だったら、小売屋へまで買い漁りはせんやな」

わたしは『新史流』をそっと見た。

こうした氏の意見が、「米価の騰貴の最中、鈴木は小売商店にまで買いに来た」という文章に圧縮されてよいものかどうか。鈴木は米を買い漁らずと明言し、メリケン粉の買占めについても、論理に合わず、証拠不十分という他ないことを。

だが、わたしのそうした気持を読みとったかのように、氏はまた語を継いだ。

「あのとき、米の買占めに鈴木が金を出しとった。それのわかってた人がいるんやなア」

「それは誰です」

氏の顔が赤らみ、額に筋が浮いた。

「われわれにはわからんけど……。金子直吉から相当の資金が出てたんだろうという噂や。それがわかって煽動した人があるんでっしゃろな」

噂という雲にのって、論理は循環する。

「北浜（期米市場）の相場がどんどん上った。それについて、毎日毎日正米も上る。ちょっとの間に倍になってしもうた。相場は売った人と買った人のけんかや。売った方は現物がないと、えらい損。そこでそういう人がたまらんようになって、焚きつけたんやな。とにかく米騒動の後では、三十五銭にまで下ったんやからな」

鈴木は米相場に手を出していないので、この理屈も通用しない。そして、ここにも、幻の煽動者、幻の騎士が登場する。

「金子直吉というのは？」

「やり手らしかった。目先の早い人でな、どんどんやりおった」

「…………」

「急に成功したんだから、えげつないこともしたんでっしゃろ」

〈金もうけなら親も子もない〉という氏なりの一般論から来ている。

「ヨネさんは、須磨にごつい別荘があってな」

「御覧になりましたか」

「そういう評判やった」

「鈴木商店そのものの評判は」

「よくなかったんでんな。……何しろ、いっぺんに大きゅうなった店やからな」

氏には、にわかに成功することについては、頑固な価値判断があるようであった。

「焼かれてから鈴木は落目になった。あれが、ええナンでっしゃろ」

この理屈も正しくない。焼打ちの翌年あたりから鈴木は全盛期を迎えたのだから（ただし、別の意味で悲劇の芽は萌《きざ》すのだが）。

鈴木は、名もない砂糖商が前身。同じ商人として、氏の心に鬱屈《うっくつ》するものがあったとしても、当然のこと。嫉妬も意地もあるであろう。

まして、米騒動はスタート早々の氏をつまずかせた。氏の心の中で、鈴木は米騒動の同じ被害者同士というより、騒動の端緒をつくった側に、ムードとして加害者の側にあるようであった。

わたしは、話しはじめのとき、

「米騒動のことは、よく御記憶ですか」

と、念を押した。そのとき氏は、憤然としたように、

「おぼえとる。あない、えらい目に遭うて」

と言った。

米騒動が不運のつきはじめとなって、氏は六十八年の生涯で三度ハダカになった。

「うちら水害に遭うし、戦災にも遭うし。水に浸った米を一俵三円で売って、誰も補助してくれるでもなし、水が退いたら、天井までドロ。そのドロを一日二円の日当払って取りのけた。恩賜金が下ると何や大層なこと言うて、たった一円」

米騒動も「天災みたいなものやったが」と言うものの、それで割り切れてはいまい。筋の浮いた手で蠅を追いながら氏は自身に言い聞かせるように、

「できるときには、人の世話をしとくもんや。わしは、ようしといた。そのおかげで、水害のときは、毎日、弁当運んでくれる人もあった」

そして、ふっと、その場に立ち戻って、

「鈴木さんらも、欲出さなんだらな。ごついことやるから被害受けた人がくしゃくしゃして愚痴こぼす。それがこわいのや」

わたしは、この一つの人生を、手前勝手な質問の対象とすることだけに、何となく申訳ないものを感じた。

ここに、米騒動から転がり出た一つの重いドラマがある。声もなく名もなく、旅路の果てに近づきつつあるドラマ。鈴木がほんとうに買占めをしたかどうかという謎以上に重いかも知れぬドラマが――。

証人訪問の二日目を終り、蟬時雨《せみしぐれ》の中を、わたしは足をひきずるようにして戻った。追い抜いて行く車のあげる排気煙が、何となく非現実的なものに見える。石油くさい匂いを嗅ぎながら、煙のあまい色に見とれている。目に見える色とは違う色を、その煙に見ている。米騒動というものが、わたしには、いくつもの世界に見えてきた。〈高木行松氏の米騒動〉があり、〈上田歳樹氏の米騒動〉がある。

鈴木がほんとうに米の買占めをしていたかどうか。両氏には鬱陶しい質問だったであろう。それがいまさらどうしたというのだ。米騒動が起ったということ、鈴木が焼かれたということ――それだけで十分であり、そこから二つのドラマが今日に続いている。

暑さと旅の疲れのせいもあろう、わたしの気分も乱れる。〈鈴木が、事実、米の買占めをしたかどうか〉

そんなことに、なぜ、わたしは関心を持つのか。こうして訊いて歩くのか。事実であろうとなかろうと構わぬではないか。わたしは、自分の頭をたたきながら歩いた。

〈おれは何故……〉

そう、何故なのか。

T氏の出現によって投げこまれた異和感。それが、わたしを落着かせない。事は、鈴木商店に関するだけではないという気がする。

不遜《ふそん》な歴史。歴史は、無数の異和感を歯牙にもかけず歩み去る。やがて、わたしたちはその異和感ごとアブクのように消え、歴史はより誇らしげに歩を進める——それが気に入らない。澄まし切っている歴史に、もし少しでも真実でないものを発見できるなら。その綻《ほころ》びが、ひっつかまえられるものなら。

歴史学者や研究者は、それを仕事としているというかも知れぬ。そこで、わたしは彼等の亜流になるというのか。内幕暴露のタレントになろうというのか。

そうではない。あの異和感は、わたしにとっては、歴史から突きつけられた挑戦状だ。傲慢《ごうまん》な挑戦状。

〈いまに、あっぷあっぷして黙ってしまうぞ〉

と、歴史は笑う。

〈あきらめて、おとなしくなって、まんまるくふくれ上った異和感を抱え、おまえは消えて行くのだ〉

と、笑っている。

歴史は、いつも多寡をくくっている。

わたしを少年兵に仕立てたときも、天地が逆転したような戦後の世界に投げ戻したときも。あのとき、わたしはイソップの蛙のように、ふくれ上る異和感で腹がはじけそうであった。

わたしは、いま、異和感の塊になる。その異和感で歴史に打ち当ろう。そして、一度でよいから、歴史に多寡をくらすまい——。

わたしは少々感傷的になりながら、夕陽に濡れる平野道《ひらのみち》を下って行った。


三日目、わたしは第三の証言者を訪ねた。

前二日の経験に懲《こ》りて、あらかじめ新聞社に頼み、証言者天野氏の所在を確認することにした。

幸い、氏は十年前、神戸証券取引所理事長であり、電話連絡がついた。

「米騒動のことはよく知らん。話すことはないが」

と慎重であったが、古いビルの一画にある証券取引所の外郭団体、そのオフィスへ訪ねることになった。計算機やソロバンの音は聞えてくるが、涼しいゆったりした部屋であった。

氏は、細縁の眼鏡、胡麻塩の鼻髭がよく似合う小肥りの老紳士。光沢のよい赤ら顔をゆるめ、応接も慇懃《いんぎん》であった。

『新史流』の中では、「鈴木商店の買占めは事実であり、一貫して買いに廻っていた」という証言。これには神戸米穀肥料市場職員・現神戸証券取引所理事長という肩書までついていた。それだけに万鈞《まんきん》の重みを持つ証言なのだが、それを読み上げると、氏は眼

をしばたたき、

「そんなになってますか」

と、考えこむ恰好。

そして、一息ついてから、

「何しろ、学生さんのことですからね」

心外だが――という表情である。『新史流』は送っても来ず、眼を通していなかったという。

「わたしは、学校を出、神戸に来て一月目でした。米穀株式取引所につとめたが、来たばかりでよくわからん。ぼやっと、様子見てただけです。だから、法政の方にもおことわりしたんですが」

「しかし、鈴木の買占めは事実だったんでしょうか」

「さあ、その辺のことは、とても、わたしには……」

腕を組み直して、

「してたかも知れん。外米をいじっとったから」

そう言ってから、また、

「外の社会のことは、よくわからなかった。まだ二十代で世間へ出たばかりですからね」

と、くり返す。これまでの二氏も、偶然だが世間へ出たばかりの人であった。それだけに印象が強いとも言えるのだが。

天野氏の見聞の範囲は、米価が五十八銭を越すころ、「取引所のせいもある」と、小人数が押し寄せたことがあり、夜は宿直員を殖やした。相場は立たず、がらんとしている取引所を守るのだと、「ある種の人」が抜刀してやってきた。

その建物の前を、男が一人走って行ったら、背後から別の人が呼びとめた。男が逃げる恰好をすると、白刃がひらめいた。通行人同士のやり合いのようであったが、男の下駄がいつまでもころがっていた――。

「取引所は、玄米標準物の先物取引だから、消費者や小売の米価に直接関係しない。売りとして残った人が玄米の受け渡しをしなくてはならぬが、量はたいしたものではない。まして、鈴木は期米もやっていなかった」

そう言ってから、用心深く、

「先刻言ったことと矛盾したことになりますかね」

「それでは、鈴木はなぜ焼打ちされたと思いますか」

「利益をあげてたから、反感を買ったんだね」

「米の買占めについてですか」

「そういう噂は、ちらほら耳にした程度です」

「鈴木の経営者をどう見ます」

「金子という人は、大人物だった。それに、おヨネさんも、たいした存在だったな」

ヨネの息子岩治郎は、後に氏と同じ取引所理事となった。それだけに、氏にとって、鈴木の人々は噂の中の存在だけではなかった。

それにしても――。

『新史流』が記した証言は、三つとも信憑性《しんぴょうせい》のないものとわかった。証言者がことわっているにも拘らず、大胆な断定に持ちこんでいる。発言の真意を伝えようとせぬ圧縮ぶりである。予断に満ちた圧縮と言ってもよい。何かを知ろうとしてより、ある結論のために、証言として書き添えたという感じである。

これは、三人の善意の証言者にとっても、迷惑なことにちがいない。活字化されたこの証言は、これからも永く資料として引用されるであろうから。

この三人の選び方も、恣意的《しいてき》である。

高木氏については、区役所から、「町内会長もしとったし、何でも詳しゅう知っとる男」ということで紹介されてきた。

上田氏は、「米屋仲間でも年寄りといったら他に居らん。あの人が古いから、いうてきた」

そして、天野氏は肩書から。

直接作業に携わったのは、学生かも知れぬ。それが、『米騒動の研究』といういわば決定版の中にするすると織りこまれて行ったことについて、わたしは不安を感じる。

権威ある城郭も砂上のものとなり、そして、砂上にあることを人は知らない。『米騒動の研究』一書に権威を見るのはおかしいと言われるかも知れぬが、塩屋の高校一年生に「うちの鈴木商店って、米の買占めやって、ひどう、うらまれたんだってね」と言わせたものを溯《さかのぼ》って行けば、この城郭に突き当るのだ。

歴史書に愚痴をこぼしていても始まらない。歴史にも、野合がある。

四

鈴木商店の生き残りの人にも、数多く会った。

大会社の社長もあれば、元大臣もある。すでに現役を退き悠々《ゆうゆう》自適の身の人もあれば、病床の人もあった。

その中で、最も印象的なのが久老人《ひさ》であった。六十七歳。

わたしが訪ねて行くというにも拘らず、久老人は大阪の住いから、わたしの滞在中の神戸のホテルへ出向いてきた。

いや、大阪の住いというのは、正確ではない。御堂筋《みどうすじ》にあるSビルの三階、関西合気《あいき》道倶楽部《どうクラブ》というのが、そのアドレスである。夜間でも、そこが連絡先と聞いていた。大阪の中心街のビル、そのビルの中の合気道道場。そして、そこに居住ということ――わたしは、そこから登場してくる人物像をつかみかねた。

電話の声は、少し口ごもるような感じで聞きとりにくかった。

フロントまで出迎えるつもりであったが、老人はいきなり、わたしの部屋をノックした。

真赤なネクタイが、まず、わたしの目に飛びこんできた。二十代、いや、ハイティーンでも似合いそうな明るい赤である。

わたしはとまどった。

しかも、老人は、黒いステッキをつき、歩行が少し不自由そうであった。ドアのところに立ち止り、

「――さんですね」

と、わたしの名をあらためた。その立ち止ったのも、一息つくというふくみがあるようであった。

名刺には、「合気道九段」。

なるほど、上背もあり、肩幅もひろい。屈強な体軀《たいく》に、グレイがかったツィードがよく合う。老人は、ステッキをひきながら、わたしの前の椅子に来た。

半白の短い髪。ビング・クロスビイを老け役にした感じである。人なつっこいまるい眼、頑丈な顎《あご》。ちぐはぐだが親しみやすい。いきなり握手でも求められそうな気がした。指がいつまでも痛みそうな強い握手を。

金子直吉と同じ土佐の出身。

直吉が金を出していた土佐寮から神戸高商に通っていた。相撲部の選手であった。相

撲部には土佐の出身が多く、その中には直吉の家に住みこみの書生となった者もあった。土佐人直吉もまた相撲好き。興行を見に行く暇はなかったが、学生に相撲をとらせてはよろこんでいた。

米騒動のとき、久氏は高商の三年生。夏休みのことであり、三井の世話になってインド旅行をたのしんでいた。

秋になって帰国すると、新聞はまだ鈴木の悪口を書いていた。それでも、翌春卒業と同時に教授の推薦で鈴木商店へ入った。神戸高商卒業生の百人中三十人が鈴木入りをした――。

つまり、久老人にとって、米騒動は鈴木入社以前のことであり、しかも外国旅行中ということで、取材の対象としては二重に不適格であった。

わたしは、少々がっかりしたが、それでも、この久老人の人がらにふしぎな誘惑を感じた。

〈この老人の中に、何か金子直吉に通じるものがあるのではないか――〉

写真で見る直吉と、久氏とでは、風采はまるでちがう。にも、かかわらず――。

郊外の塩屋にある鈴木邸へわたしを引っぱって行ったのも、久老人であった。道路で、国電の中で、この老人の異様な風態は人目をひいた。

杖をひく身にしては、ネクタイが派手過ぎる。女子高校生は、口に手をあてて笑った。杖を見て席を譲った青年は、その赤いネクタイをいつまでも見直していた。

しかし、久氏は全くの無関心。事実、見れば見るほど、その派手な赤が老人に似合ってくるのだ。

老人は、心もち右肩を下げながらも、胸をはった堂々とした姿勢で歩く。坂道や階段以外では、ステッキはただバランスをとるためのもののようであった。事実そうかどうか知らないが、その意気で歩いていた。

「土佐は酒の強い国。一本持って来いというと、一升壜一本のことなんですよ。もっとも金子さんは、ほとんど上りませんでしたが。……ぼくは鈴木商店に入ってからも、鈴木がつぶれてからも、ずっとのみ通してきましてね」

花形会社の青年社員として、はなやかな青春があったようである。若主人岩治郎・岩造の夜のお遊び相手もつとめた。

年齢を考えて、相撲から合気道へ。ゴルフはシングルだが、血圧の心配から数年前にやめた。

「二年前とうとう倒れました。けど、何くそと思いましたんや。医者からようやっと解放されると、子供は危いととめたんですが、六甲山登りをはじめました。毎日毎日跛《びっこ》ひきずって登りますんや。それで見てみなさい、足腰が旧へ戻って来ましたで」

土佐人の一典型というのだろうか。四十年前の旧主に対しても、義理がたいというより、忠誠そのものであった。

片手に手土産を持ち、坂道を上った。

終戦直後、物資が不足のとき、病床にあった岩造のために、久氏はバターや砂糖を手に入れては、せっせと運んできた。一時は通い馴れた道である。

端麗な未亡人の前で、久氏はその大きな体を畳むようにして畏《かしこま》った。

「御無沙汰しております。お変りございませんで」

「まあまあ、そんなにしないで、久さん」

未亡人は、旧友を迎える顔つきであった。

「は、それでは……」

老人は、ようやく不自由な足を解いて、あぐらを組んだ。わたしは、そうした久氏の姿に、また金子直吉を見る思いがした。

須磨一の谷の金子直吉の旧居を訪ねるときにも、久老人は強情というか、忠誠心を発揮した。

直吉の邸が人手に渡ってから、すでに四十年。しかし、老人の頭の中には、旧居は当時のまま厳然と四囲の緑を圧して、そそり立っているようであった。

かつては細い九十九折《つづらおり》の山道しか通じていなかったその丘陵も、いまは箱庭をひろげたような住宅地帯となって、幾本かの自動車道路が上っている。新しい目標として〈一の谷山頂の公衆電話ボックス附近〉と、他の人から聞いてきたのだが、そのボックスもまたいくつかあるようであった。

わたしたちのタクシーは、ここぞと見当をつけた道にのり入れてみた。久氏は、タクシーの窓の中から右を見、左を見、後をふり返り、まわりの山容と海への展望の按配《あんばい》から地理を判じにかかった。

「こんな風だった。もう少し行ってや」

やがて、道は行きどまりとなる。

「や、向うの谷間から上った方がいいかな」

また、タクシーを廻す。

四十年の星霜は、さすがにきびしかった。

若い運転手は、鼻を鳴らした。

「お客さん、ほんま、たしかなんですか」

「たしかや。もうちょい行ってや」

また行きづまり。電話ボックスもなければ、それらしい洋館もない。

「しっかり地理を訊いてきて、出直しましょう」

「いや、たしかに、あのあたりや」

老人は、煙霧のかかっている別の小山を指す。

わたしは運転手をなだめ、また、そちらへ車を向けた。

駄菓子屋があった。

老人は、車をとめさせ、自分から下りて行った。年輩のおかみさんに、大声で訊く。

「この辺に、昔、金子さんの邸があったやろ」

「金子さん？　いまでも金子さんなら何軒でもありますで。金子何というんです」

老人は、きょとんとしたが、

「……いまの金子やない。昔の金子や。ほら、鈴木に金子という人が居たやろ」

「ほんなら、鈴木さんでっか」

「鈴木に居た金子や」

「だから、鈴木さんでしょ」

「有名な鈴木商店に居た金子さんだよ」

おかみさんは、〈おかしな人やな〉といった表情になる。伴《つ》れであるわたしの様子までさぐってくる。

老人は、しかし、まだ引き退らない。

「金子直吉の邸と言えば……」

「番地はどこでっか」

「番地？　そんなもの……」

「一の谷だって広うおますんでっせ。何丁目です。丁目でもわかりまへんか」

「丁目なんて……。ほら一の谷の金子。山陽電車の駅からずっと上ってきた……」

「みんな上って来るんでっせ。何せ、この辺一帯、山の手でっからな」

「……わからんかなあ」

「わかりまへんな。わかりようがあらしまへんがな」

「……」

「何なら、町会の事務所へ行って訊いたらどうでっか。……けど、丁目なと、わからんとなあ」

おかみさんは店の中へひっこみかけたが、それでも老人を気の毒と見たのか、

「その人、いつごろまでこの辺に居たんでっか」

「……ほぼ四十年前や」

「四十年前？　そんな……」

処置なしといった表情で消えた。

老人は老人で心外でならぬといった表情で仁王立ちになっている。わたしは、車を下り、老人を連れ戻した。

「さ、帰りましょう」

「おかしいな。たしか、この辺やが」

まるい眼は、また前をにらんでいる。わたしを無視し、

「運転手さん、上ってや」

わたしも運転手も、もう黙って従う他はなかった。

ようやく公衆電話があった。だが、まわりは木立の中に何十戸となく家が散っている。〈四十年前の金子邸〉と言って、果してわかるだろうか。わたしは引き返したくなった。

「ちょっと待ってや」

運転手は、怒る気力もない顔。

老人は、勝手に見当をつけた方向へ杖をたよって歩いて行く。石のごろごろした起伏の多い道であった。

嗅覚《きゆうかく》の発達した獣のように老人は行く。左へ行き、右へ折れ……。

そして、また、首をかしげて引き返す。

わたしは、汗を拭《ぬぐ》いながら後を追った。

そして、何分か何十分かの後、いまは数世帯が住んでいる風雨にさらされた洋館にたどり着いた。

「玄関は、こっちやでえ」

老人は杖を振り上げて叫んだ。

久老人を表現するには、〈土佐派〉という言葉がぴったりする。〈側近派〉などという陰湿な感じのものではない。もちろん、〈土佐派〉という以上、〈非土佐派〉や〈反土佐派〉も居ることになる。

組織が大きくなれば、来歴・意見・性格の相違などから、人々は小集団をつくる。組織が大き過ぎ、あるいは硬化して、〈自分〉を発揮したり伝達したりしにくくなれば、複数の〈自分〉で事に当ろうとする。組織の中の組織をつくって、自己主張と同時に自己防衛をはかるのだ。

晩年の鈴木商店にも、やはり派閥らしいものが生じた。〈土佐派〉と〈高商派〉である。

〈高商派〉には、主流である神戸高商出身者だけでなく、東大・一橋などの出身者もふくむ。経済学や経営理論を身につけ、店内の近代化を推進しようとした年代的には若い人々である。〈近代派〉と名づけてもよい。

これに対し、〈土佐派〉という呼称は、正確ではないかも知れない。

「坊《ぼん》さん」と呼ばれる丁稚《でっち》からたたき上げの人々、商館番頭からひきぬかれてきた人々、中学の英語の先生など。直吉や柳田といった古い番頭の言うがままに、勘と体験により、ある時期まで鈴木商店を盛り立ててきた人々をさす。

それだけに、年齢的にも直吉に近く、直吉の経営方針を至上のものとしていた。直吉が鈴木商店の大黒柱であることを、露疑わぬ人々である。

もっとも、高商出身者の中にも、久老人のように少数だが、そういう人が居た。直吉の家の書生であったり、地縁につながったりした人たちである。彼等がそのつながりの故に、知性派らしい批判を失ったというのではない。批判するには、あまりにも直吉に近く、直吉の人がらに圧倒されていたのだ。

鈴木商店には、当の金子直吉をはじめ土佐出身者が目立って多かった。社員だけではない。直吉の妻も土佐から迎え、主家の鈴木岩治郎・岩造の妻たちも、土佐の漢学者の娘であった。鈴木の中枢は、土佐でとり巻かれていた。

だが、わたしが〈側近派〉とか〈旧派〉というより〈土佐派〉という呼称が適切だと思うのは、土佐という言葉に代表されるムードが、その派の人々に共通して感じられるからだ。失礼だが、〈土佐犬〉に代表されるムードもふくめて。

金子直吉は、郷国土佐を愛していた。土佐の生れであることを誇りにしていた。その二人の息子はいずれも土佐へ送って、その中学時代を過させた。

後に述べるように、鈴木商店は最後まで金融に手を出さず、また、金融資本に頭を下げなかった。直吉が徹底した銀行ぎらいであったからだ。

「わたしは土佐生れだから、金融資本と断乎として戦う」

と公言した。そんなところまで、土佐生れであることを強調していた。質実剛健、しかも、一徹。それだけに、〈高商派〉の持つ展望や柔軟性に欠けるところがあった。

問題の米騒動当時には、これら派閥はまだ成長せず、会社をあげて渾然《こんぜん》一体の感があった。企業が外へ外へとのび、内部でこもるべきものが外へ発散していたためもある。活動の舞台は、あり過ぎるほどあった。また、〈高商派〉がまだ若く、力を持たなかったせいもある。若いなりの不満もあったであろうが、その不満をやわらげ、たくみに旧と新とをつないで行った要《かなめ》のような存在があったことも、見落せない。

名支配人と呼ばれた西川文蔵である。才槌頭《さいづちあたま》だが、白皙《はくせき》細面。直吉とは打って変ったスマートなタイプである。

明治二十六年、東京高商三年のとき学校騒動に巻きこまれて中退、知人の紹介で鈴木に入った。直吉より八つ年少。そして〈高商派〉よりは、十五年ほど年長。年齢的にも、直吉と〈高商派〉の架橋の地位にあった。

もちろん、ただ年齢的に中間というので〈架橋〉というのではない。西川には意識して、旧と新との断絶を埋めようとするところがあった。

つい最近になって、西川文蔵の書翰《しょかん》の束が発見された。

米騒動当時もロンドン支店長だった高畑宛に送っていたもの。高畑は、明治四十三年の高商卒。頭の回転の早い秀才肌の青年で、〈高商派〉のホープと目され、二十七歳のときロンドン支店長に赴任していた。支配人西川は、十五歳も年少のその青年支店長宛に、ほぼ毎月一回ずつ自ら筆をとり、便箋《びんせん》十枚を越す手紙を認めては送っていた。

その中には、高畑の意欲的な提案に対する返事の部分もあったが、ほとんど鈴木の経営方針と実状を知らせるものであり、異国にある愛児あてに、母親が家郷のことを細々と書き綴るのに似ていた。

西川は、次代の後継者と目されるこの青年との間に、太いゆるぎもしないパイプをとりつけ、鈴木のすべてを一分のあやまりも遅滞もなく知らせておきたい衝動に駆られていたかのようであった。そして、やがて早逝する運命にある西川には、この青年が金子直吉とは遠く、そして、いよいよ遠くなって行く予感のようなものがあったかもしれない。けんめいに、この青年に〈金子の鈴木〉を理解させようと努めているところがあった。

西川は竹を愛し、脩竹《しゅうちく》と号したが、竹のような筆勢で書かれたその手紙には、そうした緊迫感が溢《あふ》れていた。大会社の支配人が、一青年支店長あてに送った手紙としては異例なものであろう。

書翰の束とはいったが、むしろ書翰集と呼ぶべきかも知れぬ。なぜなら、その書翰はすべて日付順に整理された上、羊皮紙を使った堂々たる装幀《そうてい》で製本してあった。書翰綴りというよりも、古文書か美術品の扱いである。

そこには、西川に対する青年支店長の並々ならぬ敬愛の情がにじみ出ていた。

〈この支配人の下でなら――〉

そうした気持を、この高商派のホープは抱いたにちがいない。西川については、

「頭のいい事務員だったが、絵にならぬ人間」

という批評も聞いたが、あくの強い直吉の傍でのそうした澄明な人物であったから、架橋の役割を果すことができたとも言える。わたしの会った鈴木関係者は、一人の例外もなく、西川の役割を評価していた。

西川支配人は、久氏の入社後一年で世を去った。そのせいもあって、老人には西川はこれといった印象を残していない。それでも、老人は思い出したようにしては、つぶやくのだった。

「西川さんさえ生きていたらなあ――」

昭和二年、鈴木破綻《はたん》の後、久氏は朝日新聞に入社した。

「朝日に入ったと、金子さんに報告に行くと、叱られましてね。『どうしてきみ、朝日なんかへ』と言われるんです」

「それはまたどうして」

「金子さんは、朝日ぎらいだったんですな。『きみ、朝日にはずいぶんやられたよ』と、しばしば言われましたから」

「米騒動のときにでも？」

「そう、大阪朝日は鈴木を国賊扱いにしてたな」

わたしは、啞然《あぜん》として、久老人を見た。

久老人は、自ら直吉の側近という。側近であり、まぎれもない〈土佐派〉であるのに、直吉のきらう朝日へ就職する神経は、どういうものなのか。昨日は昨日と、ぽきりと断ち切ってしまったのだろうか。

いや、久氏個人のことは、もう追うまい。

金子直吉は、愚痴をこぼすことのなかった人といわれている。その直吉が、朝日に限ってそうした繰言《くりごと》をつぶやいたのは、何故なのか。

よほど心外であったのか。後になって、あらためて新聞の力を思い知らされたというのか。そして、朝日はまた何をそれほどたたいたのか。何故、それほど。

鈴木焼打ちを解くカギが、もう一つ出て来たようである。

これまで、わたしは鈴木対襲撃者という関係をとらえようとしていた。しかし、その関係をもっと正確につかむためには、顔を上げて周囲を見直すべきであった。

すると、大阪朝日と並んで、ここにもう一つの大物が登場して来る。三井である。先の米騒動四十六周年記念講演会で、社会党元委員長は、こういう話をした。

「戦争があったから、米騒動があったんだ。これは、資本主義の特徴ですよ。米は、資本家としては、いちばん手っ取り早くもうかる。たたいて買って、つり上げて売ればいい」

そう言って一息ついて場内を見廻し、

「三井がやってました。しかも、米騒動の真最中に。明石沖に三井の汽船が入り、三井物産の社員がピストルで非常警戒しながら、米の積出しをやったんです。足りないと世間で騒いでいるときに、相当に輸出している。これが資本主義の本質です」

信じられぬといった顔つきの聴衆を見て、元委員長はすぐにつけ足した。

「ほんとうの話です。わたしの友人の清水豊造、高商を出て物産の社員だったが、その男が持ち馴れないピストルを持たされて張番に立たされたんだから。『向うから米持ってきたと嘘を言ってあるが、本当は積んで持って出るんだよ』と、わたしに話したんです」

これが、『日本の百年・成金天下』には、次のように元委員長自身の文章として引用されている。

「滑稽なのは、阪神の沖合に纜《もや》いしていた三井物産の貨物汽船の騒動であった。船にはハワイへ輸出する内地白米三万石が隠匿されていたので、神戸の三井支店の社員が、武装して夜警にあたっていた。命がけの夜警の手当で、一日一円五十銭は、米三升の値打ちしかないというので、社員がストライキを起こして騒いだ。三井は不足している白米の輸出をひそかに企てつつ、この日東京において、もっともらしく救済資金の寄附を申し出たのであった」

この三井の明らかな買占めについては、当時の新聞は、ただの一行も触れていない。

鈴木が自社の米倉庫を持ち、荷動きのすべてが目立ったのに対し、三井は、神戸における穀類の取扱いに関しては、主として増田という身代り会社《ダミイ・カンパニィ》を用い、倉庫もすべてそこを利用して、表面立つことはなかった。

しかも、米騒動の渦中においても海外輸出を行っているのに比べ、鈴木の積出しは前記のように一年前の大正六年七月で打ち切っている。この点だけからすれば、買占めの嫌疑は三井にも向けられる。そして、その嫌疑をそらさんがために、鈴木を悪玉に仕立てる可能性も出て来る。

三井と鈴木の確執のケースは、枚挙にいとまがない。

一例だけあげよう。

「鈴木の子会社である神戸製鋼が、一時、経営不振で、暫時休業をすることになった。

そして熔鉱炉の火を消す機会として、年末の休みを利用することにした。

いよいよ、熔鉱炉の火を消すというその年の暮に入ると、直吉は三井銀行を訪問して、製鋼所は今日限り、炉の火を消しますから、御安心下さいと通告した。

三井銀行は、鈴木商店の取引銀行のうち、最も冷酷に批評していた銀行であった。鈴木が、毎月、製鋼所で莫大な損を重ねているのを、最も痛烈に非難していた銀行であった。そして、それが鈴木の他の商売にも、多少障ってきつつあった。その三井銀行へ、炉の火を消すと通知して安心させたのである。しばらくすると、三井から、小野友次郎がやってきて、直吉にあい、

『君は先日、製鋼所の火を消すというたが、あれは二カ月ばかり待ってくれ給え。いま三菱と相談して、あれを買おうと思っている。どうか、是非待って戴きたい』

と、たっての頼みである。三井から、そう頼まれれば、嫌ともいえなかった。小野は有難いといって帰っていったが、暫くして鈴木商店の倉庫から小火《ぼや》を出し、水よポンプよと大騒ぎしているところへ、小野が訪ねてきた。

直吉は、火事見舞いか、製鋼所かとあってみると、製鋼所の件だが、三菱が賛成せぬので、折角だが駄目になったという話。これはひどい、怪しからぬことだと思ったが、相手が三井であれば仕方がない。左様ですか、承知しましたと、アッサリ帰したが、もうそのときは熔鉱炉の火を消す絶好の機会は過ぎていた。直吉は口惜しい上に、まごまごしていると、大変な損失になって行倒れると思い……」（河野重吉『財界巨人伝』）

大戦直前のことである。

しかし、この不幸はむしろ幸いして、神戸製鋼は大戦勃発とともに、一流会社へ飛躍して行った。

この種のことは、絶えず鈴木と三井の間で起っていた。二社は、死力を尽くして闘う仲でもあったのだ。

鈴木が大衆の怨嗟《えんさ》の的となることは、三井にとって気乗りのしないことではないはずである。

もし焼打ちの火付役となった〝幻の騎士〟がありとするならば、その騎士は左翼やアナキスト側だけからではなく、既成の勢力から仕立てられることもあり得る。

妙な組合わせだが、三井と朝日の、当世風に言って〈共同謀議〉という仮説も成り立つ。もちろん、これはあくまでも仮説である。そういう仮説も、おかしくないほど、三井と鈴木は相似た分野で相争い、朝日ははげしく鈴木をたたき続けた。

米騒動の二年ほど前、朝日は鈴木に関してセンセイショナルな記事を報道した。鈴木が神戸・横浜を避けて門司港から、第三国船を使い、ひそかに敵国ドイツ向けの米を積出したというのだ。正に国賊扱いの記事であった。

だが、それは朝日の誤報であった。

記事にある門司港からデンマーク船に積んだ米は、サンフランシスコ向けであった。防長米は粒が太いところから、米国人に好まれており、そのための積出しであった。

朝日の記者は、ドイツの隣国のデンマークへ戻る船、それに米を積むのだからドイツ行きと早合点したのかも知れぬが、回航途中の空荷の船舶を、国籍を問わず、たくみに利用するのが、鈴木のお家芸であった。

朝日も誤報を認めた。

だが、誤報と知れてからも、〈国賊鈴木商店〉のイメージは、扱いがセンセイショナルであっただけに、読者の脳裏から容易に消え去らなかったであろう。米に関して鈴木が怨まれる素地は、すでにこのときからつくられていた。

こうして見てくると、大正七年という年は、鈴木にとっては、一徹さや一筋縄では渡って行けぬ年であった。

容易ならざる状況。これに対して、鈴木の側にはどれだけの準備があったのだろうか。焼打ちをどの程度に予知し、どう対応して行ったか——その辺の事情を明らかにすれば、焼打ちされるだけの理由があったかどうかの手がかりもつかめるであろう。

人間になぞらえて、鈴木商店の姿勢といったものを知らねばならぬ。その姿勢をつくっていた人々のことも。

五

「今日以後は、鈴木の信用と財産とを充分に利用して出来るだけの金を拵《こしら》え、極度の融通を計って貰い度い。又如何に行詰るとも、自分の戦闘力をにぶらせる様なことは言って呉れるな。盲目滅法《めくらめつぽう》だ、驀地《まつしぐら》に前進じゃ。いよいよいかぬときには俺にだけソッと言え。鈴木の大を成すは、この一挙にある」

世界大戦が勃発し、財界が未曾有《みぞう》の混乱の渦中にあるとき、金子直吉は鈴木商店の会計主任にこう命じた。（金子柳田両翁頌徳会『金子直吉伝』）

そして、船舶をふくむすべての商品に対して、一斉に買いに出た。

「盲目滅法だ、驀地に前進じゃ」

冒険である。商売上の勘だけではない。金子直吉その人が躍り出していた。

明治四十二年以来、経済界は底なしの不景気の中に沈んでいた。倒産続きで屏息《へいそく》状態の産業界はもとより、銀行には取付騒ぎが続き、大戦勃発のその年（大正三年）にも、大阪株式取引所の機関銀行までしていた北浜銀行が破綻し、大混乱を惹き起した。

鈴木商店もまた、必ずしも順風に帆をはらむという状態ではなかった。もともと貧弱な基礎から急膨脹してきた上に、すでにこの当時、日本商業、神戸製鋼・帝国麦酒・東洋製糖・東工業・大日本塩業・合同油脂・東亜煙草などといった子会社を抱えこみ、不況にあっては、それらがそれぞれ重荷となってはね返っていた。新興会社に対して、金融資本は警戒的であり、鈴木商店は、その規模を維持するのに手いっぱいという状態であった。


算盤で直吉の頭を撲りつけるような、気性の烈しい先代鈴木岩治郎が死んだのが、明治二十七年。金子直吉が、数え二十九歳のときであった。

四十三歳の女主人公ヨネの下に、柳田富士松が砂糖を、金子直吉が樟脳を受け持って再出発することになった。

そのとき、鈴木商店は、財産といっても土地・家屋を合わせて九万円足らずの市井の一商店に過ぎなかった。

再出発早々、直吉はつまずいた。

イギリスの大相場師がひそかに樟脳の世界的な買占めを行っていたのに気づかず売り向い、破産一歩前まで行った。しかし、ヨネはなお直吉を信任した。

土佐人直吉は、奮起した。〈樟脳で必ず成功してみせる!〉

やがて直吉は、軍政下の台湾へ大工に化けさせて人を送りこみ、製脳とその製品の買取りにかかった。そして、民政になるや、最初の民政長官後藤新平に接近した。もちろん、まだ一介の商人。これという紹介があるわけではない。三井・三菱以外には会わぬという後藤。それでも直吉は、毎日毎日、民政府に訪ねて行った。根負けした後藤が会ってみると、直吉は奔《はし》るように製脳官営論をぶつ。

当時、後藤は製脳事業を総督府の直営事業にしようとし、大小の製脳業者から猛反対を受けているところであったが、製脳業者の草分けの一人である直吉から熱烈な共鳴論が出ようとは予想もしなかった。

直吉は、後藤をつかもうとして、妥協したのではない。彼は先を読んでいた。濫立《らんりつ》する製脳事業の将来性に見切りをつけ、むしろ、官営後の製品の一手販売権をにぎろうという算盤であった。直吉がそこに眼をつけたのは、薄荷《はつか》の経験があったからである。

直吉が入店後まだ間もないころ、ドイツ人の商会に樟脳を売りに行ったところ、田舎生れのみすぼらしい小僧といやしまれたのか、直吉の商談の持ちかけ方が下手だったのか、

「もうお前は来るな」

と、ごていねいに店の外まで押し出されたことがあった。直吉は、押し出した小使に訊き返した。

「それじゃ、何をもってくれば買う？」

答は薄荷ということであった。

早速調べてみると、薄荷は日本の特産品であり、化粧品・香料・薬品の原料として世界中に買われている。北海道と三陸に作付地が限られるため、豊凶によって騰落がはげしいが、目減りしないので安いときは大量に買いこんでおくことができる。

直吉の進言で、鈴木は大々的に、そして徹底して買い続けたので、遂には全国の五割から六割を一手に商うようになった。薄荷工場をつくって優良品に仕上げ、鈴木ブランドの薄荷は特等品として、全世界に出た。独占的事業だけに利幅は大きく、年々四、五十万円も儲かり、鈴木の大きな収益源となった。

独占事業の有利さは、誰にも明白である。ただ、そのチャンスをつかむのに、直吉は炯眼《けいがん》であり敏捷《びんしょう》であった。

独占は、莫大な利益だけでなく、その世界での主人公になるという快感をもたらす。直吉は、樟脳においても、その利益と快感を味わいたかった。

手段を尽くし、反対運動の切り崩しにかかった。

思いもかけぬ直吉の行動に、もともと緊密ではなかった業者の結束はみだれ、製脳官営の後藤の計画は実現した。そして、その手柄を認められて、目算通り、官製樟脳の六割五分の販売権を得た。

後藤を介し、鈴木は台湾銀行から融資の道も得た。

政治家としての成長株である後藤を知ったことは、直吉にとって大きなプラスとなった。後藤にとっても、同様のことが言えるかも知れない。成長株同士は、いち早く相手の何であるかを見抜いたのだ。

(しかし、利害は表裏をなす。後藤との結びつきは、米騒動にあたって怨嗟を招く原因をつくり、台湾銀行への全面的な依存は、台湾銀行の放漫貸出と相俟《あいま》って、一蓮託生的《いちれんたくしょうてき》な破綻を用意することになる。結びつきにおいて利だけをとるという器用な性格から、直吉はほど遠い人であった)。

台湾への進出から、直吉は砂糖にも関心を持つようになった。たまたま後藤には、基隆《キールン》港発展のため工場誘致の考えがあり、政府の補助奨励金を受けることを前提として、直吉は精製糖工場をつくることにし、機械を買入れ、技師も傭《やと》い入れた。しかし、後藤が樟脳取引における鈴木との関係を議会で追及されたりしたため、基隆進出は取りやめとなった。

当時、砂糖は供給独占の形にあり、大阪にある大日本製糖の横暴ぶりは眼にあまった。日糖の専務は、いつも大阪南地にあるお茶屋を指定し、気に入りの芸妓を侍《はべ》らせなければ、商談にのらなかった。

これが、直吉の癇《かん》にさわった。

直吉は憤然として資金集めにかかり、丹念な調査の末、小倉に近い大里《だいり》に製糖所をつくることにした。水・石炭が豊富であり、十分、競争に勝つ自信はあった。日糖側は、水質が悪く、砂糖の出来るはずはないと、冷笑した。

いざ、稼働してみると、砂糖はかたまってしまう。水質のためではなく不熟練のためとわかった。直吉は困惑した。

そこへ、日糖の熟練工が傭われに来た。専務が工場巡回中、芸妓の写真を落したのを見、ばかばかしくて働けなくなったのだという。この熟練工のおかげで、大里製糖所は救われた——。

よく出来た話である。いかにも、直吉好み。そして、直吉の息のかかった世界では、宗教的なまでに信奉されそうな素朴な教訓。これがそのまま事実とすれば、直吉はその生き方、懶惰《らんだ》をいやしむ事業一途《いちず》の生き方に、いよいよ傾斜を深めたことであろう。実業家と呼ばれる者のだらしなさをあらためて知り、心中深くいっそう彼等を軽視し、その反面、自らの力に自信を強め、奮い立つ思いであったにちがいない。

彼は人の意見もよく聞いたが、同時に、彼にとっての最大の説得者は、彼自身の経験であった。経験を中心に、彼は木の瘤《こぶ》のように頑固にかたまって行く。

立地条件がすぐれているため、大里の精製糖は、原価が格段に廉い。売りこみには、砂糖を多年手がけてきた柳田が居て、自信がある。

会社の規模においては問題にならぬが、大日本製糖にとっては、厄介な競争相手の出現となった。

このため、再三、合併を持ちかけてきた。

直吉には、大きな傘の下に入る気持はない。買収なら応じると言い、足もとを見て、七百五十万円で売ると吹っかけた。大里製糖所を含めた鈴木の資本が五十万円のときである。

相手は直吉のペースにひき廻され、その結果、六百五十万円とともに、鈴木に北海道・九州・山陽山陰・朝鮮の一手販売権を与えるということで妥結した。

鈴木商店にとっては、眼をみはるような大勝利であり、これで第二の飛躍のきっかけが出来た。

大日本製糖は、間もなく疑獄事件を起して蹉跌《さてつ》。三井銀行を中心とする債権者団は、直吉を呼び出して、六百五十万円中未済であった四百万円の棒引を迫った。中には、拳をふり上げて直吉を威嚇する銀行家もあった（直吉の銀行ぎらいは、烈しくなる）。日糖の整理のための会議というよりも、鈴木を取拉《とりひし》ぐ談判であった。三国干渉にも似た事態である。

直吉は耐え、そして闘った。

論戦実に三十日。最後まで屈しなかった。償還期間を二年延長するだけで、金額については一文も譲らなかった。

新しい芽に襲いかかる既成勢力の嵐といったものを、直吉はこのときはじめて味わわされた。

〈力を持たねばならぬ。より強い力を〉

力への憧憬《どうけい》が増す。

勝てば勝つで、抑えられれば抑えられるで、彼はいっそう奮い立つ人間なのだ。いや、世の中のすべてのことが、彼を奮い立たせるためにしか存在しないような人間。奮い立ってはならぬときも、奮起してしまう。どんな触媒も、彼を奮起させるようにしか作用しない――それが、土佐人金子直吉であった。人間としては片輪なのかも知れない。

直吉には、非力な父と、勝気な母があった。

金子家は数代続いた豪商であったが、父の代には、高知の棟割《むねわり》長屋に住むところまで落ちぶれた。

このため、直吉は学校へも上らず、十歳のときから紙屑拾《かみくずひろ》い。ついで、砂糖屋の丁稚《でっち》に拾われ、質屋に移り、それがまた砂糖屋になった。

〈貧乏人だ〉〈文盲だ〉と、子供たちからは、馬鹿にされ続けた。孤独が身についた。

学校へ行かなかったのは、

〈借金があるのに、子供を学校にやっては申訳ない〉

と、母親が考えたためでもある。その代り、神主について高天原の祝詞《のりと》から教えられた。

奇矯《ききょう》な人間づくりが重なった。

だらしのない父親がもたらした屈辱的な環境。その中で、気丈な母親が爪先立ちになって一家を引っ張って行く。

母親は大黒柱であった。家事はもとより、古着の行商で一家を支えた。一字も読めないが、体を刻んで世間を知った。それだけに、彼女なりの信念ともいうものがあった。

〈金子家が没落したのは、金持時代に貧乏人いじめしたためだ。おまえは成功しても、決して貧乏人いじめしてはならぬ〉

と、口癖のように言った。額面通りにも受け取れるが、また、そこに屈折した優越感を見ることもできる。

とにかく少年直吉の眼には、大きな、ゆるぎない母親であった。直吉は、母親に対して常に従順であった。

後年、女主人公鈴木ヨネに無理なく仕えることが出来たのも、ヨネの上に母親に通じるものを見、母親に仕えた慣性のようなものが働いたためと考えることもできる。

鈴木商店につとめて三カ月、岩治郎のきびしい躾《しつけ》に耐えかねて、直吉は郷里に逃げ帰ったことがある。ヨネは、すぐ呼び戻しの手をさしのべてきた。その心づかいを嬉しく思ったが、直吉を再び鈴木へ向わせたのは、母の訓戒であった。

〈橋と主人は弱くてはいけない。強い主人に揉《も》んでもらえば、将来必ず見込みがある〉

母親の姿が、眼の裏に貼りついていたためもあろう、彼は勤勉な丁稚であった。

早朝の掃除から夜更けての按摩まで、小まめに働いた。算盤をおぼえ、値段と目方の換算表をつくっておく機転もあった。質屋時代に読書をおぼえ、手あたりしだいに乱読したのをはじめ、魚釣りに早起きする主人のため徹夜して読書することも、屢々《しばしば》であった。

直吉から劣等感がうすれたのは、高知に来た陸奥宗光の演説要旨を新聞で読んだときからである。直吉は、たいして感心しなかった。

〈この程度のことなら、おれだって――〉

と、思った。

小手だめしに法律を勉強し、主家のため、本職の弁護士相手に法廷に立ち、二度にわたって勝訴もした。

土佐には、まだ大政治家への夢が溢れていた。彼もまた人なみに政治家に憧れ、政治の本を読んだ。

だが、大政治家になるには、それまでの人生があまりに貧寒過ぎると思った。彼程度の知識教養では、せいぜい代議士どまりであろう。それより、むしろ商人へ。

「先ず第一に自分は代々の商家に生れ、商家に育ち、現に商家に奉公している。言わば生れながらの商人である、商売にかけてはまんざら人後に落ちるようにも思えない。政治家になるよりもこれは一つ立派な商人になってやろう」（前出『金子直吉伝』）

その通りの心情であったであろう。

彼は、経験から学び、経験を尊重する男になっていた。そして、自己暗示にかかりやすい。それだけに、決意には粗野な力がこもっていた。

〈おれだって！〉

彼は爪先立つ。

せまい高知で砂糖商人で終るのでは、やり切れない。内外人の集まる神戸で、西洋人相手の商売を。

彼は、高知での最後の主家傍士《ほうじ》の紹介で、鈴木商店へ向った——。

鈴木の大黒柱になってからも、金子直吉の風采は冴えなかった。お家さん外出のとき、小僧姿に雪駄《せった》をはき、荷物を捧げ三尺離れてちょこちょこお供していた当時と、見栄えのしない点では、大差なかった。

「金子は身の丈五尺二寸五分、体重十五貫八百目の中肉中背、此方はマアよいが、口は大きく鼻低く、眼は小さくて、しかも六度の近眼だ。加ふるに色飽迄《あくまで》黒く、丸でインディアンのやうだ。とも角、人並外れた醜男《ぶおとこ》である」

これは、福沢桃介による描写である。美男の二代目と自負した桃介は、

「実業家の風貌《ふうぼう》も二代三代となると、自然鍍金《めっき》がのつて、綺麗にもなれば品も出来るが初代の御面相はお話にならぬ。渋沢栄一、大倉喜八郎、根津嘉一郎等何れも皆然り。金子と来ては抜群なものだ」

と、妙な折紙をつけた。必ずしも、酷評ではない。

肩幅の広い羅漢像《らかんぞう》のような体軀。大きな耳と、前頭の高いビリケン頭。鉄縁の眼鏡。乱視で近視、そして斜視。鼻が悪いので、いつもコカインの注入器を持っていて、鼻に

ふっかけている。

夏冬通して、いつも同じ鼠黒の服。綻びても気にしない。ズボンはだぶだぶの袋のようで、折目などついていたことがない。しかも、ポケットはいつもふくれ上っていた。冬には、そのズボンの裏に真綿をとりつけるので、いっそう不恰好になる。貧血気味の彼は、何よりも健康、そのための保温だけを考えていた。夏も、腹から懐炉を離さない。晩年には〝頭寒〟のためとあって、頭頂に氷嚢《ひょうのう》をのせ、くしゃくしゃの中折帽をいつもかぶって、落ちないようにした。そして、靴は、踵の低いもの。

風采に関する限り、よいところなしである。

もっとも、四季を通じて同一の服と見たのはまちがいで、同色同柄のものを厚地・中・薄地と、三通り揃えてつくらせ、季節に応じて取り替えていた。

生地は、純駱駝《じゅんらくだ》の高級品——というと、ダンディのようであるが、その着こなしが前述の通り。最上の生地というのも、当世風に言えば丈夫で長持ちする点を買ったまでであろうし、三通りも同じ服をつくらせたのは、一徹さというよりも無頓着《むとんちゃく》さと物ぐさのせいであろう。

いずれにせよ、この風采の上らぬ男から、眼をみはるような号令が出たわけである。

「盲目《めくら》滅法だ、驀地《まっしぐら》に前進じゃ」

直吉は、若い社員によく言っていた。

「内地の商売は、日本人同士の内輪で金が動くだけ。芸者と花合わせをやるようなものだ。何より、外人から金《きん》をとらなくちゃいかん」

直吉は、その意味では重金論者であった。金《きん》があれば、どこの国でも物を売ってくれる。それを加工し、転売して、さらに大きな金を稼ぐ——商人として、これ以上に生甲斐のある仕事はない。

だが、その貿易は、大戦勃発とともに混乱状態に陥った。金融は杜絶し、内外のどの港の波止場にも、滞貨が山と積まれた。

連合国船舶は、あちらこちらでドイツ軍艦に拿捕《だほ》され、撃沈される。荷主は買い控え、船は出航を取り止める。

前途は、暗澹《あんたん》たるものであった。

こうしたとき、鈴木商店だけが、敢然と買いに出た。直吉は、それを賭けだとも冒険だとも思わなかった。

ロンドンから、シドニーから、ペテルスブルグから、次々と若い社員たちからの至急電報が届く。それを直吉は頭の中にまとめこみ、目先はともかく、戦争による商品不足まちがいなしと踏んだのであった。よしと判断したことを、彼の愛読書の『孫子』にある如く、疾風のように実行に移した。

〝この一挙〟と見ただけに、鈴木の買いはすさまじかった。

最初に鉄。当時まだ二十代のロンドン支店長高畑宛には〝BUY ANY STEEL, ANY

QUANTITY, AT ANY PRICE.〟

という異例の電報が飛んだ。

鋼鉄と名のつくものは、何でも、いくらでも、あるだけ買いまくれ、というわけである。裁量の一切が、その若年の支店長に任されていた。任された高畑は、イギリスの鉄を買占めた。アメリカでも、鈴木は買いまくった。

直吉は船舶にも目をつけ、三菱造船所に一度に一万トン級貨物船三隻を注文して、世間を驚かせた。また、鈴木自ら播磨・鳥羽の二造船所の経営にのり出した。

船舶を発注すると同時に、川崎造船・三菱造船・石川島造船などの各造船会社に、造船用の大量の鉄材を売りこんだ。鈴木商店が買いに出て三カ月と経たぬ中に、物価は上昇に向った。とくに鉄や船の騰貴はめざましく、鈴木は高く鉄を売り、安く船を買うことで、二重に巨利を得た。

直吉と意気投合の仲であった川崎造船社長の松方幸次郎も、船価の昂騰《こうとう》を見越し、受注によるのではなく、思い切った見込み生産にかかった。鈴木はそのための鉄を売りこんでもうける。

剛愎《ごうふく》な松方のやり方が不安で、たまたま銀行集会所で会食した際、川崎造船の常務が直吉に頭を下げて言った。

「あんまり鉄を買わせて下さるな。うちの大将は、もう二杯分も買うとるらしい」

直吉は、笑って取り合わなかった。直吉と松方の間では、実に十杯分の鉄を売り渡す話が出来ていた。松方はそれを重役会では二杯分と報告していたのだ。

大正四、五、六年と、鈴木は雪だるまのように大きくなった。

世界各地から、毎朝、赤電（至急電報）が鈴木の店に到着する。

〈電報料は一切心配するな！〉

世界中の多種多様の商品の相場が、どこよりも早く鈴木に届く。まだ通信社のない時代であり、朝日・毎日などの大新聞も、みな鈴木に前日の引値を訊きに来た。

プライベート・コードもまた、莫大な金を惜しみなくかけて買ったものであった。

他の部課より一時間早く、外国電信部が全員出勤する。学校出ぞろいの彼等は、その暗号電報の束を競争で解読し、終ったものから各部のデスクに配布する。そして、全部の写し《コピイ》が直吉の机の上にのる。

貿易といっても、日本でつくった物を外国に売るというだけではない。全世界の相場の刻々の動きをつかみ、外国でつくった物をさらに他の外国に売る。第三国間貿易は、鈴木がはじめ、鈴木のお家芸となった。

チリ硝石をロシヤへ。ロシヤからはウクライナの小麦をロンドンへ。鈴木の不定期船《トランパー》は、港から港へ百パーセントの効率で運航されて行く。船と荷が先へ先へと追いかけっこをして、休むことがない。定期船《ライナー》を利用して、荷があれば送り——といったそれまでの商法の及びもつかぬ利益となる。

SZK・イン・ダイヤモンド、さらに、煙突に白地に赤く㊎を浮かせた一万トン級の第一米丸・第二米丸・第一百合丸・第二百合丸をはじめ、五千トン級以上だけでも二十隻を越す鈴木船舶部の船。

さらに、川崎汽船など内外の汽船会社からのチャーター船を合わせ、二、三十万トンの船腹が、鈴木のためにきりきり舞いを続けた。

アルゼンチンの小麦が、ビルマの米が、ジャワの砂糖が、まだ売りこみ先のきまらぬ中に積みこまれて出港する。

「積地―サンパウロ。揚地―地中海沿岸三港ノ一ツ」

そうした荒っぽい契約で、錨《いかり》をあげさせる。

船の到着するまでに、揚地と買手を見つけ出さねばならないし、その自信があった。

〈迅速に、機敏に〉

会社が一つの若々しい神経系となってはじめて可能な離れ技であった。支配人西川文蔵を中心とする青年社員に、直吉は任せ切った。

取引を進めていく上で、二十代の社員も自由に腕を競い合った。責任者の印は無用であり、部長も通さず、ただ直吉に報告するだけ。

直吉は、どこを見ているかわからぬ斜視のまま、「へい、そう」「ああ、そう」という調子外れの相槌《あいづち》を打ってうなずいた。

直吉には、あまり子供のときの遊びの記憶がない。

そのただ一つの例外が、〝天下取り遊び〟であった。

高知の升形《ますがた》に、崩れかかった石垣がある。その崩れたところへジャンケンで勝った子供がまず坐る。

負けた子供が、声をかける。

「お頼み申す」

「何じゃ」

「天下を芋刺にして食いたいのじゃ」

「食いたくば食って見よ」

そこで、押しつ押されつのつかみ合いをやる。

勝った子供が石垣に陣取り、負けた子供は下に立つ。そして、すぐまた繰り返す。

「お頼み申す」

「何じゃ」

「天下を芋刺にして食いたいんじゃ」

直吉は、その遊びが好きであった。歳をとってからも、その遊びの記憶だけは消えなかった。

五

大正六年の秋深い一日。

直吉は、朝の海を見下ろす須磨の自宅で、久しぶりに筆と巻紙をとった。

直吉は、大きな堂々たる字を書く。それも、「巻紙を置いて書いては間に合わぬ」と、人にも机に置かせなかったこともある。しかし、若い西川文蔵に代筆させたのをはじめとして、そのころでは口述したものに最後に筆を入れる程度。自ら筆をとることはなかった。

直吉は、巻紙を宙にしたまま、大きく筆を走らせた。宛先は、ロンドン支店長高畑誠一。もちろん、高畑宛に親書を書くのは珍しい。

その朝の直吉の昂然たる気概は、筆を走らせずにはおかなかった。一つの爆発であった。筆と、直吉の心が、競い合い、おどり合った。

巻紙二十一尺に及ぶ長文の手紙。当時の鈴木を知り、そして、何より金子直吉を知るために、それは全文を引用するに足るものと思う。

「高畑君に対し　先日御懇書を以て戦争に依る英米財界の変遷を報導せられ是が確に吾人の法螺袋《ほらぶくろ》の一部と成りしを感謝す　尚如斯《かくのごとき》一般的の報告と共に又専門的　仮令《たとえ》ば豆が戦争の為どうなるか戦後樟脳の需要がどう成るとか斯うなるとか言ふ様な報告をも賜はらん事を望む

即ち一般的報告も頗る必要には相違なきも当店の取扱に係るもの乃至日本の商売に関係ある砂糖、米、豆、石炭、船、樟脳、薄荷等の部分的商品に対する戦前戦後需要の変遷等の報告がより以上必要なりと言ふに在り　蓋《けだ》し戦争が終局に進むに随ひ弥々《いよいよ》益々必要を感ずるものと御承知を乞ふ　小川君の増員を行ふも又ロンドン出張所に如斯余裕を与へんと欲するに外ならず　今小生が聞かんとする所を左に示録せば今日船舶の黄金時代が戦後まで継続するものとせば凡そ何時迄継続すべき哉《や》　戦後運賃界は如何に成行《なりゆく》べき乎《か》

砂糖の商況は戦後如何に成行べき乎　戦後に於ける需要供給の状態如何其の他米、豆、豆油、魚油、樟脳、薄荷、銅、錫、亜鉛、鉛等に就き現在の状況及戦後に於ける需要供給変遷の見込如何等

又英米に於ける鉄の供給は戦局の如何に拘らず継続し得らるゝや　戦後に於ける需要供給の見込如何

労銀が戦争の前と今日と何程の差を生じたるや又戦後労銀の見込如何

造船費用は戦前と今日と又何程の差ありや戦後は如何に成行べき乎

英国に於ける戦前と今日とを比較せる物価表を送られたし但し指数に依るものにては駄目也　即各種商品の高低表を見て今日迄未だ心付かざりし金儲けの材料を得んとするにあればなり　英国如何に富めりと雖《いえど》も今日の如き大戦を永くやる時は結局不換紙幣を発行するに至らん是吾人の最も恐るゝ所此点に深く注意せられんことを切望す

戦争の為め英国の商業は地方的に成つゝ在り仏米に人を派遣するの要なき乎今後は日本米と豆の輸出を盛大にやらんと欲す　昨年の例に依るときは米は満足すべ

き商売を為したるも豆は甚だ不充分なりし　大に協力せられん事を望む　豆及び豆油の商売は当地の小寺頗る優勢なり豆油の如き鈴木商店の輸出は多数の場合にて一回一二万箱に過ぎざるも小寺の場合は豆油の満船積商売を為す事珍らしからざるを以て甚だ羨望に堪へず或は言ふコンサイメントを為す故如斯多額の積出をやるもの也と　果して然る時何等浦山敷《うらやましき》事なしと雖も　若し然らざる時は商人の大恥辱なるを以て一片の御調査を乞ふ　豆も又現在の取引先にては不充分にして当地大連《だいれん》にて意の如く活動出来ざるを覚ゆ是も又特別の注意を払はれんことを依嘱す

当方にては銅亜鉛等の製煉事業を開始したるに甚だ好結果也即ち銅は支那の古銭其の他古金類を分解亜鉛と銅を得るに在り亜鉛と鉛はロシヤ濠州より鉱石を取寄せ是を製煉しつゝ在り此の事業に対しても有益なる報告と知識を与へられんことを望む

船舶　先の帝国丸は他に売却（明年七月六十五万円にて）せり続いて報国丸も又売らんとす　其の代りに一万噸の船二ツ五千噸一ツと三千噸一ツ今新造中也　一番早き分にて来年八月に出来る

小川君持参の砲弾はロシヤの注文にて数ケ月後より製造する予定也

貴地にても仏国其の他より注文を得べし代価は一個十八円なり高ければカウンターヲフアーを望む　其の他此程の軍需品日本にて出来るものは注文を取る事甚だ面白かるべし是仏国に人を派する必要あらんかと考ふ所以也

今当店の為し居る計画は凡て満点の成績にて進みつゝ在り　御互に商人として此の大乱の真中に生れ　而《しか》も世界的商業に関係せる仕事に従事し得るは無上の光栄とせざるを得ず即ち此戦乱の変遷を利用し大儲けを為し三井三菱を圧倒する乎　然らざるも彼等と並んで天下を三分する乎　是鈴木商店全員の理想とする所也　小生共是が為め生命を五年や十年早く縮小するも更に厭ふ所にあらず　要は成功如何にありと考へ日々奮戦罷在《まかりあ》り　恐らくは独乙《ドイツ》皇帝カイゼルと雖も小生程働き居らざるべしと自任し居る所也　ロンドンの諸君是に協力を切望す　小生が須磨自宅に於て出勤前此書を認むるは　日本海々戦に於ける東郷大将が彼の『皇国の興廃此の一挙に在り』と信号したると同一の心持也

大正六年十一月一日　須磨自宅にて　　　　　　金子直吉

高畑君　小林君　小川君」

この年、金子直吉、五十二歳。高畑誠一、二十九歳。

直吉は三十五歳のとき、高知の旧主傍士の妹徳を妻に迎えていた。徳は仙女と号し、ホトトギス派の俳人となる。その妻の手引で、直吉も俳句らしいものをつくるようになった。自ら名づけた俳名は、白鼠。鈴木商店の白鼠という意味であろうか。

そして――。

「初夢や太閤秀吉奈翁《ナポレオン》　　白鼠」

六

大正七年正月。

神戸市東川崎町の鈴木商店の前には、二抱えもありそうな大きな松飾りが立てられた。

移って間もないその建物は、かつてのミカドホテルの瀟洒《しょうしゃ》な木造三階建を改造したもの。後に二階建で鉄材部の建物がつぎ足されていた。

もちろん、それがそれから半年余りで焼打ちされようとは、誰も思わない。のどかな新春の陽だまりの中に浮かんでいた。

昼近く、若水をつかった社員たちが、三々五々集まってきた。

紋付姿もあったが、詰襟もふくめて洋服姿がほとんど。ところが、つい数年前までは、正月に限らず、鈴木では全員が和服であった。

台湾へ出張した一人が、はじめて洋服を着て出社すると、たちまちヨネの不興を買った。それ以来、しばらく洋服を着る者もなかったが、あるとき突然、西川文蔵が背広姿で社に出てきた。丁稚上りとはちがい、東京高商まで出た男のすることである。ヨネはさすがに文句を言いかねた。

その後、みるみる洋服着用者が殖えたのだ——。

「おめでとうさんです」

「本年もどうぞよろしゅう」

「やりまっせ、今年も」

そここではなやいだ挨拶風景があって、やがて、社員食堂に集まっての新年会となる。

その社員食堂では、直吉たち重役も、社員たちと並んで同じ食事をとる習わしであったが、年に何度かはそうした恒例の行事が行われた。つい前年の暮にも、賞与《ボーナス》の授与式があったばかりである。

そのときは、中央に、お家さん鈴木ヨネ、その両脇に大主人鈴木岩治郎（長男）、若主人岩造（次男）が立った。さらにその両脇を固める恰好で、直吉と柳田が立つ。

ボーナスは、全社員一人一人の名を呼んで、お家さんの手から渡される。そのため、かなり、長い時間がかかった。

しかし、ボーナスはそれだけではない。式が終り、それぞれ持ち場に帰ると、今度は各部の主任が、

「ちょっと、きみ」

と、目ぼしい男を蔭に呼び、ポケットから別の賞与を渡した。それは月給の数倍、久氏の記憶では、三百円もらったこともある。

さて、社員食堂での新年会には、ヨネはじめ鈴木の人々は顔を見せない。金子直吉と柳田富士松、支配人の西川文蔵。その三人が正面に並んだ。対面して数百の社員が整列しているが、かた苦しさはない。和気藹々《あいあい》の雰囲気である。

〈また金子さんの例の訓辞がはじまる!〉

社員たちは、直吉を「金子さん」と呼び、「番頭」とか「専務」とかいった呼称を終始用いなかった。柳田富士松についても、「柳田さん」と呼んでいた。

鈴木商店が後年、株式会社に改組された後までそうであった。

このため、鈴木の生き残りの人たちの中にも、

「さあ、たしか重役でっしゃろ」

という程度で、直吉の正式の身分について答えられぬ人も多かった——。

直吉の訓辞は、景気のいいものであった。

「……輸出部は近年の大当りで先ず三百万円の利益はかたい。……いずれにせよ、利益の筆頭は船舶じゃ。これが七、八百万、株式の値上り五百万、鉄材二百万、製鋼所四、五百万、輸入雑貨二百万、亜鉛・電気銅にて四、五百万。……欧州戦争で確実な利益をあげたのは、当店が随一じゃ。この調子でヘマをやらずに行けば、十年の間に一億になる」

その後、語調をやわらげてつけ加えた。

「うんと、もうかった。諸君に頒《わ》けてはやらぬが、これは諸君たちが自分のものだと思って差支えない」

失笑が湧いた。毎年、その調子なのだ。

いつも、〈自分のもの〉と思わせられるばかり。差支えないと言われたって、差支えようもない。スルメと冷酒が出て乾杯。談笑の中に、お開きとなった。

〝金子さん〟の相変らずの意気軒昂《けんこう》たる話に、社員たちもまた上気していた。屈託はなかった。

〈とにかく、店はすごくもうかっている〉

それで満足であった。

〈今年も大いに――〉

すなおに直吉の気持について行った。いや、ついて行くというより、一人一人が直吉になっていた。忙しさが、たのしくてならなかった。

〈三井を抜き、世界のスズキとなる！〉

一人一人に、記録更新のたのしみがあった。鈴木の躍進とともに、自分の身長までのびるような気分であった。

利益分配のこと、給与のことなど、二の次三の次の関心事であって、笑って聞き流せる空気があった。

その意味では、世界記録に挑もうとするスポーツ選手に似た気分であった。スポーツマンのように若く、スポーツマンのように単純に。

直吉の持つ土佐人的な単純さ一徹さが、その若さと一体になっていた。それは成長企業にとっての二度とない蜜月の季節でもあった。

ほとんどの社員が、笑い顔であった。

だが、前年五月支配人になった西川文蔵は、数多い社員の中には、笑わぬ眼のあるのも感じていた。とくに、新しい思想の洗礼を受けてきた学卒者の中に。

その眼の中の、最も冷やかな一つがロンドンにある。

買占めにつぐ買占めで三井を抜き、英国の経済界を驚倒させた辣腕《らつわん》の青年支店長高畑。得意の絶頂にあり、有頂天になっている高畑の眼は、笑ってはいまい。

前出の金子直吉から高畑宛の意気熾《さか》んな手紙を思い出して頂きたい。

そこで直吉は、実にさまざまの課題を高畑に出している。

〈……戦後運賃界は如何に成行べき乎　砂糖の商況は戦後如何に成行べき乎　戦後に於ける需要供給の状態如何、其の他米、豆、豆油、魚油、樟脳、薄荷、銅、錫、亜鉛、鉛等に就き現在の状況及戦後に於ける需要供給変遷の見込如何……〉等々。各種商品から労銀・生産費・通貨発行高の予測に至るまでの調査を命じている。

専門の調査マンが何日もかかり切らねばならぬような問題ばかり。それを高畑ひとり

（幾人かの部下は居たとしても）に要求するというのは、苛酷《かこく》というより、むしろ非常識に近いのだが、直吉の気概の赴くところ、そうした手紙を高畑に突きつける形となった。

直吉には、それで高畑を苦しめようという気持はなかったであろう。有頂天の若者を戒めようという配慮さえなかったかも知れぬ（事実、この時点で有頂天になっているのは、高畑よりもむしろ直吉であった）。

事は簡単である。直吉は、とにかく、それらすべてが知りたかった。

高畑に出来ることか否か、どれほどの負担を及ぼすことになるか――そこまでは、構って居られなかった。とにかく直吉は知りたかった。知っておかねばならぬと思った、鈴木のために――。

努力家の直吉にしてみれば、調べて調べのつかぬことはないという信念もあったであろう。

まして、高畑は、中学から高商まで首席で通したという秀才である。東京高商専攻科に進みたいという希望を枉《ま》げて、鈴木入りさせた。後にはヨネの娘と結婚、鈴木の女婿となる。それほどまでに見込んだ男であった。

それだけに、直吉は高畑に期待するところが大きかった。遠慮なく要求した。直吉にしてみれば、次代の後継者にそれだけの視野を持つことを要求しても、不相応ではないと思っていた。

しかし、高畑は調査目的のために駐在しているのではない。買いと売りとの毎日毎日眼の廻るような忙しさの中にあった。そこへさらに、こうした親書を寄越されたのでは、感激もあったであろうが、一種の当惑を感じたにちがいない。

高畑が、この手紙に果してどの程度回答したか、それは知らない。ただ、この同じ時期における西川から高畑宛への手紙から判断すると、高畑自身は、直吉の質問事項とはまるで別のことに関心を持ち、直吉にではなく、西川に問い続けている。

前出の直吉の手紙で問われていたことは、すべて先行きに関すること、そして、表現は適当ではないが、〝鈴木の外にある〟ことばかりであった。

直吉の眼は常に未来を見ていた。外ばかりを見ていた。そこに楽観があり、「驀地《まっしぐら》に前進じゃ」があった。

高畑も、「驀地に前進」する一人であった。

だが、異国にあって高畑の眼が見ているのは、鈴木の現在であり、鈴木の内部であった。高畑のもともとシャープで近代的な感覚は、ロンドン駐在の歳月を重ねるにつれ、ますます洗練され、冴えて行った。

忙しい合間を見て、高畑はこのころから、すでにゴルフをはじめた。一分の隙もない英国流のジェントルマン・シップも、身につけていた。実業界の高名なサロンに出入りし、英国財界人と渡り合ってひけをとらぬ論客にもなっていた。

そうした高畑の眼から見るとき、鈴木商店の内部には、あまりに旧態依然たるものがあった。

　たとえば、会社組織について。

　二千人を越す従業員を抱え、一億の利益留保を目指しているこのときもなお、鈴木商店は資本金五十万円の合名会社。

　高畑は、早くから株式会社への組織変更を西川を通じて具申していた。高畑の居るロンドン支店も、形式上はまだ出張所であり、支店への登記変更を、これも前年暮からやかましく申し送っていた。

　年を越したのに、そのことについて、西川はまだ返事を認めていない。どんな手紙に対しても、どんな些細《ささい》な問合わせに対しても、必ずその日の中に叮嚀《ていねい》な返事を出すしきたりの西川にしては、珍しいことであった。

　一つには、前年暮、西川の父が亡くなり、種々とりこみがあったためでもある。

　中江藤樹の出身地に近い滋賀県今津村で米穀薪炭商を営んでいた西川の父は、後には村長もつとめていた。酒も煙草もやらず、骨董《こっとう》書画の蒐集《しゅうしゅう》が趣味という人柄。「難行苦行せねば、立派な人になれぬ」と言うのが、口癖であった。

　父の葬儀に際し、西川は今津の料亭を借り切って接待につとめ、酒もふんだんに用意し、寒さにふるえる阪神地方からの来会者によろこばれた。

　細かいことによく気のつくタイプであった。

だが、西川が返事を遅らせていたのは、私事のとりこみのためばかりではなかった。回答の出来るような態勢が、まだ鈴木の中に出来ていない。そこへ、そのおくれにつけこむようにして、戦時利得税の課税問題が起り、筆をとる元気さえ失くしたのだ。

〈税金など心配するな〉

かねがね、直吉はそう豪語していた。

事実、神戸税務署長と直吉とは旧知の間柄であり、ある意味での理解があった。だが、人と人とのつながりにたよるという直吉流の行き方は、すでに通用しなくなっていた。

その税務署長が退職すると、大阪の監督局が直接にのり出して来て、大正二年度にまでさかのぼり、文字通り微に入り細を穿《うが》っての峻烈《しゆんれつ》な再調査が行われた。

こうしてきびしい査定が行われた上に、戦時利得税が発動されたため、純利益の七割までが吸い上げられるという形勢になった。戦時利得税に困惑したのは、もちろん鈴木だけではない。珍しいことだが、三井からもいわば共同闘争の申し出があったほどである。

直吉も、さすがに狼狽した。

西川が同道して、再三再四、大阪へ出、監督局に出頭、事情の説明につとめた。だが、そこはもはや情理ではなく、論理しか通用しない世界であった。そして、論理を援用するには、それまでの鈴木は、あまりにも非近代的であり過ぎた。会社組織も古ければ、帳簿も完備していない。ただ先方の論理に屈伏する他はない惨状であった。たとえ合名会社でも、帳簿さえ整備されていれば——と、思う。それは、支配人西川の責任でもある。

だが、帳簿組織を完全なものにするには、秘密主義の壁が立ちはだかっていた。直吉は、経理を公開したがらない。それは、ワンマン経営者にありがちなことだ。公開することによって、雑音が入ったり、掣肘《せいちゆう》を受けやすくなるのをきらう。経営者の王国は、のぞき見されぬままにしておきたい。手品のタネを見せたくない。百パーセント、行動の自由を留保しておきたい。

西川にも、直吉の気持がわからぬわけではない。直吉に財産を私しようという一片の気持もないことがわかっているだけに、かえって攻撃しにくかった。

株式会社への移行についても、同様であった。

直吉は、株式会社になれば、そこにより多くの他人の〝参加〟があることを予感した。ある程度は骨抜きできるにしても、株主総会・取締役会等の組織が、会社運営の実権をにぎる——その建前からして気にくわなかった。

社長ともなれば、まだ独裁の自由を留保できる。しかし、忠臣の彼は、社長にはなれない。とすると、一重役として、いや応なしに合議の席に列なることになる。

オールマイティーの人としてではなく、何人かの中の一人、何分の一の力にしか過ぎなくなる。思ってみるだけでも、やり切れぬことであった。

少しでも掣肘の影がさすことに、直吉は辛抱できない。今後もずっと思うがままに事業を経営して行きたい。

合名会社でここまで支障なく発展してきたのに、何をいまさら株式会社にする必要があるという体験主義も働いた。

〈株式会社など、断じてその必要はない〉

直吉はしかし、株式会社への反対の論拠としては、次のようなことを持ち出した。

〈従来鈴木の名に依って得た海外各銀行の当方に対する信用問題が、万一、組織変更のとき、ゆらぐことにはならぬか〉

これに対する反論は、容易であった。

〈格別不利益になることはない。むしろ株式会社にする方が、鈴木商店の内容が明らかになり、しかもその背後に鈴木家の信用が加わるのだから、従来に比べて、むしろ信用は増大する〉

と。論理の上では、西川の側に分があった。

だが、直吉はそれを口実に使ったまでで、本心はあくまで反対なのだから、それ以上、議論は進展しようがない。西川には、直吉の気持がわかる。そこで近代化を強行すれば、直吉からその生甲斐を奪うことになるということも。

鈴木は、〈金子の鈴木〉である。そのため、たとえ支障が生じるとしても、ある程度、辛抱するより他はない。

それに、現実に、直吉が実権者であり、その実権の前には、西川ひとりの力では、どうにも歯が立たなかった。

残る道は、実権者自らが、鈴木の発展のためにも近代化を進める必要のあることを理解し、歩み寄ってくれることだけである。それは、西川の説得だけで可能になることではなかった。説得は続ける。しかし、藉《か》すに時間を以てしなければならない——。

高畑からの催促に対し、それまでも西川はそういう自分の姿勢を説明してきた。だが、高畑は満足しない。ロンドンの高畑の眼には、鈴木では時間が停止しているのかと、映った。そして、高畑の心配は杞憂《きゆう》ではなくなり、莫大な課税がふりかかってきたのだ。

西川は、弁解の筆をとる気にもなれない。筆をとって書きつけるとすれば、次のような文句であった。

〈本店留守居役の眼界小なること、豆の如きを嘆じ入り申し候〉

西川にとっては、頭の重い正月であった。

責任はもちろん西川ひとり負うべきではない。また、高畑も西川個人を責めているわけではない。

だが、そういう関係でしか事態が進展して行かないところにもっと大きな問題があったともいえる。

日常の業務においては、〝金子さん〟と社員との間には、何の壁も蟠《わだかま》りもなかった。

お互いにお互いの王国を浸し合って、むつんでいた。

直吉は、存分に社員を泳がせた。

直吉は、この上なく寛容であった。

だが、その寛容も、裏返せば、はげしい不寛容になる。

王者は王国の中にあるものに対しては、限りなく寛容であっても、王国を乱そうとするものは、断乎として制裁する。たとえ、それが究極において王国を拡げることになるとしても。

話し合いの場がない。話し合いのルールがない。

組織の確立していないところでは、上下相通ずるルートが、網の目のようにはならないで、点と点をつなぐ一本の糸となる。

生きている人間と人間とをつなぐ糸。

それは、ある人の眼には、鋼鉄の棒のように強く、絹の糸のように美しいものに見えるかも知れぬ。所詮は無理なものをつなぐ糸、蜘蛛の糸ほどの力を持たぬ糸であっても。

直吉の関心と、高畑の関心は、それぞれ重い唸りを立てながら、彗星のように擦れ違おうとしている。

直吉は意気軒昂として、高畑を押し潰さんばかりの〝外〟向きの指令を頭から送りつける。高畑は、憤然として、直吉に通じそうにもない〝内〟向きの矢を射返す。

その矢は、はじめから直吉には向けられていない。直吉の一つ手前にあって、そして、それだけが直吉に反響を伝えてくれる西川という標的をめがけて。

若く荒々しい矢であり、重い絶望の矢でもある。それだけに、それは西川の胸にこたえる。

西川はいま、〈金子の鈴木〉を一身に代表するような形で、高畑をつなぎとめている。新しい時代を代表する星を。

西川と高畑との関係は先にも述べたように、鈴木としては初期の少数の学卒者同士であること、年齢が近いことなど、理解し合える共通点がある。近代化についても、真剣に考えている仲である。

だが、その他に、高畑を西川に結んでいるのに、次のような事件があった。

入社して一年目、高畑は大きな失敗をした。

取引の秘密を守り電信代を節約するため、そのころすでに電信暗号《コード》を使用して取引の取決めを行っていたが、たまたまハンブルグの取引先との間で使用している電信暗号《コード》表を改正し、樟脳取引の数量表についても、符号はそのままで、それまでの五倍の数量を表わすことになった。

一月一日を期して改正表を使うことになっていたが、新年早々、高畑はうっかりして、以前の数量表で翻訳して受注してしまった。

すなわち、ハンブルグの取引先に対し、樟脳五百函だけ売り渡すつもりで、電文では二千五百函売る約束をしてしまったのだ。取引の証拠となるのは電文だけであり、勘違いしたということは、ビジネスの世界では通らない。

たいへんなことになった。当時は、樟脳不足。樟脳の値がどんどん騰貴しているときであった。

上得意ということで無理して五百函だけ都合をつけたつもりなのに、その五倍の二千五百函納めねばならぬ。

樟脳輸出に当っている輸出部は、大騒ぎになった。

値上りしている原料を買集め、樟脳工場を昼夜兼行で動かし、多額の損失を出しながらも、ようやく契約通りに積出してくれた。その輸出部の主任（部長）が、西川であった。

外国通信部の新入社員である高畑としては、居る場所もない気持であった。言葉も出ないでいる高畑に、しかし、西川は友人に話すような口調で言った。

「人間というものはね、何か間違いを仕出かして初めて慎重に注意を払うようになるものだ。物は考えようだ。今度の間違いは、これだけの損で済んだが、このことがなかったら、もっと大きな損失をすることになったかも知れぬからね」

ただそれだけであった。諭《さと》すというより、慰められた。

あの言葉に接することがなかったら、高畑は鈴木を出ていたはずである。

それは高畑にしてみれば、一生、耳から消えぬ言葉となった。高畑はどんなときでも西川が味方であり、また、西川の味方をしなければならぬと考えるようになった。

高畑が西川への手紙で近代化を催促するのは、西川を苦しめるためというより、励ますためであった。近代化された会社組織の中でこそ、西川にとっても安住の座が約束されるはず。近代化は、高商派の孤高の先輩西川のためにも、一刻も早く実現すべきことであった。

妙な言い方だが、高畑が西川に大きな借りがあれば、西川はまた直吉に同じような借りがあった。

西川は滋賀商業時代、算盤では全校一の達人であったが、それは生真面目な努力の現われであって、もともと商売が好きであったわけでも、商才に自信があったのでもない。父や叔父のすすめで高商に入り、さらに鈴木商店に入ったのだが、高商同期生中で角帯・前垂れ掛けの店員になったのは、西川ただ一人。岡持を持って豆腐を買いにやらされるなど、雑用や鈴木家の私事に使われることもあって、三年経たぬ中にすっかり嫌気がさした。

折から叔父が破産し、その整理を手伝うという口実で郷里へ帰った。そのまま店をやめるつもりでいた。

そこへ、直吉からの手紙が来た。これまた弟へ呼びかけるような口調であった。

「田舎の草深い処で暮すも一生。神戸のような万国の人を相手にする処で暮すも一生。

同じ事なら、小生と共に神戸で悪い事をして暮そうではないか」

金子直吉がまた同様の意味でヨネに借りがあることは、前述した。やめようとしたのに、親切に引きとめられる――珍しいことではない。だが、そうした貸し借りは、想像以上に人の心を拘束する働きがある。己を知って引きとめてくれた、その己を知る人のためには――という精神である。

高畑は西川に、西川は直吉に、直吉はヨネに、それぞれ拘束される。そして、高畑はヨネの女婿として、鈴木と一体化する。とすると、高畑―西川―直吉―ヨネのこの貸し借りは、一連の円環を形づくる。

それは、鈴木商店を支える力強い連環であるが、環の一つ一つにとって、連環の中にあることが、業《ごう》を背負う苦しみに見えることもある。とくに、その環の主が繊細な場合に。

西川文蔵の場合が、それであった。

長身痩軀《そうく》、白皙《はくせき》の西川支配人は、屠蘇《とそ》代《がわ》りの冷酒にも、すぐ赤くなった。酒は苦手である。

だが、代りに、煙草は身辺から離さなかった。

赤と萌黄の絹布で包まれた舶来の両切煙草ストレット・カットがいちばん好きであっ

たが、それに限るわけでなく、色々な煙草を交互に吸い、煙草入れもさまざまの物を取替えて用いた。西川には、煙草が似合いであった。指先からは、いつも紫煙が立ちのぼっていた。

新年早々から、西川は煙草をふかし続けた。西川は、ふっと苦笑したくなる。たとえばの話、自分に近代性が皆目なければ、高畑は自分を見放したであろう。事なかれ主義に徹して、ただただ直吉の意にのみ従っていたのなら。

だが、それなら直吉に見こまれなかったであろうし、西川自身の本意でもない。

西川は、見かけに似合わず、短気で喧嘩早いところがある。これは闘争心の強い直吉が、意外に気の永いところがあるのと対照的である。忠臣蔵を見に行った直吉が、判官が切腹にかかったとき、「まだ早い、早いぞオ」と、桟敷の一角から大声で喚《わめ》いたという話もある。

これに対して、西川は前述のように東京高商時代、学校騒動に荷担して、卒業直前に退校処分を受けている。卒業を棒に振って、喧嘩している。鈴木に入ってからも、たとえば、不良の商館番頭などは、剣もホロロに扱った。

それは、直吉には出来ぬことであった。

まだ居留地の気風の抜けぬ神戸では、商館番頭が相変らず威張っており、鈴木でもまたそうした番頭を招いて、幹部にとり立てていた。直吉は、若いとき、商館相手に苦労している。犬のように追い出されたこともあれば、樟脳の貫目を計るとき、外人は秤台《はかりだい》の上に公然と足をのせ、日方を殖やしたものだ。日本人を馬鹿にしてかかっていた。

直吉が貿易に打って出たのは、そうした外商への反感も働いていた。そして直吉は、外人商館の売物が出ると、すぐ買った。山の手にある鈴木商店の寄宿舎「雨三クラブ」も、その一つ、アメリカ三番館を買収したものである。いずれにせよ、直吉には、そうした商館コンプレックスがあったのだが、西川はまるでそれに無縁であった。

西川文蔵追悼録には、次のような一節がある。

「……商店今日の大を成し其柱石と為りて予等三千店員の師表と仰がるるに至りしは、金子氏の睾丸《こうがん》をラッキョウになるまでに握詰めたるより得たる力と、故人本来の徳性と聡明に由るものと謂ふべし——北尾直樹」

直吉と西川との間は、結ばれるどころか、握られる仲であったというわけである。

西川は西川で、高畑を羨ましく思うこともある。

たとえ西川相手にせよ、思うことを進言して憚《はばか》らぬ率直さ——それは、鈴木の女婿というせいだけではない。高畑には、新しい時代を代表しているという自信がある。

西川は、かつて鈴木の中にたった一粒蒔かれた新しい種子であった。近代化などと言《こと》挙《あ》げしたことは一度もないが、身を以て生きることで少しずつ新しい風をひろめてきた。

ささやかな例だが、洋服の着用もその一つである。

西川が入店した頃には、終業時間はきまっていても、無いのと同然であった。時間が来ても上役から声がかかるか、上役が退店するまでは、誰も帰ろうとしない。

そういう中で、新入の西川だけが、自分の受持ちの仕事が済むと、さっさと帰って行った。「変り者」と冷笑されたが、枉《ま》げなかった。

直吉の秘書役になり、すでに終業時間というとき、外出から帰ってきた直吉に、

「文蔵はん、ちょっと手紙を書いてくれんかね」

と、口述を命じられたことがある。巻紙は手で受けて書かねばならない。長い手紙であった。書き直しもあって、巻紙を三本も使った。

西川は額に蒼筋を立てた。直吉の面前であったにもかかわらず、丁稚に怒鳴りつけた。

「ボンサン、俥《くるま》呼べ！」

食事時間についても、同様であった。十二時になると、たとえ用談中でも、相手が社内の者であれば、そこで中断。箸箱を取って、食堂へ下りて行った。食事についての苦情や、寄宿舎や運動設備の改善などをとり上げるのも、いつも西川であった。新しい人々のための環境を、徐々にではあるが、西川は身を以て築いてきたのだ。

そうしたことの中でいちばんの仕事が、学卒者の大量採用であろう。西川は、商館番頭的な外様《とざま》の導入をやめて、新人による人材養成を主張した。

そうした土壌の上に、高畑・永井ら新しい学卒者たちが根づくことになった。そして、

いま、急速に育った新しい芽に、西川は追い立て、突き上げられる運命にあった。

支配人西川にとっては、頭の重い正月であった。

だが、西川には、しばらくでも、それを忘れさせてくれる家庭があった。

新年会を終ると、西川はまっすぐ俥で、海洋気象台近くの高台にある自宅へ戻った。

海岸沿いに林立する煙突やクレーンも、その朝は、一つとして動きを見せない。休むことが不思議なくらいの好景気続きであったが、それだけに元旦の朝ののどかさが身にしみた。海は青く凪《な》ぎ、幾隻かの汽船が置物のように見える。

和服に着替え、西川は座敷に入った。

床の間には、掛け替えたばかりの崋山の軸。

西川は、父親ゆずりで書画を集めるのが唯一の趣味になった。それも、書家や画家のものではなく、頼山陽や渡辺崋山など志士烈士や人格者の書を好んだ。軸を掛け替えては眺めるときが、西川にはこの世のいちばん浄福な時間に思えた。

妻の京子に、屠蘇ではなく、抹茶を運ばせた。舌に重い茶を味わい、また、軸を眺める。

のみ終って、煙草に手がのびたとき、背後に人の気配を感じた。京子が、そのままそこに控えていたのだ。

「子供たちは?」

子煩悩の西川は、門前の貸家をこわして、そこに子供用の遊び場をつくってやっていた。ボール投げもできれば砂場や金魚の池もある。

「子供たちには正月もないのですわ」

京子の言葉に、西川はふと、夫婦のための正月を思った。西川ひとりは、軸に向って居れば、いつでも正月になる。

「琴を弾《ひ》いてもらおうか」

結婚して二十年。西川の眼に、妻はいつまでも若く美しかった。京子は、声を立てずに笑った。

「お弾き初めは明日ですわ」

西川は、がっかりした。〈それでも――〉とは言い出さなかった。西川は代りに言った。

「……お茶を持って来て、いっしょに」

京子は、西川が青年社員当時下宿していた先の娘であった。互いに愛し合うようになり、西川が下宿を変ってからは、分厚い恋文が二人の間を往復した。

一日、京子とその弟妹とともに、六甲へ山桃摘みに出かけた。包んで帰った京子のハンケチには、山桃の色がにじんだ。眼をみはるような鮮かな色であった。

二人は、そこに二人の間の恋の色を見た。西川の手紙にも、京子の手紙にも、その山桃の色のことが、繰り返し印象強く書かれた。

結婚のときには、西川文蔵数え二十五歳。山口京子数え十七歳。このとき、先輩金子直吉は三十三歳であるのに、まだ結婚していない（直吉が傍士《ほうじ》徳二十一歳と結婚したのは、それから二年後のことである）。

西川は、京子を愛した。

読書家の西川ではあったが、食後、火鉢にあたりながら、京子と二人で美術画報をめくる一刻をたのしんだりした。

彼は、囲碁・将棋・謡曲・長唄の類に一切関心はなかったが、京子の琴は進んで聞いた。〈千鳥〉や〈御国の誉〉の曲などを、小さく口ずさむまでに。

彼は、夜の宴席をきらった。交際上、止むを得ぬときも、十時になると、必ず席を立った。

〈十時過ぎまで西川を引きとめる芸者が居たら、銘仙をやる〉

そういう賭けまでされた。

西川の生活は几帳面《きちょうめん》そのものであった。

朝は六時前に起床、神仏に詣でて、和讃を三十分唱える。出勤は九時十五分前。出かける前には、両三度にわたって手廻品をたしかめる。往路は徒歩。

俥にのっての帰宅は、七時前後。車夫のためには毎日、十銭ずつの祝儀を用意する。

入浴して食事。居間に移って茶をのむ。

子供たちの話を笑って聞きながら、来信を読み、返事の要るものはその日の中に認める。

その後、小時間、軸を眺め、内外の新刊書を読む。学生時代は樗牛《ちょぎゅう》を愛読。その作品の幾つかを毛筆で細書したこともある。後には露伴を好んだ。来客は滅多にない。社員が私宅へ来訪することをきらったからだ。

十一時、寝室に入る。

判で捺《お》したような生活であった。


妻と茶をのんだ後、西川は庭に下りた。

新春の陽光を受けて、笹の葉末が輝いている。冬に入っても青みを失わず、大きいのも小さなのも、まっすぐ空に向って立つ竹。さまざまの竹を、西川は庭に植えさせた。とくに居間と座敷のまわりには、濃い緑の蔭が出来るほどに。自ら〈脩竹〉と号しただけでなく、その家を〈緑竹清々居〉と呼んでたのしんだ。竹はいちばん西川の気持を和らげる。いちばん西川の心に適《かな》っていた。

竹の他には、梧桐《あおぎり》・棕梠《しゅろ》・八つ手。庭一面に植木があった。

そして、玄関脇に布袋《ほてい》の石像。

西川は、人影のない子供部屋をのぞいた。

一枚の額がかけてある。

座敷の額には、伊藤博文の〈和不失礼〉、二階の座敷には、李軒の〈動中静観〉がかかっているが、子供部屋のそれは、西川が書いたもの。白紙に細字で、家族全員の氏名と生年月日だけが列記してある。

子供たちが毎日それを見て、父母の下にある自己、兄弟姉妹の中の自己を知れば——という気持であった。

結婚して八年間子供が出来なかっただけに、西川夫婦は子供たちを可愛がった。おかしなもので、長女の文子が九年目に生れると、それからほとんど隔年に出産が続いて六人。にぎやかな家庭になった。

だが、西川は子供にあまいだけの父親ではなかった。

子供の一人一人に、幼いときから名前のついた抽出《ひきだ》しを与え、衣類や身の廻りの一切を自分で整理・保管させた。躾《しつけ》もきびしく、居間で寝転ぶことも許さなかった。

それほど細かく気をつかうのが、ほんとうの愛情だと思っていた——。

子供部屋は、綺麗に片づいていた。小さな鏡餅が六つ並んでいる。

西川は、微笑した。

羽根つきでもしているのか、遊び場の方からは、子供たちの笑い声が流れてくる。

〈正月はいい——〉

西川は、しみじみと思う。

翌日の仕事の段取りを考えることもなければ、夜半になって会社へ電話して気がかりな外国電信の様子を訊く必要もない。一日中が自分たちのための時間だった。三ガ日の中に一度は、久しぶりに妻子を連れ、再度山《ふたたびさん》か香櫨園《こうろえん》のラジウム温泉にでも行こう。

ここ一、二年、子供と遊ぶ時間がめっきり少くなった。一日たっぷり休めるのは、正月の三ガ日しかない。日曜祭日も、会社に出る。近代化を考える西川としては心外なのだが、仕事が多過ぎた。時差の関係で、日曜にも外国電信が入ってくる。それに何より、金子直吉が頑として日曜ぎらい。

「日曜休むと、調子がくずれる」

という。そして、

「日曜に遊ぶやつがあるか」

と、己を以て他人を律してしまう。

上京しているときは、日曜日めがけて神戸へ帰ってくる。直吉の日曜ぎらいも、東京では通用しない。そこで支配下の神戸に来て、一挙に用件を片づけにかかる。社外の人にも東京から電報を打って、待機させておく。

そうした状況の中では、支配人もまた三時ごろまでは出社していないわけには行かなかった。高畑らの眼に、たとえ妥協に映るとしても——。

後についてきていた京子が、静かな声で訊いた。

「金子さんはどうなさっているんでしょう」

「須磨の本宅へお年始に。それから猟へ」

「正月早々！」

「うん」

西川は、濃い眉を寄せた。

直吉とは逆に西川は殺生が大きらいであった。生物の死を見ることさえ耐えられない。そのため金魚は別として、生きものを飼うことも許さなかった。

金子直吉は、店での新年会を終えると、その足で須磨の鈴木本宅へ行き、女主人ヨネに年頭の挨拶を述べた。

茶菓が出される。直吉は茶だけのみ、菓子は奉書に包んで辞去した。それを持って有馬の温泉へ。供するのは、数頭の猟犬だけ。

夕暮、たどり着いた宿の一室で、その菓子を押しいただいてから口にする。

翌日から猟。颯爽《さっそう》としたものではない。

風采の上らぬ鼠色の小男が、犬にひっぱられ、寒風に突きのめされ、よろけるように冬枯れた山野を渡って行く。

たいていは、播州路《ばんしゅうじ》へ出る。

何を撃つか、どれだけとったか、人に話すこともない。

何のために、彼は猟へ出たのか。果して本当に猟をしたのか。彼の獲物は、孤独ということではなかったか。何かに耐え、何かに心の中まで吹きさらされようとしての遠出ではなかったのか。

あるいはまた、直吉は常に何かに闘いを挑んでいないと体の収拾がつかぬといった感じの男である。人間相手では、それまでまだ遠慮が必要であったが、鳥獣相手なら、存分にその兇暴な殺意をたたきつけることができる。

直吉は、心おきなく残忍な殺意の鬼となって、山野を彷徨《ほうこう》したのか——。

いや、そこまで考えるのは、思い過しかも知れぬ。

直吉はただ、誰にもわずらわされることなく、気ままに正月をたのしみたかっただけなのかも知れぬ。事実、年によっては、気に入りの秘書役の若者を温泉まで同道したこともある。

また、直吉は、西川とは正反対に、殺生が好きであった。

子供のころは、真冬、川の中へ素裸で入って行き、暖かさを慕って股に寄ってくる鯉を締めつけてとらえるということをやった。寒さにふるえながらも、鯉の生命をしめあげる快感が忘れられなかった。

釣りについても腕自慢であった。一度、国際波止場で勢いよく竿を振った拍子に、釣り針を見物人の鼻にひっかけたことがあり、また冷え症でもあって、このごろはあまり出かけることもなかったが、

「すべての妄念《もうねん》が去るから」

と、釣りをたたえた。

猟もまた、すべての妄念を消し、彼の闘争心も満たしてくれる。正月三日間の彼の不在をとがめるわけには行かない。

須磨一の谷にある金子直吉の邸。

郷里土佐の中学に出してあった息子たちも正月休みで戻って、久しぶりに一家の顔がそろうはずなのに、主人直吉は不在。それでも、何人か泊りこみの書生たちが居るおかげで、邸の中は結構にぎやかであった。

息子たちも、父直吉の不在を淋しくは思わない。正月とはそういうものだと、あきらめている。およそ家庭的でない父親の姿に馴らされていた。

直吉は、息子たちに全く無関心であったわけではない。土佐に留学させたのも、直吉なりの関心の現われとも言えるし、帰省した息子の様子を、夜ふけてその勉強部屋《こ》にのぞきに来ることもあった。だが、西川のような心配りはまるでなかった。獅子の仔のように、遺棄したままであった。

遺棄された感じがもっと強いのは、直吉の妻、徳の場合である。この年、直吉の数え五十三歳に対して、徳は三十九歳。十四という歳の開きも大きかったが、直吉の眼はほとんど徳に向いていなかった。

その無視ぶりを伝える伝説化された話がある。

ある日、店からの帰り、直吉は例により兵庫から山陽電鉄に乗ったが、混んでいてすでに席はなかった。すると、一人の婦人が、五十過ぎの老人と見て、席をゆずってくれた。直吉は礼を言い、掛けさせてもらうと、そのまま、いつものように物思いにとらえられた。

一の谷の駅に来た。

直吉が降りると、その婦人も降りていた。しかも、直吉が登って行こうとするのと同じ道を先に立って行く。どこへ行く人かと、ようやく関心を持ち出し、よくよく眺めてみると、それが妻の徳であった――。

徳は土佐の女である。決して愚痴はこぼさなかった。夫は、店のために骨身を削っている。夫婦生活めいたものが絶えて無くとも、愚痴をこぼす筋はない。

女の最後のさかり。にぎやかな中での、ただひとりの正月。徳は、誰よりも孤独を感じていたかも知れない。

ただ、その徳には、気をまぎらわす術《すべ》があった。この年の五月、徳は次の句をつくり、ひとり心を慰めた。

　太箸のよごれ見ゆる三日雑煮かな
　七草は大笊《おおざる》に湯気は大鍋に

薺《なずな》打つて覆ふ拭巾《ふきん》や松葉染
鯛おろす大俎《おおまないた》や初東風《はつごち》す

家庭的な西川の妻京子も、およそ非家庭的な直吉の妻徳も、そろって新年の祝辞を述べる日が来た。正月の五日である。須磨にある鈴木の本邸では、元旦四時の朝風呂にはじまり、雨戸を閉めたままの食事、それに続く縁者の来訪と、新春の行事が続いていたが、五日には鈴木の社員の妻全員が、年頭の挨拶に伺うことになっていた。

大門を開けひろげた本邸。

白い砂利を敷きつめた道が長く続き、請願巡査の家が左手に、その先に大きな池が見えはじめたところで玄関。広い畳廊下を通り、控えの間でまず茶とお菓子が出る。そして順を追って、二十人ずつ一団となって、二十畳敷の奥座敷に通される。

やがて、床の間を背に鈴木ヨネが現われる。両側に二人の若夫人。

一同平伏し、徳や京子などリーダー格の一人が祝辞を述べ立てる。

「明けましておめでとうございます」

「旧年中は、つつがなく勤めさせて頂き有難う存じました」

「今年も何卒よろしゅうおねがい申し上げます」

その度に、二十の頭が同時に下る。

これに対してヨネは、「はあ」「はあ」と受け答えるだけ。

祝辞を受け終ってヨネたちが退くと、一同は別室へ案内され、そこで混ぜ寿司とお吸物を振舞われた。

かた苦しいようだが、妻たちはそれはそれで新春の思いを新たにし、鈴木につながることの安堵《あんど》のようなものを感じた。めでたい寿司であり、吸物である。有難く頂き、やがて晴々しい表情になって、退出した。

ヨネたちの正月もまた、かた苦しいだけではない。

毎夜カルタの声が流れた。ヨネは、カルタとりがうまかった。小倉百人一首は完全におぼえこんでいるため、勝負にならなかった。このため、明治天皇の御製などを入れて別に百首をつくって遊んだ。若く美しい二人の嫁に囲まれ、ヨネは屈託なく笑い、墨をつけ合った。

鈴木の女たち、そして男たちのどの顔にも、半年後に襲いかかる暗雲のかげは射していなかった。

七

二月。

「本店資産負債表を送れ」という趣旨の手紙がロンドンの高畑から立て続けに四通、西川支配人へ送られて来ていた。来信に対してはその日の中に返事を認めるしきたりの西川は、たまった手紙を前にして苦しんだ。

西川は思い切って会計主任の日野に、資産負債表の写しを出すようにと命じた。だが、日野は、

「金子さんと協議致しました上で」

と、それを拒んだ。

直吉は、もちろん経理の公開には反対であった。

高畑からの矢の催促に、西川はようやく気重な筆をとった。折から戦時利得税の課税問題に巻きこまれており、それに托して、回答を曖昧《あいまい》なものにした。

「……商店の内容を公表するは、素《もと》より執るべき策に相違無之候《これなくそうら》へ共、多少手加減を加へざるべからず、其辺仲々呼吸難しく、或時期に達せば寧《むし》ろ公開する方得策なるべし御存知の次第

三井が最初から仲々派手に遣り毎年の決算表を公にせる為、此度英米其他に在る支店に於て普通所得税の外戦時税を徴収され、ロンドン支店は六割＝八割の重税を負担し、紐育《ニューヨーク》支店も同様の結果なるに加へて日本に在る本社が各地支店の利益を繰込む為、又もや日本にて七割の重税を負ふ事と相成、二重三重の納税にては利益を総て献納するも猶足らざる有様。流石天下の三井も遣り切れざるか、昨日神戸支店長加地君態々《わざわざ》来訪、事情を述べ、鈴木が同一の立場にあるものとせば是非協同して当局へ提議致度申され候。従来当店は海外に於て未だ過当に納税を為さざるも此種の事は捨て置くべきに非ずと金子氏上京の序に三井重役と協議臨機の処置を執る筈……。

税金を恐れる為に一般の結果を御報《おしら》せ申さざる為に非ず、御承知の次第は素より困惑に付、漸次改善し得る方針に御座候間御承知下され度、斯《か》く言へば日本政府委員の答弁の如き甚だ不都合なれど誤解なきやう願度、宜敷御頼み申上候……」（大正七年二月二十一日付）

苦しい弁解である。苦渋に満ちた西川の顔が眼に見えるようである。ロンドンの高畑は、失笑を浮かべながら、この手紙を読んだにちがいない。にがにがしい思いは、一層強まったであろう。しかし、西川の誠意だけは読みとったことであろう。

西川を孤立させぬためには、近代化を急がねばならぬ。しかし、近代化を急げば、西川を苦境に追いやる——その二律背反を、またあらためて意識させられたであろう。

しかもなお高畑は、あくまで近代派であった。改革を求める意見を、次々に書き送った。

帳簿組織の改善、それによる一種の予定申告納税制の採用——そのことに対する西川の返事も苦しい。

二月二十一日付書翰は、用箋ほぼ六枚を弁解に潰した後、商況の報告に移る。せまい壺の口を通り抜けた後のように筆勢は速まり、溢れるように長文の報告が続く。樟脳取引先である外国商社の組織変更についての対策、鈴木と三井のその分野における競争の優劣、将来の問題点等々。〈三井鈴木〉〈三井〉〈鈴木〉の文字が眼に痛いほど点滅する。

その一項目を「多少の不利益は辛抱するの外なかるべし」と結んだ後、小麦粉取引における圧勝ぶりが報告される。

「麦粉の売買程水際立て三井増田安部湯浅等をアッと言はせた事は無く、誠に痛快至極に存じ候。就中《なかんずく》安部の打撃甚大ウカ〳〵すれば屋台骨をフイにするかも知れず誠に気の毒に候。昨年末の少量の利益に眩惑《げんわく》して慢心を生じや鱈《たら》に売り、鈴木が輸出と売約ありて買ふとは知らず鈴木をへコマス考へにて必死に売浴びせ来れるが運の尽き……各階級の慾深連中悪徳新聞屋連までが麦粉の空売を為せし如く、火の手大に相成、鈴木攻撃を始め候。やむを得ず当局に向て輸出の真相を発表せし処、市場は益々沸騰を始め、一袋六円以上の珍値を見るに至り、安部は三円五、六十銭より四円二、三十銭まで売り浴びせたる為、三、四万円は飛ぶものと思はれ……兎に角、鈴木攻撃は猛烈にしてデモ代議士が売方に煽《おだ》てられ議会で悪口吐くやら、窮余の策として其筋へ輸出禁止の嘆願をするやら。素より其手に乗る鈴木に在《あら》ねど、根が商売に不透明なる日本の大臣の頭は如何なる暴挙に出づるやも知れず候」

この件については、最初にも簡単に触れた。

このとき、買いに廻ったのは、鈴木一社。それだけに勝利も大きかったが、売手の怨みを一身に浴びることになった。

手紙の中にある〈悪徳新聞〉が何を指したのか、また、その〈新聞屋〉が空売りしていたかどうか、いまとなっては知る由もないが、広汎な層にわたる売手側連合軍が、新聞にかかわりを持ったという推測は、不自然ではない。売りに敗れた中には、民衆と呼ばれる層の人もまじっていたであろう。〈新聞屋〉がその〈民衆〉に同情する姿勢をとることも考えられる。

とにかく、ここに、〈買いの鈴木〉〈買占めの鈴木〉というイメージが、莫大な利益と結びつく形で世上に流された。それがやがて米の買占めとすり代えられる危険に、このとき鈴木側はもちろん気づいてはいない。

売った買ったの商いにおいて、買占めは売浴びせと同じように正当な商行為である。

非難を受けるいわれはなかった。直吉も西川も、その点、商人としての誇りを感じこそすれ、一点のやましさも意識しない。どれほど攻撃を仕掛けられようと、そこに相手方の手傷の深さを見る思いがするだけであった。

しかし、新聞はつくられるだけでなく読まれるものである。攻撃が重なるにつれ、第三者である多数の民衆が、鈴木に対する悪い虚像を徐々に持たされて行く。重なれば重なるほど、虚像は実像となる。そのことの恐しさまで、計算には入れてなかった。そこまで計算に入れて対策を考えるだけのゆとりが、鈴木のいそがしさの中にはなかった。

憲政会代議士を使っての攻撃も、売方の悪足掻《わるあが》きの一つと見た。〈其手に乗〉らなかったが、政治の動きについては警戒した。こと経済行政に関する限り、政治家の識見には、信頼できぬものがあった。直吉などの眼から見れば、稚くて危っかしくて見て居られない。好むと好まざるとにかかわらず、政治家に接触し、その舵取りを見張っていることが、企業の自衛のためにも必要であった。

政治を私し、壟断《ろうだん》しようというわけではない。気まぐれな、それでいて命にかかわる嵐を避けるためには、政治との絶えざる接触が必要であった。大臣の頭が不透明であればあるほど、その必要があった。

台湾以来のつき合いで、直吉はその窓口を後藤新平としていたが、だからといって寺内藩閥内閣の後押しをしようとしたわけでなく、政党政治を毛ぎらいしたわけでもない。どんな政府になろうとも、経済問題に関する限り、安んじて任せておけないという気持なのだ。

たまたま直吉が選んだ窓口は、当時の政治社会では、最悪の窓口であった。攻撃の標的とされるのに打ってつけの窓口でもあった。小廻りのきかぬ直吉は、仮に最悪と気づいていても、やはりその窓口を通さずには居られぬ性格であった。

というより、現実は、直吉も西川もその辺の事情をもっと無造作に考えていたようである。とにかく鈴木の事業が今日も明日も発展さえすればよい――そのことだけに狭く眼を向けていた。

先の文章に続けて、西川は次のように書いている。

「日本の市場は誠に狭隘なるもの。今後の注文、上海・大連に限るべく、昨今上海にて相当用意させ居り、兼て貴兄御意見の通り日本相手の売買は底が知れ居る間、幸い麦粉積入船の復航船腹を利用して、印度の麻布・麻製品を米国へ仕向度《しむけたく》手配中」

買占め戦の結果として、そのような結論だけを引き出している。商人の眼に終始している。

手紙はさらにその船に同乗させる社員のことから、若手社員の人事について触れる。帝大卒の法学士が社内で引っぱりだこになり、

「法学士も追々頭数増加し来り、得意の方面へ利用せば、他の学校出の模倣し得ぬ妙味もある訳に御座候。一度御意見示し被下度《くだされたく》候」

そして、最後に、

「此頃は八幡製鉄所腐敗問題にて騒がしき事に候。押川長官の縊死《いし》によりて益々火の手上り従来陋劣《ろうれつ》なる手段によりて鉄の払下げを受け泡銭《あぶくぜに》を儲けたる連中ビク〳〵ものに御座候。幸ひ当店は最初より無関係に候」

と結んで、十二枚に及ぶ長文の手紙を終る。

製鉄所の腐敗問題は、その後も屢々新聞紙上をにぎわした。身にやましいところのない西川は無頓着にこの問題に触れ、むしろ義憤を感じてさえいる。

だが、こうした汚職の攻撃は、寺内内閣への挑戦であり、政府へ接近するものへの一般的な不信と反感を醸成して行った。火のつきやすいムードが徐々につくられて行っているのだが、その危険性には気づいてもいない。要は、〈鈴木は悪いことをしていない〉という単純な確信あってのことであった。

三月。

鈴木には、新しい蕾がほころんだ。

人絹の研究に出ていた秦《はた》逸三が、一年三カ月ぶりに帰国し、人絹工場設立の青写真を提出したのだ。

日産一万ポンド、所要運転資金年三百万円という大規模な計画で、さすがの直吉も辟易《へきえき》した。

当時米沢工場で日産百ポンドに漕ぎつけ、その祝賀会を開いたばかりであり、需要の伸びをどれほど多く見積っても、日本の全需要はせいぜい年三十万ポンド。その最大予想需要量の十倍を越す生産計画であったのだ。

直吉が、子会社である東《あずま》工業専務の松嶋誠に案内されて、ビスコースを研究している無名の青年技術者秦逸三や久村清太の実験室へ出かけたのは、明治四十年のことであった。まだ海のものとも山のものともわからぬその研究を、直吉は高く買った。米沢高工の教師をしていた秦には思い切った研究費を与えて研究工場をつくらせ、久村は試験工場ごと引きとった。

人絹への進出についてまだ自信の持てぬ二人に、直吉は人絹糸の艶出しについてはナメクジを研究してはどうかなどという珍案を持ち出したりもしたが、

「ひとが出来ないことをやるのが、面白いのだ」

と励まし、

「切腹しなければならないようなことがときどき起るかも知れないが、はじめからよい物が出来ると思うな」

と、いたわった。そして、大正五年暮、大戦の最中に、秦をヨーロッパへ研究のため送り出した。

詰襟服の田舎教師の秦は、神戸に来て、旅券の世話はもとより旅装一切を整えられ、直吉・柳田・西川・松嶋など鈴木の重役が集まって、オリエンタルホテルで歓送会を開いてくれた。その席上、洋食に馴れぬ秦は、右手の人のパンを食べるという有様であっ

た。

秦は、シベリヤ経由でスエーデンに出たところで、一時、消息を絶った。北海でドイツ潜航艇に沈められたかと心配されたが、無事イギリスに辿《たど》り着いた。チップの相場が五、六ペンスというとき、船員に一ポンドずつという大金のチップをはずんだ。いまで言えば百円でよいところを五千円ずつやった感じである。そのため、富豪と見られてロンドンまで金を借りに追って来られるということもあった。それほど世間知らずであり、また、それほど潤沢に研究旅費を持たされていた。

秦はイギリス、アメリカと納得の行くまで研究の旅を続け、その結果、日産一万ポンドという大計画をひっさげて、意気軒昂と帰朝したのだ。

直吉はとりあえず、秦が購入してきた機械設備を据えつける分工場を大阪市外に建設。一方、久村を入れ代りにアメリカへ送り出した。

商売の世界だけでなく、〈驀地《まっしぐら》に前進じゃ〉というわけである。傘下各事業は、順調に発展していた。

だが、用心深い西川は、戦局の推移について必ずしも楽観していなかった。ロシヤの単独講和に続いてイタリヤにも敗北の気配があり、ドイツ飛行船がエジプトあたりまで飛来し、地中海の航行が怪しくなるのではないかとも思った。ヨーロッパとの取引は必ずしも楽観を許さずと見、

「仲々油断相成まじく候。昨今余り多数の手持をせぬ方針を執り候」

アメリカ向けの取引は、「船腹の増加に連れて面白き商売に相成る見込」ではあったが、これにもまた、どういう形で妨害が入るかも知れない。

「半年や一年位、商売休業しても構はぬ式の決心必要になるやと存じ居候」と結んだ。やがて来る不況の嵐を、すでに予感していたかにも見える。


シティ・オブ・ロンドン——世界の商業の中心地。広さは、東京丸の内の半分ほど。その中央に近く、フェンチャー・ストリートがある。船舶・金属類の売買・チャーター関係の各国商社が軒を並べている。

鈴木のロンドン出張所も、その一角のビルの三階四階を借りていた。広さは、約二百坪。日本人も英人も、年を追って殖えていた。

そのすぐ近くに、バルティック・エクスチェンジがある。世界で最も伝統のある商品取引所であり、船舶・石炭・麦・米・砂糖・ゴム等の代表的な取引商人がメンバーとなる。資格はきびしい。その中に、たった二人の日本人が加わった。三井物産の向井忠晴と、鈴木商店の高畑である。わずかの間に、ロンドンにおける鈴木の位置は急上昇していた。

たとえば、小麦粉の輸出について——。

鈴木は、日本国内で圧勝しただけでなく、上海にある小麦粉のストックの過半を手に入れた。

そのため、それまで英国商人の手を通して買い入れていた英国政府も、止むなく日本の鈴木に対して発注する始末。多年先輩風を吹かせていた上海在住の英国商人たちは、一種の恐慌状態に陥った。本国政府を通し、また日本の大使館を通して、さまざまな圧力をかけてきた。鈴木にしてやられた上での足掻きである。

さらに鈴木は、船舶ではあきれるほどの利益をあげた。

トン当り五、六十円の原価《コスト》でつくった船を高畑はまずオランダへ三百五十円から三百七十円で売った。

しかし、戦争で一日平均五万トン沈められるといった有様なので、船舶不足ははげしくなり、運賃は暴騰に次ぐ暴騰。船のスペイスを取るための奪い合いが起った。

各国各会社が一隻の船でも欲しがっているときに、鈴木はつくっては売り、世界を相手に売りに廻った。

こうした一日、高畑は日本大使館に呼びつけられた。商務官が出て来て、

「国家非常の時だ。やたらと船を売っちゃいかんじゃないか」

「いまは千載一遇の好機。こういうときででもなければ、日本が金持の国からごっそりもうけるときはありません」

高畑は言い返し、方針を崩さなかった。

そして、船価は遂にトン当り七百五十円にまで上った。

それでもなお船が欲しくて、英国政府自らがのり出して、鈴木から船の買付にかかっ

た。

高畑はそれに対して手付金を要求した。英国政府といえども、鈴木にとっては一介の客に過ぎぬという心意気であった。英国政府は、実に五十万ポンドという小切手を振り出し、高畑に渡した。英国人さえ見たことのない高額の小切手であった。

多忙な高畑ではあったが、そこは英国の社会である。土曜日曜は休まねばならない。高畑はゴルフに出かける。日本ゴルフ界の草分けとなるわけだ。高畑の住居は、閑静な高級住宅地ハムステッドにあった。自家用車が二台。

コックは日本人。日本郵船のコックであったが、イギリス婦人と結婚してロンドンに落着いた男である。もともと、高畑は美食家。名コックを抱えて、高畑邸の料理は、ロンドンの日本人の中では評判となった。

高畑は毎月一回、鈴木の日本人社員全員を集め、相談会と称して会食したが、社外の日本人の来訪の方がめざましかった。北白川宮・朝香宮《あさかのみや》などの宮様たちは、牡蠣《かき》を葡萄酒《ワイン》でたいた牡蠣御飯がとくに気に入りであり、

「うまい飯を食わせてくれ」

と、井上準之助・新渡戸《にとべ》稲造・藤山雷太など、各界の人士が高畑邸の客となった。その意味では、華やかで賑かな生活が続いていた。神戸の西川の冴えぬ顔も、しばらくは忘れることも出来たであろう。

このころ西川は、渡英する社員に托して、高畑に子規の『仰臥漫録』を送った。西川

らしい思いやりからであったが、そのことについて、いま高畑氏に訊くと、

「忘れたな」

と、一言。そして、

「そういう本を書くのが好きな人だったたな」

と、つけ加えた。

四月――。

神戸の鈴木には、前述したように大量の学卒者の新人が入社した。彼等新人にとって、金子直吉はすでに半ば伝説の中の巨人であった。その巨人が、彼等と同じ食堂で食事をとり、彼等の報告を、「そうかよ、え、そうかよ」などと相槌を打ちながら、謹聴してくれる。

彼等は感激し、身をこわばらせた。

それに対し、西川の肌ざわりは、もっとやわらかであった。直吉が父親のそれなら、西川は母親であった。

西川は三千人の社員の名前をおぼえていたといわれるほどで、新人たちの名前や出身などすぐおぼえて、気やすく相談相手になった。

鈴木が小商店時代、番頭たちが交代で宿直したものだが、少年であるぼんさんたちは、西川が宿直してくれるのを好んだ。ぼんさんたちが若さをもて余し、畳の上で角力をと

り出しても、西川はにこにこと眺め、きまって金《きん》ツバなど買いに行かせたものだ。そうしたやさしさが、いつも西川にはあった。

西川は新人たちをやさしく迎えたが、たった一つ、きびしい表情をして釘をさすことがあった。

「鈴木に入った以上、鈴木で生涯を終るつもりで居て欲しい」

と。このころ、好景気にあおられ、社員の中には、他の会社から引きぬかれる者が現われた。とくに、外国に出したことのある技術者がねらわれた。また、鈴木で習いおぼえた商法によって自ら独立営業しようとする者も出て来た。

西川には、頭の痛いことであった。それまでになるには、少くとも五年の歳月がかかる。その間の俸給手当といったものをすべて踏み倒されたような感じがしたからだ。

地元の神戸高商へ、西川は直吉を説いて、何度かにわたって寄附をしている。若手の助教授が留学すると聞いて、巨額の餞別《せんべつ》を贈り、ほとんど鈴木の金で外遊させたこともある。そして、そうしたとき西川は、少しも恩着せがましい顔をせず、

「御校卒業生諸君の平素の働きに対して、主人及び重役がお礼を申して来いというので……」

という切り出し方をした。

それほどまでにして獲得した人材が――。

素行が悪く、放蕩《ほうとう》して金につまり、高利貸から借金して行く中に、首の廻らなくなっ

た社員が居た。

その社員は、西川の温情主義を知って、何とか助けて欲しいと泣きついてきた。

西川は怒った。その不都合を烈しく叱責し、

「助けるわけに行かぬ」

と、はねつけた。

その社員は自暴自棄になったが、間もなく担当の上役に呼ばれた。上役が個人の金を貸してくれるという。ただし、返済方法をとりきめて厳格に実行することが条件であった。その社員は、それを励行して、ようやく危機をまぬかれたが、上役のそうした措置が実は西川の差金であることを、後になって知った。

新人が宴会の設営を命じられる。勝手がわからないし、宴会というものに対する抵抗もある。すると、西川は、そうした心の動きを見抜くように、その男を呼び、招待客と会社との関係を噛《か》んでふくめるようにして説明し、なぜ宴会を持たねばならぬかを理解させるのであった。

西川は、海外に出るような目ぼしい社員の動静については、絶えずロンドンの高畑と連絡をとった。というより、高畑に報告し、相談を持ちかけた。高畑が海外駐在の古手だからというだけではない。

「人間には必ずいいところがある。そこを見つけて使え」

という直吉。

直吉の言わんとするところもわかるが、現実には、それでは人事管理ができるものではない。人間ひとりひとりの動静に眼を光らせておらねばならぬ。その役割を高畑にも分け持ってくれるように要求したのだ。

直吉は、高畑に対して、相変らず種々雑多な質問を送りつけていた。

「貴君の手紙はおもしろい。ついては——について知らせて欲しい」

高畑は、要領をおぼえた。答えられる質問と、そうでないものがある。

相場の見通しについて——これは、直吉が最も多く質問を浴びせかけてくるところだが、それに対して高畑は、

「相場は予想できぬ要素が多過ぎます。売手の動き、買手の動きもわからなければ、いつ政策が変るのやら、天候がどうなるのやら、そうしたことがすべて影響してくるので、とても答えられません」

という態度をとることにした。それに対して直吉は、

「なるほど、そうかも知れん。しかし、そんなに先のことまで予想してくれとは言わん。ごく目先のことだけでもいいから、知らせてくれ」

と、未練がましく言ってくるのであった。

一方、高畑からの質問状に対して、日本からは一向にはかばかしい返事は来なかった。

このころすでにイギリスでは chartered account といって、会計士の証明なしでは、会社の決算諸表は発表できぬ建前になっていた。そこまで時代が進んでいるというのに、

いぜん日本は日本であった。会計士などくそくらえという直吉の顔が眼に見えた。イギリスの商人を圧倒すればするほど、そうした遅れが、高畑には気になった。

鈴木はひどくアンバランスな成長をはじめている。その体制を匡《ただ》さねばならぬ――。

高畑は、悪夢でも見るように、それを思う。

だが、高畑もまた、現実の人であった。忠告は忠告として書き送り、上げ潮にのった日毎の商売の中にとびこんで行く。

手を拡げるだけが能ではない。

細心な西川は、このころすでに鈴木の戦線縮小を具体的に考えはじめていた。

まず、鈴木傘下の帝国麦酒を大日本麦酒と合併させて、切り離すという案。

ビール事業については、宣伝などに派手な面が多く、また、ビールを売ってもうけるというそのことも、謹直な西川の気に入らなかった。

少くとも〈工商立国〉の範疇《はんちゅう》に入らぬものと思えた。もっと堅実で地道な仕事がいくらでもあると思った。その意味では、西川は事業家になり切れず、モラリストの風貌《ふうぼう》があった。実際にも、麦酒会社の一部社員の言動に首をかしげさせるようなことがあり、西川だけでなく、鈴木の内部から「風紀を害する」という非難が出て来た。

そうしたとき、偶々《たまたま》、大日本麦酒から合併について打診して来た。

前年の原料買占め戦で、大日本麦酒は鈴木のために大打撃を受けていたが、大日本としては、麒麟《キリン》への対抗上、どうしても帝国麦酒との合併が必要と考え、呉越同舟の思いで鈴木に申し入れてきたのだ。

西川は合併に賛成で、直吉に取りついだ。

すると、直吉は鼻息荒く、

「何をぬかすか」

と、ただ一言。

直吉には、直吉の計算があった。

帝国麦酒で製造しているサクラビールは、はじめ売行きが思わしくなく、三年ほど赤字が続いていたが、このころになって、海外に売れはじめ、また国内の売行きも順調になって、前年度あたりからかなりの黒字を生んで来た。それまでの欠損も解消している。

直吉にしてみれば、これほどもうかって来たものを――という気持なのだが、西川は、そうした時期だから、好条件で売り放せると考えた。

〈鈴木の関連会社は、鈴木らしい事業で統一すべきである。畑違いの会社を抱えるべきではない〉

西川は、縷々《るる》、直吉を説いたが、「何をぬかすか」という直吉の鼻息は変らなかった。

戦線縮小の第二の目標は、日比製錬所の売却。

これは業績がのび悩んでいたところ、住友から買収の交渉があり、直吉も納得した。

第三に浪速倉庫の処分。

台湾銀行からの依頼で買入れた倉庫だが、折からの船成金の簇生《そうせい》で、その中から言い値で買おうという者が出て来たので、西川としては、売却の決心をかためた。

第四に、東工業の事業縮小。

東工業では、もともと醋酸《さくさん》製造を兼営していたが、醋酸に関する限り、成績はよくなかった。

ちょうど、同業の大阪醋酸が事業計画もなしに大規模な増資をし、三百万円ほどの資金を死蔵して居り、その金で、東工業の買収を申し入れてきた。

東工業の醋酸部門を売り放ち、同社は人造絹糸の専門工場にしよう――西川は乗気になった。

以上の四つを処分すれば、鈴木としては、かなり荷が軽くなる。たとえ直吉の反対があっても、経済気象の激変に備えるために、整理しておかねばならない。損な役割であったが、西川の性格にそうした役割を選ばせるところがあった。

五月に入り、政府は外米再輸出を禁止した。西川には、それが愚策に映った。大戦景気で金廻りがよく、かなり下層まで外米を食うまいと思ったのだ。

三カ月後の暴騰まで予想しなかった。

その意味では、むしろ政府の方に眼があったともいえるし、そのことは逆に、鈴木が外米の買占め売惜しみに立ち廻る見通しのなかったことを示している。

政府は、鈴木・三井・湯浅を外米輸入業者に指定し、国内向としての外米輸入に当らせることにした。
西川は、ロンドンの高畑に書き送る。
「内地向として外米の山を築く算段なるべきも、万一売行悪しき時は如何するや頓《とん》と分らず、指定商人は政府へ御奉公として神妙に立働くは差支へなきも、米国への再輸出も見込無之《これなき》時期に、手持品は勝手に処分せよなどと言はれても、損の引受所に相成り、誠にツマラヌ役廻りに御座候」（大正七年五月五日）
もう一つ、西川の心をかげらせていたものがあった。「大阪朝日の社会主義者ども」である。
まず、その頃の主な社会的事件を拾い上げてみよう。
前年二月に、河上肇の『貧乏物語』が出版された。
三月　室蘭製鋼所同盟罷業四千人
六月　三菱長崎造船所同盟罷業一万人
七月　大阪鉄工所因島工場六千人の争議
八月　早稲田大学の学校騒動等々。
労働争議件数二百九十八、小作争議件数八十五に及んだ。
枯野に火を放つように、民衆の階級意識・権利意識がめざめて行く。
その年九月、中国広東で革命政府の誕生、十一月、ソビエト政権の成立などという海外の動きも刺戟となったであろうが、大戦景気とはいえ、物価上昇に賃金上昇が追いつかず、しのび寄る生活難が民衆を苛立《いらだ》たせていた。

その一方では、三月、資本家団体である日本工業倶楽部が創立される。戦時成金が生れ、三越はじめ百貨店の新築がはじまる。そして、成金の気風に誘われるように、八幡製鉄所大疑獄など汚職事件が続いた。

そうした両極の流れが、大正七年になっても続き、烈しさを増してぶつかり合う。二月、浦賀船渠《ドック》で職工五千三百名の同盟罷業、四月、右翼団体「赤心会」の誕生、続いて「老荘会」などの右翼組織が次々とつくられる。

六月、鐘紡が七割、富士紡が五割という大幅の配当をきめる――。

陽の当る者と当らぬ者との道が、はっきり岐《わか》れはじめた。

そして、大阪朝日は一貫して陽の当らぬ者の立場に、いや、もっと端的にいえば、時の権力者である寺内内閣攻撃に終始していた。といっても、首相寺内は病気静養の身であり、時期を見てその椅子を後藤にゆずるというふくみで、外相後藤新平が臨時総理格で政務を担当していた。

六月に入ってからの大阪朝日新聞。

十二日、九管事件と呼ばれた九州鉄道管理局員瀆職《とくしよく》事件について、後藤は諭告を出したが、その点について、大阪朝日は、

「後藤男爵が曩《さき》に局員は商人の態度をとれと訓達」と報じた。

「商人の態度」とは、後藤の意図としては、愛想よくとか、今日の言葉でいう「公僕の精神で」ということなのだろうか、この報じ方だと、金銭で動く商人的生き方を後藤が奨励したように受けとられかねない。

たたみかけて、『天声人語』では、

「九管事件の弁護士江木博士は首相がイクラ訓示をしても歳暮の贈物が已《や》まぬから、寧ろ『寺内内閣存在の間に限り、官吏は中元歳暮の贈与を禁ず。犯す者は懲役に処すといふ法律でも出せ』といつてゐる。『但し巨額の賄賂《わいろ》は此限りにあらず』と附加へたら一層妙だらう」

六月十八日、『評壇』に於て、後藤の箝口令《かんこうれい》について攻撃。

六月二十六日、『評壇』に於て、

「後藤男の機関の一つに『新時代』といふ小雑誌があるが、今度各新聞に『新聞界の羅馬《ローマ》法王大阪朝日新聞』といふ大々的広告を出してゐる。あらゆる官権の圧迫と迫害とが何等の効がないので、搦手《からめて》から来た次第である……」

同日経済欄には、「堂島期米の大暴落」が報じられる。二十四日後場の二十八円十銭が二十五日前場では二十五円七十一銭に下った。

その点について、

「売方団の出動と買方の狼狽
其の原因は梅雨の順当その他を動機に北浜の株式連、松井・石井の一派が売連合を作り大々的に突喊《とつかん》を開始したるが故なりとのことなり。尚右売方団の背後には今迄製粉買占にて鈴木商店が潜み居れる由盛に言ひ囃《はや》しをれども、真偽固より明らかならず」

この場合、鈴木は米価値下りに寄与するわけで、鈴木を米価吊り上げの張本人扱いするその後の展開と矛盾するわけだが、記事のねらいとしては、経済の攪乱者《かくらんしゃ》としての鈴木を印象づけることにあるのであろう。ただし、「真偽固より明らかならず」と断っておく。

鈴木が定期米市場に関係を持たなかったことについては、鈴木側からの資料ばかりでなく、市場職員であった前出の天野氏の証言にも明らかである。

七月に入り、製鉄所二瀬事件などが報じられ、

「近来上下を通じて人心の腐敗其の極に達し」(傍線は大活字が使用してある箇所)

などという汚職糾弾が続く。生活難による一家心中も伝えられる。

外信面では、ロシヤにおける過激派反過激派の争い。中国湖南《こなん》に於ける南北軍の衝突など。

七月九日、『兎の耳』と称する投書欄風の記事。

「記者さま　お願ひいたします　外米の売始めは品が宜《よろ》しかつたに　段々と悪くして今では一升に籾と粉米が二合も出ます△米屋が袋の中から出すとき　すいのうでふるうて

あらいのを別にして一升二十三銭から二十五銭に売り又日本米の安い分にまぜます△落ちたのやら日本米の粉を外米と印した容《いれ》ものに入れて売ります△外米もツンマリ米やの為になつて吾々を苦しめるばかりです」

　七月二十日、

「　○○○下る

○○及び○○の両○団に対し○○日○○○下れりとの説あり」

一見、暗然たる記事だが、そこには痛烈な諷刺《ふうし》がこめられてあったようで、『評壇』欄で、

「○○と△△　是れ官僚軍閥のシンボル」

　と、受ける。

　七月二十三日、「鮮米に対する政府の迂愚策《うぐさく》」と題して、

「移入指定商人として選定されたる例の鈴木商店は、移入促進発表の前より彼地に人を派し少からざる量の鮮米買付を行へる由を伝へたれば、吾人は鮮人の反感を惹起《じやつき》せざるやう努むと同時に在鮮邦人全体が政府の策に反抗するに至るべきやも知れざれば、予《あらかじ》め周到の注意を要する旨を附説せり」

「例の鈴木」という表現が眼を惹《ひ》く。

　大阪朝日の読者には、鈴木は手段を選ばぬ小麦粉買占め戦の勝者であり、後に誤報と訂正したものの、敵国ドイツへ米を送った売国奴という印象がつくられている。利益の

ためには手段を選ばぬ「例の鈴木」というわけである。

記事は続けて、仁川《じんせん》商業会議所はじめ十三道各地の組合団体が移出禁止を請願し、全鮮の商業会議所とともに反対運動を展開していると報じた後、

「反対は要するに鈴木商店の鮮米買付が買占行為なる事実を現せるを以てなり
◇鈴木商店は他人名儀にて釜山《ふざん》・仁川・木浦《もつぽ》・群山《ぐんざん》及び元山《げんざん》方面にて買占を行ひ、為に市場を攪乱し、正米相場をして遂に三十二円の暴値を現す地方を生ぜしむ
◇而も農商務省は、此の買占商人に対し予め一石につき五円の補給を与ふる約ありといふが憤慨の因なり
◇暴利を得る目的を以て買占を為すものに対しては、昨年九月の取締令を適用して処罰するが当然なるに政府は却つて補給金を支出して買占行為を奨励せると同一の結果を齎《もたら》しつゝあれば、在鮮民多数者の反対するは蓋《けだ》し当然なりと謂はざるべからず」
翌七月二十四日の紙面に於ても、朝鮮米移入についての攻撃は続く。

「鈴木商店の手先と目さるゝ大阪の小西辰次郎」なる男が、京城朝鮮ホテルに滞在し、買占めを続けているというのだ。

そして『水銀燈』欄に於て、

「当局は高い内地米を引下げる代りに、安い朝鮮米を引上げて米価を調節した積もりかも知れぬ」と皮肉る。

翌二十五日夕刊。

『評壇』欄で「後藤は豪《えら》い」と題して、

「名古屋の一読者から左の投書が来た。

二十二日夜当市御園座《みそのざ》にて国民党の演説会を聞きました。時局講演会とは名目のみにして各弁士の演説は終始大阪朝日新聞の攻撃で然も其攻撃点は頗《すこぶ》る漠然《ばくぜん》たるものでありました。聴衆中の常識あるものは悉く一笑に附して居ました。私は大阪朝日の読者であるが、愛読者でありません。然し政府が斯《かか》る卑劣な方法で貴紙の正々堂々として主張してゐる言論に迫害を加へるのを実見しては転《うた》た寒心にたへぬ。其反動を想像して戦慄《せんりつ》する他はありません。

一読者に告げる。国民党員が本紙を危険呼ばはりするのは、無理もない。つまり本紙が、寺内伯・後藤男・乃至犬養《いぬかい》等の為めに危険だといふことである。鼠には猫の存在が危険であり、泥棒には法官の存在が危険であり、官僚軍閥及び其の提灯持には、大阪朝日新聞が危険なのは、この位当然の話はない。併し国民党員を名もなき雑誌や弁士と一所に顎で使つてゐる後藤男は流石現内閣の智慧袋だけある」

鈴木と後藤に対し間断なく攻撃は続く。

七

大阪朝日の攻撃の対象になった、鈴木の朝鮮米移入の実態はどうであったろうか。

鈴木は、その年四月、外米輸入商に指定されていた。

それは西川の手紙にもあったように、鈴木としては気の進まぬ仕事であった。船腹さえあれば儲かる時代に、それを利の薄い内地への米の移入に当てるということでは、むしろ算盤に合わぬ。

だが、指折りの貿易商社であり、また、自由にできる船腹をいちばん多く抱えていたために、それを断るわけには行かなかった。金子直吉が後藤と親しかったということも、鈴木が頼まれる原因の一つになったであろう。

西川は、外米が日本人の口に合うかどうか危ぶんだが、そうした考えから、できれば台湾米や朝鮮米の移入を図ろうとした。

そのころ朝鮮米には、豊作の年には二百万石を越す輸出余力があり、この年五月現在でも四十万石が輸出可能と見こまれていた。満洲粟や外米を朝鮮へ入れれば、なお多くの内地移入が期待出来る。

このことを進言した結果、政府との間に朝鮮米移入についてのとりきめが出来た。

そのとりきめの一部は、第二章に述べたように、買入れ及び売渡しで損失があるときは政府が補給し、利益があるときは政府が吸い上げる。鈴木は手数料として一石三十七銭五厘だけ受けとる（他の外米手数料の半額）。

つまり、朝鮮米移入に関しては、安く買占めようと、高く売捌こうと、少しも鈴木商店の利益とはならないわけで、金子直吉が社内に配布した注意書にあるように「当店奉公ノ務ヲ全ウスル所以ナルノミナラズ亦実ニ将来幾多国家的事業ヲ経始スル基礎ヲ築ク所以」という色合いが濃かった。とりきめには、他に、

朝鮮米ノ売出価格ハ政府之ヲ指定ス
本件ニ付テハ政府ノ発表スル迄秘密ヲ守ル事
といった項目があった。

鈴木が表面に出ず、大阪の米穀商小西を使ったのは、鈴木の名前を出すことによって、米価を吊り上げられることを警戒したためである。

小西はその秘密主義に守られて、はじめは大阪東京渡し平均原価二十八円七十銭で買入れを進めた。

とりきめが出来たのは五月末、小西はすぐ朝鮮に渡り、六月中にほぼ買入れを終っている。そして、このことが内地に漏れて定期米市場は暴落した(大阪定期市場八月切では七月六日には二十一円二十銭にまで下る)。

すなわち、前出「堂島期米の大暴落」を報じた六月二十六日付記事は、その原因を松井・石井の売浴びせ、その背後に「鈴木商店が潜み居れる」といういわくありげな表現をとっているが、その実は、鈴木が大々的な鮮米移入を計っていることを感知して、米相場が下を向いたのである。いずれにせよ、鈴木は外米を輸入することによって米価を引下げることに貢献していたのだが——。

八月二日、大阪朝日第二面には、次の大見出しが眼につく。

「愈々《いよいよ》朝鮮米の売出し

大阪では五日から毎日二千石宛《ずつ》
公設市場と『心得ぬ』鈴木商店

「『心得ぬ』鈴木商店」――鈴木商店にはどんな不心得があったかと記事を読むと、「鈴木商店大阪支店の松尾維夫氏曰く『昨今大阪へは東神倉庫に十万俵の米が到着して居りますが、尚続々到着する筈で主として小売屋に売り渡し尚進んでは需要者直接にも売り出したいと思ひますが、これは出来ないかも知れませぬ。これは府市当局者とも相談して何とかしたいと思つてゐます云々』

然るに矢柴大阪市商工課長心得曰く『鈴木商店は五日から白米の売り出しをやると言つて独り呑込んでゐるのですが、これは甚だ心得がたき節《ふし》があるのです。最初政府の命令によると、大阪では玄米十万石を鈴木商店から正米屋へ売り出し、白米一万五千石を市の公設市場で一般需要者に直接売り渡すこととし、若し余りあらば小売商へ売り渡してもよいといふ事になつてゐたのですが、どういふものか鈴木商店は勝手に売り出しをするやうに言つてゐるので今も鈴木商店へ電話で小言を言つてやつた次第です』」

つまりは、役所との事務連絡上の行き違いというだけのことである。

翌三日の紙面では、「既報の如く大阪市の当局者と多少の行違ひはあったが」、意志疏《そ》通《つう》し、予定通り公設市場で売り出された旨、報じている。それにしても「『心得ぬ』鈴木商店」という見出しの読者に与える印象は、単に行き違いがあったというだけにはとどまらないであろう。

八月四日、二面トップに、

「『米は上るでせうね』
　西伯利《シベリヤ》へ行く師団は幸福ですよ
　　出兵宣言と軍務局長」

陸軍省軍務局長奈良中将が、シベリヤ出兵師団に同行して西下、「莞爾《にこ》やかに団扇を動かして、出兵となれば米価は益々昂《あが》るでせうね」と言ったという。

五日の『社説』では、政府の「政略的言論抑圧」に対して烈しく攻撃。

『天声人語』では、「日々あがるのは暑気と米価ばかり。之を本当の暑くるしと言うのだらうが、にも拘《かか》はらず暑くるしい噂△去る三十一日の夜寺内首相と後藤外相と原政友会総裁とが去る所で密会した△其結果、政府は政友会の自重力を賞讃し政友会は政府の隠忍力を推称することとなつたと言ふ……」

　社会面で、

「女房連の一揆《いつき》
　米高に堪《たま》り兼ね『餓死する』と口々に喚き立て、
　　三百余名米屋へ押しかく」

と、富山の米騒動の第一報。

七日の『水銀燈』では、

「米があるのに米価を引上げる程の当局なら、米がなくても引下げる位の芸当が出来さうなものだ」

と、痛烈に皮肉る。

そして、同日の社会面、

「此の惨状を何と見る!

僅か五升の白米を得るに
炎天下に数時間を立尽す
買手の中には立派な奥様」

五日から鈴木商店では、農商務省の命令通り、大阪市内四箇所の公設市場で一人あたり五升に限って朝鮮白米の売出しをはじめた。値段は三十七銭。

鈴木商店では、日本人の嗜好に合うように外米よりも朝鮮米の移入を計ったのだが、鈴木の売出した朝鮮白米は、期待通り、内地の一等米に等しい品質。よく乾燥し、石や粉米のまじりもない。それが、内地米に比べ一升八銭から九銭も安く買えるというのだから、買手が殺到し、どこの公設市場にも長い行列が出来た。

「……相当な扮装をした奥様や髯を蓄へた月給取風の人までそれが何百人も百度近い炎天の下に行列を組んで、各自に携へた風呂敷・桶・袋・襁褓《おしめ》・竹籠の類に五升宛入れて貰つて汗みづくになり、数時間の犠牲を払ひやつと帰ることが出来る。丸で施行米《せぎようまい》でもして貰ふやうな有様である。でコレでは迚《とて》も一日に百石や二百石を売つた所で何の足しにもならぬと、鈴木商店の方でも一考して六日急に大阪支店で会議を開き、精米商に売

ることになつてゐた玄米八万五千石の大部分を同商店の手で精米しこれを共に売出すことにした」（傍線は大活字の使用箇所）

鈴木の独走をたしなめるような口ぶりであった市の商工課長心得が、

「迚もアノ状況を見てゐると黙つてはゐられないので、鈴木商店の方へ売出数量の増加を要求してゐます」

などと、むしろ鈴木の尻をたたくような談話を発表している。さらに、その記事は、その混雑にまぎれて、「白米商、丁稚小僧を使つて鮮米買取り、直に発見」などという出来事があったことも伝えている。

しかし、米価は騰り続ける。

八月八日。

「遂に二千の集団
　女房一揆に亭主も加勢して
　大道演説中の郡長を『叩き殺せ』」

と、高岡からの記事。

姫路では、遂に白米一升四十九銭五厘という高値を記録。

この年の米収は、平年作をやや下廻る程度であった。それが何故このような急騰となったのか。需要供給の経済上の実勢からすれば、説明のつかぬことであった。それだけに、政府当局も措置に困った。その当惑が対策のおくれとなり、さらに米価を騰貴させることになった。

騰貴の原因としては、まず一般的インフレ傾向。船舶はじめ運輸機関の不足から、運賃が真先に騰貴しており、流通が不円滑という事情もあった。大幅の輸出超過は、自動的に通貨の膨脹となり、さらにシベリヤ出兵への思惑から、物価はいっせいに騰貴傾向にあった。

買っておきさえすればもうかるという時代である。投機的商人が必需品である米に目をつけたのは、当然である。再三の警告にもかかわらず、岡半・石井などの米の仲買商は買占めを続けた。

買占めは、商人だけではない。農民もまた、売惜しみし、隠退蔵をはじめた。

「地方農民を見るに投機熱が近頃盛で例《いつ》もの年ならドシドシ売出するのだが、未だ値段が上ると見込をつけ土蔵の戸をピタリ閉めて、却つて政府で輸入をした外米の安いのを喰ふといふ有様」（八月一日）である。「農家の思惑が上手になったのだ」

そして、こうした買占め傾向は、やがて消費者の間にもひろがった。

「お客さんが群集心理でよけいに買うから、よけい足らんようになる。ないようになるというんで、常識のあるええ人まで買占めやってたな」

前出の当時の白米商上田氏の言葉である。そして、米騒動後には、

「いつもきちきち持って行ってたお得意さんまでが、どえらい米隠してなさった」

ということがわかる。

値が上る、買い増す、さらに値が上る――悪循環である。それが八月という米の端境期にぶつかった――。

八月九日、『評壇』で「米専売の声」として、

「……国民の生活必需品が投機売買の目的物となり、又其の欠乏を告ぐるや、奸農奸商の売惜み買占めとなつて、多数国民の生活がそれ等少数者の暴利を図る犠牲となることは、如何にも不都合千万な事である。斯様な不都合を根本的に解消せんとすれば、何《ど》うしても公共団体又は国家の直接専売に俟《ま》たなければならぬ。現に其規模の小さなものは、大阪市の公設市場でやつてゐる鮮米売出等だが、これも鈴木などといふ中間商人を介せず、国家の手で生産費に運賃と手数料を加へたもので分配すればモツト廉く行ける筈である。斯様に考へれば米専売の要望の当然なること、おのづから明白である。但し現内閣のやうな其日暮しの無経綸《むけいりん》な内閣では有り余る金を抱へつゝ恐らく何事をも成し得まい」

同じ紙面の右下には、「公設市場徹底的にやれ」の投書。

そして左下には、

「国民は飢に迫るに大臣等は手を拱《こまね》きつゝせんすべ知らず」

「国民を飢に泣かせてすべ知らぬ鈍の大臣を罷《や》めしめ玉へ」

その役割は評価されながらも、「鈴木などといふ中間商人」というわけで、中間利潤を甘受しているかの如く取扱われた鈴木商店ではあったが、九日付の夕刊では、さらに悪者に仕立てられた。

「……市場の希望を体して七日鈴木商店大阪支店に至り玄米のまま発売予定の八万五千石を精米として至急直売せんことを交渉したるに対し、商店側も其の趣旨にて着々準備を進めをれど何分朝鮮の玄米には石の混入多くこれを抜き取る手数が非常にて目下適当の精米商を選定中なりと答へたる由。其の答弁中には煩雑なる手数を厭ふ気配も見え且玄米の儘《まま》売らんとするには或種の魂胆もありとの説にて、今日の場合仮令《たとえ》石位《いと》混りゐたりとて買手が炊く際選り分けても食すべきに、斯ることを口実に精白にせんことを事実上避けんとし徒らに美名を買はんがため声のみを大にせる態度を非難せる者頗る多し。而も市中の在米高は未曾有の高値にも拘らず増加を示さず、これは鈴木が少数の白米を兎も角も三十七銭にて発売することが却て妨げとなり何時政府筋より如何なる非常手段を取らるゝやも知れずと正米筋が恐れをなして地方へ買付に向はぬことが確かに原因を為し居り……」

こういう記事を何と呼ぶべきなのか知らない。

朝鮮玄米に混入物が多く、内地米なみに精白するために手間どったことは事実である。その事実以外のことは、推測であり、臆測であり、中傷でもあろう。

鈴木商店が「声のみを大」にしたとは、どういうことなのか。鈴木商店の鮮米移入と廉売は、一応、美挙として認める。その上で、それが売名的だということなのか。しかも、新聞として非難するのではない。「非難せる者頗る多し」という形をとる。さらに、その美挙によって、かえって内地米の搬入が妨げられると非難する。では、直売をやめよということなのか。論理的に矛盾の多い記事である。そして、その中から一貫して印象づけられるのは、鈴木商店の釈然としない姿である。魂胆のありそうな姿である。

翌日から市民たちは、いそがしく廉売に立ち働く鈴木商店の社員たちを、無心な眼で眺めることはできなくなるであろう。

八月九日第七面には、次の大見出し。

「鈴木商店の弁明
　鮮米売出の怪説に対して
　　利益は政府に納める

大阪と東京にて朝鮮米の売出しを行ひつゝある鈴木商店は、農商務省の命によりてこれを行へるに相違なきも、買付値段と売出値段との差益は悉く鈴木商店の利得となる。米価高値の今日これをしも正当の行為と認め得べきやといふ風説盛んなるに対し、神戸の鈴木商店員は其風説を打消し、左の如く語れり。『大阪にて売出す朝鮮白米三十七銭は一般米商の売価に比べ甚だしき安値とは言ひ難きも、朝鮮米を売出したる目的は外米売出しと多少事情を異にし、即ち供給を潤沢ならしめ以て此の上の相場暴騰を抑制せんとするにありき。而して外米の如く廉売せんには多数の精米業者を圧迫すること丶なるが故に（果して左様なる事実ありや）此辺も一考を要し、農商務省の意見に基き三十七銭にて売出したる次第なり。実に朝鮮米の取扱ひに就ては当店は外米同様一石につき約一円の手数料を貰ふのみにて買付米全部売却の結果、若し利益ありとせば其利益は農商務省へ納めること丶なり居れり』……」

攻撃は手数料に向けられた。
石一円とは、高過ぎる手数料である。それを「一石につき約一円の手数料を貰ふのみ」と皮肉に大活字で強調している。そう語った「神戸の鈴木商店員」が誰なのか、名前はあげていない。当時、直売は大阪でやっていたのに、その支店の誰かでなく、「神戸の鈴木商店員」が語ったというのだ。

ということは、神戸本社のより責任ある立場の者に意見を訊《き》いたということなのだろうが、それに該当するのは、穀肥部主任（部長）永井幸太郎以外にない。

永井は、高畑と並ぶ高商派の先鋒。まだ二十代で、当時鈴木商店本社の五人の主任の中では最年少であった。

わたしは、大阪にある日商本社で、いまは第一線を退いた永井氏に訊《たず》ねてみた。氏は、米騒動直前に、そうした点について新聞記者の来訪を受けた記憶はないと言った。

「朝鮮米のことは、大阪支店に任せとったからな」

神戸では、米は輸出と輸入を扱うだけ。権限の分散が一つの特徴であった鈴木商店としては、考えられる形態である。

わたしが念のため、朝鮮米手数料がいくらであったかに記憶はないか、と訊くと、永井氏は赤らんだ大きな顔を傾けて考えこんでいてから、

「思い出せんなア」

子供のような口調で言った。もともと無口なタイプだが、高血圧で倒れたことがあってから、物を言うのが一層億劫《おっくう》のようであった。

資料にたよる他はない。記録によると、前出のように、鮮米手数料は他の外米手数料の約半分、一石三十七銭五厘である。

大阪支店に委《まか》されていたことを、主任でもない「神戸の鈴木商店員」が、どうして「一石につき約一円の手数料を貰ふのみ」と断言できたのか。その「神戸の鈴木商店員」とは何者なのか。もはや穿鑿《せんさく》の仕様もない。

出所の曖昧《あいまい》な「石一円」説に対して攻撃は続く。

十日付夕刊には、間髪を容れず「石一円の暴利」と題して、「米小売商」の投書が掲載される。このころ世間では、米の小売商がとかく暴利をむさぼると評判が悪かったが、その「米小売商」からの憤慨の投書である。

「九日の貴新聞によれば、鈴木商店は鮮米の利益は外米の利益と同様僅かに石一円云々とあり。我々白米商程薄利なるはなし。米価二十円位の時に白米小売商は一俵売は一俵

に対し二十銭乃至三十銭の益なり。升売についても一升一銭は漸く位の利益なり。尤《もっと》も今日の米価にては斯の如き薄利はなからんも国民経済として政府より石五円の損害補償あり。今仮りに外米三百万石鮮米三十万石合計三百三十万石に対し政府は千万円以上の国費を投じ救済するに其内三百三十万円は僅々六七店の御用商人に手数料として支払さる事に帰するなり。斯の如きは暴利なり。如何に十分に見るも石二十銭あれば結構なり。政府の無能驚くの外なし」

『評壇』では、「鈴木の弁解」と題して、

「鮮米売出に就て、鈴木商店が儲け過ぎるとの非難に対し、鈴木商店では一石一円の手数料の他、何等儲けないと弁明してゐるが、一石一円の手数料が多過ぎるのである。若し鈴木商店に爪の垢ほどの公義心があるならば、斯様の際には手数料ぐらいは義捐《ぎえん》して少くとも原価で売出すべきである。否、義捐と思つて原価以下でも売出さねばならぬ。況《いわ》んや鈴木商店が曩《さき》に先廻りをして鮮米の買占に奔走したとの説が事実であるならば、鈴木は米価吊上げの責任を分たねばならぬ関係上、罪亡ぼしとして相当の義捐をなすことは当然と思ふ」

さらに『その日その日』欄に、

「葉書にて落首二つ来る。曰く、

昔なら笠の台飛ぶやり方は○○商店米の売買

又曰く、

照りつけて頭ぴりぴりビリケンの尻に火のつくやけの最後屁」

完膚なきまでの攻撃である。

鈴木商店側としては居たたまれぬ思いがしたはずだが、いま鈴木の関係者に訊ね廻ってみると、意外にそうした記憶がない。御大の直吉をはじめ社全体が、新聞が何を書こうが意に介せぬ気風であった。

一つには、世間には、まだまだ新聞を軽んずる傾向があった。恐喝や強請《ゆすり》をこととする新聞記者というものがあって、大新聞の記者もその延長上に見たりした。そうした風潮の中で、ほとんど西川ひとりが心を痛めていた。

いわゆる白皙のインテリであった西川には、大新聞の影響力というものが、よくわかっていた。「大阪朝日の社会主義者ども」と憤慨し、誤報に関する部分の取消しを再三求めた。しかし、それは営業の窓口を通してであって、編集の中枢までは届かなかった。編集まで届かせるためには、直吉の政治力が必要であったが、直吉はまるで取り合おうとはしなかった。

「鈴木は悪いことなんぞしていない。いつか、きっとわかるんじゃ」

それが直吉の返事であった。彼は単純にそう信じているフシがあった。直吉は一通りは新聞を読む。読んでしまえば、すべて忘れてしまったように何ひとつ気にかけない。完全に無視していた。

彼の前には、事業そのものしかなかったのである。

鈴木商店の日常の業務以外に、ここ一年来、大きな夢にとりつかれていた。米国からの鉄の買付である。

大戦による世界的な鉄不足から、イギリスに続いて、前年八月、米国が鉄の輸出を禁止した。全面的に米国の鉄に依存していた日本にとっては、造船業だけでなく、経済全体の衝撃となり、社会不安をもひき起しかねない形勢であった。日本政府は早速、ワシントンで強硬な外交交渉を行ったが、失敗。ついで、船舶部門の主管者である逓信省が交渉にのり出したが、これも相手にされなかった。

しかし、鉄が入らないことは、日本経済にとって死活問題である。政府筋がだめなら、と、財界では、とっておきの大御所である浅野総一郎を押し立てて交渉させることにした。浅野は、米国の新大使モリスの着任を待って交渉をはじめ、数回ねばり強い談判を重ねたが、やはり不成功に終った。

一方、金子直吉も、もちろん鉄輸出禁止にショックを受けた一人であった。それは、ひとり鈴木商店への打撃であるばかりでなく、造船・鉄鋼を中心にようやく胎動をはじめたばかりの阪神工業地帯の息の根をとめることになる。「煙突男」と言われ、工商立国を唱えていた直吉としては、それこそ居たたまれぬことであった。世間にはめったに顔を見せることのなかった直吉だが、このときだけは、社会の前面におどり出た。

神戸オリエンタルホテルに同業者を集めて、鉄解禁同盟会をつくり、自ら委員長となった。そして、世論喚起が必要であるからという西川の献策を容れて、学者や徳富蘇峰などの文化人を動員し、市民大会を開いて反対決議を出し、さらに全国の商業会議所に同様の反対決議をさせた。そして、そうした決議を次々と米国大統領宛に打電させた。

もちろん、何の手応えもなかった。

浅野総一郎の交渉が失敗に終った後、直吉は後藤新平の紹介状をもらい、自ら進んでモリスとの談判に出かけた。直吉は、モリスに会うなり切り出した。

「貴国では船は欲しくないか」

各国が深刻な船腹不足に悩んでいた折である。モリスは半信半疑の表情で、

「もちろん欲しい。だが、日本には売ってくれる船があるのか」

「ある。いくらでも売る」

モリスは、青い眼を輝かせた。

「それは有難い。ぜひお願いする」

「よろしい。何隻でも売りましょう。ただし、代金は鉄で払ってもらいたい」

「鉄で？　なるほど、これはやられた。ハハハ……」

モリスは直吉の機智に感嘆し、さしも難航を続けた交渉も、笑いの中にすらすらとまとまった――。

というのが、巷間《こうかん》伝えられる二人のやりとりである。

だが、もとより、それほど簡単に話がきまりはしなかった。

直吉は、鈴木商店の米国駐在員を使って、モリスの生立ちから人柄まで十分調べさせて、さらに米国の政府筋を探らせて、モリスへの訓令についてある程度の情報までにぎっておいた。そうした十分の調査で、モリスの急所を押えながら、直吉独得の生一本な態度で熱誠こめて訴えたのである。手の中を読まれており、しかも、ひたむきに詰め寄られるのであるから、モリスも逃げ切れなかった。そして、直吉の出した条件は、米国側を誘い出すのに、ぎりぎり十分な魅力を持っていた。

日本は米国より鉄材を受けとり、その三分の二に当る噸数の船腹を米国へ提供する代りに、残りの資材は日本の需要に当てる——といういわゆる船鉄交換の契約が、遂にとり交わされることになった。

だが、直吉の面目が発揮されたのは、それだけではない。

直吉は、その契約について、米国政府を代表するモリスのサインだけでは納得しなかった。米国の世論が騒ぎ出すことによって、再び米国政府が契約破棄を申し出てくる可能性を考えた。モリスに一旦サインさせた上で、米国の民間ベースでの保証を求めた。有力な民間金融機関がその契約の実行を保証せよというのである。

米国政府および米国大統領を信用せず——というわけであった。かつての直吉たちの努力に一片の返信もよこさなかった米国大統領への反感もあったのかも知れないが、とにかく、直吉の眼中には、もはや日本政府もなければ、米国政府もなかった。

モリスは首をかしげた。

そうした要求を突きつけられたのは、はじめてである。

くたびれた詰襟服に鉄縁の眼鏡。話の途中、ときどき鼻に吸入器を当てる奇妙な日本の商人。貧相な男である。鉄縁眼鏡の奥では、斜視の眼が動かない。いったい、どこを見ているのか。

モリスは、直吉に押し切られた。本国政府に交渉し、米国政府も譲歩して、ナショナル・シティ・バンクの保証がとりつけられることになった。直吉は、日本の重工業の危機を救った。それも、堂々の勝利であった。こうして、太平洋をわが池のように観じている直吉にしてみれば、大阪の一新聞がどんなことを書こうと、気にかけることはなかったのである。


比較するために、このころの大阪毎日新聞を見てみよう。

七月二十四日、「高知市内に米が無い」との記事。しかし、その理由は、悪天候のための土佐航路の杜絶《とぜつ》と、百姓の売惜しみのためとある。

七月二十五日、鈴木商店に関し、二つの記事がある。

「朝鮮米買占の本尊様、
　下関に帰着して弁明頻りに努む」

という見出しでは、大阪の米穀商小西の「私は断じて鈴木商店の手先でもない、一石五円の補給を政府から受けた訳でもない。唯農商務省の命令で……」との談話。

「鮮米移入の目的

指定商人に関する捏造《ねつぞう》説弁解」

の見出しでは、「朝鮮米三十万叺《かます》の買付に関して投機者流には鈴木商店に対し特に一石五円の補給金を交附し二十万叺の買入を為さしめつゝありと伝へつゝあるが、右は全く虚報にして」云々との片山外米管理部長の談話をそのままのせている。

いずれも鈴木を攻撃するためでなく、鈴木の弁明をとり上げる形となっている。

八月一日。

社説では「寺内内閣の位置」と題して、政府をたしなめ、『硯滴《けんてき》』欄では、仲小路《なかしょうじ》農相の批判が出るが、いずれも辛辣《しんらつ》なものではない。

八月二日。

「四箇所の公設市場で

愈々白米の安売り

米の値段は愈々四十銭台を突抜けた。この勢ひでゆけば円に二升の声を聞くのも遠くはあるまいと見てとつた大阪市商工課では愈々これを打捨ておけじと市内四箇所の公設市場で一斉に白米の廉売をヤリ出す事にした。これは某々問屋筋と販売方法、販売数量等に就て交渉を重ねてゐたのが略纏《ほぼまと》まりを告げたので準備に取りかゝつたのである……」

「某々問屋筋」として、とくに鈴木商店の名は出ない。朝日では「心得ぬ鈴木商店」の記事として出た日である。

経済面にある『合財嚢《がっさいぶくろ》』欄では、

「官権の手には直ぐグニヤリとするのが日本人である。△多年武士と言ふ腕力階級に押へつけられてゐた習慣が抜けぬからで立憲政治の発達せぬのも原因は玆《ここ》にある△然るに一つ圧迫される程反抗するものが日本にある事を説明した△其は米である流石に豊葦原の瑞穂の国だけあつて是のみは本物の日本魂があるらしい」

とユーモラスに皮肉る。

対策としては、戒告や定期の停止などをあげる程度。

翌八月三日には、

「大阪で売下る朝鮮米
　一日二千石」

四日。

「朝鮮米の売出しは
　供給を豊富にするのが目的
　　鈴木商店員談」

ことさらに売値は他の鮮米移入を妨げることのないよう市中の小売値を標準とする。

廉売というわけでなくとも、大阪市民一日の必要量六千石の三分の一を補給するのだから、米価の昂騰は抑圧されるだろうとの鈴木商店員の談話である。

そして、五日。

「瞬く間に売切れ
　愈々売出された朝鮮米
　　精米屋さんは東神倉庫へ
　　御婦人連は各公設市場へ
　　　時間前から押寄せる」

との大見出しで、まず精米商への売出しの経過が詳しく紹介される。朝日では目につかなかった。

そして、小売風景の描写では、

「小売は一升卅七銭
　公設市場大繁昌

一方、市内四箇所の公設市場では朝鮮白米を午前八時半から売出した。一升四十銭を突抜けて円に二升の呼声ある米高の折とて政府お声がかりの朝鮮米安売りといふのが非常に人気を呼び東西南北ともに公設市場は風呂敷や袋を抱へた婦人の群が往来を塞《ふさ》ぐばかりに朝鮮米を目がけて押寄せた。然り婦人の群である。最早貧乏長屋の山の神ばかりが風呂敷小脇に米の小買をするのでは無い。髯を生やした旦那様らしいのさへ浴衣の端《はし》折《よ》り《》で混つてゐた。朝鮮白米の飛ぶが如くにして一時間半のうちに売切れた高は東南北の三区市場が各二十四石、西が二十八石、計百石を一升三十七銭の均一であつた。米質も相当な所で味も内地米の二等より勝れてゐるとの事だが、白米は玄米と違つて僅に十五万石が有る限りだから十分に需要を充たす事は不可能だらうと考へられてゐる。何しろ五銭もつとの割安に当るので人気は凄いものだつた」

同じ光景を伝えた朝日の見出しは、「此の惨状を何と見る！」であり、「丸で施行米でもして買ふやうな有様」という視点からの描写であった。印象はかなり異ってくる。読み比べて頂きたい。

八月七日の『硯滴』では、直接ではなく、「政府の米価調節は丁度狂人が刀を振り廻すやうなもので太刀筋がシドロモドロだ……コウ米の値が算盤の桁に合はなくなつては、此上ドンナ事が起つて来るか知れたものではない」という意見があるとの形での批判。

八月九日。

すでに富山では女房一揆が起っている。

社説では、米価調節策として「米穀国営あるのみ」と主張。

『硯滴』では、「農相の拳骨では米価は下らぬ」とし、「実業家にも相談して何とか方法を立てる」か、それとも、戦時立法という形で米価の最高限をきめ、さらに米の専売に及ぶ徹底的な方法をとれとすすめる。内閣批判ではなく、米価対策プロパーについての提案である。

提案としては同日の朝日『評壇』でも同じように米専売をとり上げていた。ただし、朝日の場合は、「鈴木などといふ中間商人を介せず」などと鈴木に言及し、「現内閣のやうな其日暮しの無経綸な内閣では有り余る金を抱へつゝ恐らく何も成し得まい」と結んでいた。

同日、経済面の『合財嚢』が、はじめて鈴木を槍玉にあげる。

「朝鮮米の廉売をすると言ふ鈴木商店が其米を朝鮮で買つた値は石廿八円位△今日迄の倉敷料や費用を合算しても卅円は越さぬとあるに所謂廉売価は卅七円である△既に国民は米価の問題を超え生か死かの境目にある時、鈴木商店の此廉売には嬉し涙が零《こぼ》るゝ△仲小路氏は下層民とは其日暮しであり一石の米を買ひ兼ねる民であることを御承知か……」

このころ、朝日紙上では前出のように、鈴木商店が手数料問題をはじめとして、ことごとに名をあげて非難され糾弾されていた。

十日、売出しの風景は切迫したものとなる。

「五升の朝鮮米を死物狂になつて争ふ

無慮三千の大群衆

境川公設市場へ殺到す

『悲惨』そのものの縮図」

しかし、朝日のそれのように鈴木商店の名は出ていない。寄書歓迎とある夕刊の投書欄『安全弁』では、「米！」として投書が並ぶ。

「朝鮮米は小売のみとせよ　安藤生」

「正米調査は天下の愚策　一百姓」

「標準価格を復活すべし　無名氏」

「買手は金持の丁稚《でっち》や女中　上町生」

「市内白米商の暴利密議　田辺生」

「米を専売に　一労働者」

の六篇であるが、鈴木の名をあげたものはない。

「買手は金持の丁稚や女中」では、朝鮮米の廉売をたたえて、「実に結構ですが、立派な家の女中や丁稚が朝早くから詰めかけて喧嘩腰に買ひ取るので吾々のやうな貧しい労働者の女房や子供（吾々は其日其日の仕事に行かねばなりません）は、近よることも出来ず、長い間炎天の下で待ってゐる中に売切れとなるのでどうしても買へません。一体お金のある人は遠慮するのが当り前です。売る方でも買手の身許を調査して区役所から切符でも出すことにしたらどうでせう。さうしたら貧乏人はどの位助かるか分りません」

朝日の描写では、「相当な扮装をした奥様や髯を蓄へた月給取風の人まで」と、いわば窮状の証明のように登場した奥様族の振舞だが、この投書では、むしろ、その振舞をたしなめられている。

そして、このことは翌日の夕刊社会面でも、

「朝鮮米は声ばかり
　大部分は生活に困らぬ
　中流以上に買はれて了ふ」

の見出しの記事となる。その社会面の最大のトピックは、右肩にある大見出しで、

「今に大阪神戸には
　外米の山が出来る
　　今後輸入外米は全部
　　神戸へ陸揚する方針」

農商務省の書記官談話が詳しく掲載されている。

そして、その下に呼応するように目につく見出しで、

「各地の工場で外米原価販売
　朝鮮米で儲けなどはせぬと
　　鈴木商店員の気焔

神戸の鈴木商店では今度下関・徳山・門司・日比等にある精煉其他の工場、播磨・鳥羽の両造船所、鳴尾・兵庫・清水・横浜の各製油工場、神戸製脳、神戸製鋼等の自店経営の諸工場を仲介として各工場で一斉に外米の原価販売を開始することに決した。右に就き同店当事者は語る。『今日外米を持つて居るものは鈴木商店の外には多くない筈で

ある。今度の外米原価売出し計画を何時開始するか、又其値段等はまだ決定しないが最近に始める都合で準備中である。地方民に対して外米の普及とその廉売とを趣旨としたに外ならない』尚朝鮮米に就き同店が利得を貪りつゝあるといふ世評に対して『鈴木商店は今時外米や鮮米で儲けようとするやうなケチな考へは持つて居らない、ソンナ事はせないでも他に堂々と儲ける立派な腕がある積りだ』と気焔を揚げたり」

これは、わたしが面接した限りの鈴木商店当事者からの聞きとりから判断して、当時の鈴木商店側の見解と「気焔」を正確に伝えたものといえるであろう。

その頁は米価問題特集の観があって、

「一日の労働で米が
一升五六合しか買へぬ
砲兵工廠職工の窮状」

という見出の記事が、「外米の山が出来る」と「朝鮮米は声ばかり」の二つの記事の間にはさまれ、さらにその左では『安全弁』が再び「米！」の特集をしている。

投書は五通。「数百石の米を倉庫に貯蔵　無縁生」は、兵庫県川辺郡の豪農が米を隠匿していることを攻撃したもの。「酒造に米麦の使用を禁ぜよ　ＡＳ生」「奇怪なる風説　木村生」「正米屋の暴利　宮本生」そして、「奸商を取締れ　平野郷生」は米屋の売惜しみを非難したもの。

この中、「奇怪なる風説」と「正米屋の暴利」が鈴木商店をとり上げている。まず、

前者は、

「貴紙の合財嚢子も伝へる如く、鮮米廉売を標榜《ひょうぼう》せる鈴木商店が、朝鮮米の仕入れは石廿八円位、之に諸入費を合算しても三十円を超えぬ訳だが、所謂廉売価は三十七円である。加ふるに石五円とかの政府の補助もあるとの噂も聞いて居る。然るに在米の都合上、東京大阪よりは売れぬ筈の鮮米が阪神間所在の鈴木商店経営の会社では其使用人一般に鮮米を売つて居るとの評判がある。現に彼等が『鮮米の一等は一寸喰へる』などと妙に得意振つたので心ある人から国賊呼ばはりを受けひどく怒鳴りつけられた最近の事実がある。どうも鮮米と言ふ問題から次第に鈴木—後藤内相—仲小路農相—指定商——と連想して来ると何故か一種厭やな気分に囚へられる。神経質の拙者は水を飲んでも鮮米なぞは喰はぬ事と決心した」

投書の形はとっているが、これが毎日紙上では、鈴木と後藤を結びつけ名指しで攻撃した最初の、そして最後の記述である。異質である。問題提起から筆法まで、朝日が一部分切り抜いて持って来られた感じがする。

そして、この投書にすぐ続いての「正米屋の暴利」という投書では、鈴木商店は以前の照明の中に浮かび上る。

「拝啓　炎暑の候愈々御隆盛之条奉賀候　扨《さ》て本日の御社安全弁にて安藤生様『朝鮮米は小売にのみせよ』との御説至極同感に御座候　私も当市の一米穀商に御座候　鈴木商店より売捌《うりさばき》居候朝鮮玄米は市価より約五円位は安く御座候　頃日来《けいじつらい》の米商人は暴利も暴

利も言語に尽くし兼候　朝に四十八円のもの昼には五十円午后には五十二円と申し候又既記朝鮮米も五円方も安く買置ながら普通の御値段にて売捌居候（小店も同様）唯米商人を助け候のみに候故右玄米も精白となし小売に許り御売捌き相成候様貴社にて御尽力被下候《くだされそうらえ》得ば多数難民も大に喜ぶ事と存候　匆々《そうそう》」

以上のように大阪朝日が繰り返してきた鈴木・後藤・寺内を名指しての露骨な攻撃は、毎日紙上ではほとんど見られない。逆に毎日を標準とするなら、朝日には鈴木・後藤攻撃があまりに多過ぎる感じである。

ニュアンスの相違というだけではない。毎日に於て、鈴木は米不足緩和のために登場して来た「某問屋」に過ぎなかったが、朝日に於て、鈴木はあくまで後藤―鈴木の鈴木であり、それが動くならと、手ぐすねひいて待ち構えられている「例の鈴木商店」であった。

毎日では、鈴木商店を問題にすることもあったが、朝日では鈴木商店だから問題にした。

七

『朝日新聞小史』は、その間の事情を次のように説明している。

「……寺内内閣の出現過程は極めて非立憲的であったため、大阪朝日は同内閣成立の抑《そもそ》もの初から強硬な反対意見を表明した。寺内内閣の不評判はそのためのみでない。当時中華民国では南方の革命派と段祺瑞《だんきずい》一派の直隷派《ちょくれいは》との闘争がつづき、寺内は段派の援助に乗出したが、このことに対する国内の反対も相当に強かった。大阪朝日も同様で、例の増師問題とともに鋭く攻撃の矢を向けた。やがて欧露の動乱が極東に波及した時、寺内はシベリア出兵を決意したが、これにも大朝社は相当熟慮の後、敢然これに反対を表明した。いわば寺内内閣成立のはじめから大阪朝日は徹頭徹尾反対し、攻撃したので、当局もまた何回となく発表禁止をもってこれに酬いた。当時の局長は鳥居で、論説陣には長谷川如是閑、大山郁夫、丸山侃堂《かんどう》、花田大五郎、櫛田民蔵等の精鋭が顔を揃え、文字通り政府の一敵国で、大阪朝日の論陣あることによって、一時世論の中心は東京から大阪に移ったかのごとき観をすら呈したものである。

当時欧州の大戦は、民主主義の連合国と官僚主義、独裁政治の同盟国との戦で、連合国側に味方したわが国であるから、民主主義の思想は遠慮なく流れ込んできた。鳥居はこの大勢に乗ったともいえるであろう。ただその間多少鳥居の感情的性格から寺内を悪《にく》んで憲政会的口吻《こうふん》の露骨になったことが、虎視眈々《たんたん》の政友会や右翼勢力に乗ずる機会を与えたことも争えなかった。ことに右翼の連中は鳥居等を乱臣国賊と呼び、大阪朝日を国賊の梁山泊《りょうざんぱく》と見なして、盛んに攻撃する……」

「憲政会的口吻」とは何であるか。

それには、寺内内閣の成立過程にさかのぼらねばならない。寺内は、山県有朋を中心とする元老たちの最後の切札であった。朝鮮総督元帥陸軍大将寺内正毅《まさたけ》——軍閥の嫡出子である。脊髄に故障があり戦場に出なかっただけに軍事行政畑に根を下し、軍部内に牢固《ろうこ》とした地位を築いていた。

山県は早くから寺内の起用を考えていた。

一度は、第二次西園寺内閣の総辞職後。しかし、西園寺内閣が師団増設問題で倒れた後だけに、軍閥の嫡流を担ぎ出すことはまずいとあきらめた。

次には、薩摩閥である海軍の山本権兵衛内閣がシーメンス事件で倒れた後、海軍に代るに陸軍、薩摩に代るに長州ということでは、やはり反撃を食うのをおそれた。そして、老齢の大隈重信《おおくましげのぶ》を再度起用することにした。

山県自身すでに八十近いのに、なお権勢欲の擒《とりこ》であった。一歩譲ってというより、「民衆の火事は早稲田のポンプでなければ消せない」といわれた大隈を逆用して、藩閥政治再現のための地ならしを計ったのである。腹心である内務官僚上りの大浦兼武を閣僚に送りこんだ。

元老たちの大隈に托した目標は二つ。護憲運動の中核であった原敬《たかし》の政友会を征伐すること、懸案の二箇師団を増設すること。

しかし、民衆は大隈を彼等の代表者として迎えた。

「大隈は政党の元勲であり、財閥の恩人であり、一大学園の主宰者であり、あらゆる社会事業の世話焼であり、久しく責任の地を離れて、民間人を喜ばすことばかりしゃべっていた大論客であり、午前には禁酒会に臨んで説法し、午後には酒造業組合のために、酒は百薬の長であるんであるなんかと、長広舌《ちょうこうぜつ》をふるうという愛嬌爺であった。早稲田の老雄に死華を咲かせてやれという声が理窟なしに四方に起った」（前田蓮山『原敬伝・下』）

そして、大隈は民衆の人気を十分に利用した。

徳富蘇峰に「平民的代表者」といわれ、「大隈のごとく饒舌《じょうぜつ》なるものはなく、また無責任の言論を弄するものはなし。……されど彼を社会につなぐ大なる綱の一つは、じつに彼の長広舌にてあるなり」（『大正政局史論』）と言われた大隈が、大正四年の総選挙に当っては、自ら閣僚を率いて選挙のための全国遊説に出かけた。それまでの大臣にはなかったことである。

さらに、演説を録音して各地に蓄音機で流し、投票日の朝には首相名で有権者各戸に依頼の電報を打つなど、相手を啞然《あぜん》とさせる奇襲の連続で政友会を一挙に二〇六名から一〇八名にたたき落してしまった。

その蔭には、大浦内相による有名な選挙大干渉が行われ、その干渉に対する告発から議員買収問題があかるみに出て、内閣を崩壊させるきっかけとなる。

二箇師団増設と軍艦製造費の増額の目標はやり遂げた。

大隈は総辞職に当って、次期首班に加藤高明を奏請した。

「伏シテ惟《おも》フニ子爵加藤高明ハ練達堪能ノ士ニシテ又久シク世ノ重望ヲ負フ　伏シテ冀《ねがわ》クハ　陛下愛憐ヲ垂レサセラレ玆ニ臣ノ重任ヲ解カセ給ヒ臣カ後継トシテ高明ヲ擢用《たくよう》サレムコトヲ」と。

大正天皇の信任の厚かった大隈としては、加藤に大命の降下するものと考えていた。だが、権力欲の権化である山県は、それよりも早く小田原の別邸を出て上京、宮中にこもり、寺内に裁許が下りるまで、宮中にとどまって動かなかった。

こうして、藩閥政治がまた公然と登場したのである。

寺内は、内閣成立に当って、「挙国一致の実を挙ぐるには、政党に基礎を置くのはその宜しきを得る所以ではない。政党政治ひいては議会政治の無視を主張したわけである。故にわが内閣は、何れの政党にも超然として」という超然主義を唱えた。

寺内内閣組閣の翌日、加藤高明を総裁とする憲政会が発足した。同志会の一五四名を中心に中正会・公友倶楽部を併せ、一九七名の絶対多数である。

「憲法発布以来将《まさ》に三十年に垂《なんな》んとし、漸く憲政の運用を見んとしたるに、思ひきや、憲政の前途猶遠く、其の前途に多大の障碍《しょうがい》あるを発見したるは、諸君と共に遺憾とする所なり」

と、加藤が挨拶。

犬養毅《つよし》の国民党からの申入れを受けて、憲政会は直ちに内閣不信任案上程に向った。しかし原敬の政友会は、「超然内閣は吾人の理想に反する事勿論に候得共《そうらえども》内外の時局に鑑み暫く現内閣の施設する所をみて相当の処置を執る事と致度候」と、不信任案に加わらなかった。

寺内内閣に対する質問演説の先鋒は、憲政会の片岡直温《なおはる》。登壇した彼の眼に入ったのは、政府委員席に「内相後藤・農相仲小路・両君等は、宛《さなが》ら華燭の典に望んだ花聟の如く、端然且つ赧然《たんぜん》として控へて居る」姿であった。

「後藤君や、仲小路君は、桂公の新党結成の当時、真つ先にその麾下《きか》に馳せ参じ立憲の大義に立脚して、政党政治の完成を説き、公の雄志を高調して、打倒超然内閣を絶叫した。その火の如き意気と、熱烈の闘志は、一朝、公の起つ能はざるを見るや、忽ち雲散霧消し去り、争うて党籍を棄て、面縛して元老の陣門に降を請うたものであつた。爾来三年、山県公等に忠勤を擢《ぬき》んでて、大隈内閣倒壊を策し、幸か不幸か、その目的を達して、今現に相位に列することを得、こゝに、鋒《ほこ》を逆《さかしま》にして、正面より、桂公以来の政党を殲《せん》滅《めつ》せんがため、馬首を揃へて、私たちの前に現はれて居る」（片岡直温『大正昭和政治史の一断面』）

片岡は、後藤が大隈内閣末期、その顚覆《てんぷく》を計る秘密出版物を印刷・配布したという事実を挙げる。おそらく、こうしたことも、寺内内閣攻撃に当って、寺内その人よりも後藤に対して、より強い非難が向けられる遠因となったのであろう。

寺内は答弁に立つ。「率直且つ簡勁《かんけい》、重濁にして底力を有するその音吐は、何処までも武人的の響きを帯びて」寺内は言った。

「此処にあるところの諸君が、不同意であつても、国民全体が私に向つて、皆不同意であるとは思ひませぬ」

そして、終りにまた重ねて言った。

「凡そ国家の事を行ひますのに、此の衆議院に於いて、必ず多数の一党より援助を受けなければ、総ての事が出来ぬとは、私は思ひませぬ」と。議会政治否定を繰り返したわけである。そして、不信任案に対しては、解散を以て報いた。

選挙は、時の政府側にとって有利である。総選挙に先んじて、後藤は地方長官の大幅な更迭を行った。巧妙な選挙干渉。その結果、反対党である憲政会は一二一名にたたき落された。

後藤は、政府の御用党としてつくった維新会が少数のため、政友会と国民党の抱きこみにかかり、臨時外交調査委員会なるものを設けた。挙国一致の口実の下に、原と犬養を迎え入れた。同委員会は、「天皇ニ直隷」し、枢密院と同じ職務を果すというのであるから、これまた憲法など無視してかかったものであった。

憲政会は、三度、内閣不信任案を出したが、少数党となっては、さらに力なく、葬り去られた。

そして、最大多数党である原敬の政友会は――。

前出の片岡直温の観測では、

「元来、原君等が、此の内閣を支持してゐるのは、寺内伯に推服して伯の御用を勤めるためでは、毛頭ない。原君の意は、伯を屈伏せしめて自家の用をおもふがままになさしめんために外ならなかつた。……第四十議会において、原君は、政府の税制案に大修正を加へ、伯をして予算の編成替までも行はしめ、また、既に枢密院の諮問を経たる選挙法改正案の如きも、これを撤回するの止むなきに至らしめ、一方政友会の人気収攬策《しゅうらんさく》たる義務教育費国庫負担法を、伯に迫って新設せしめた」

八月に入ってからの原敬日記から、寺内内閣高官との会見を拾い上げただけでも、

一日　児玉内閣書記官長来訪

　　午後二時頃寺内を訪問

二日　夜後藤内相来訪

四日　兼て寺内より面会を希望し来りたるに因り今朝往訪

六日　夜逓相田《でん》健治郎来訪……

というような次第で、閣内にあるのと変らぬ比重である。与党化したといわれたのも誇張ではない。そのころの日記中から、寺内内閣に対する原の考え方を見ると、

「余は現内閣は今少しく存続して差支なしと思ふ、何となれば、彼等の為めに計れば早く去る方得策なるべしと雖《いえ》ども、彼等自覚するまで在職せずしては彼等のあきらめも附かざるべし、世間も亦全く官僚の到底再び望なき事を知るに非らざれば憲政の進歩を望むこと能はず」（原奎一郎編『原敬日記』大正七年七月二十七日）

「寺内は何と感じたるにや、実は自分も病気なり、又円満に政権の授受もなしたしと思ふも、深く其点まで山県に内話せし事もなし、何れ折を見て山県に相談すべしと云ふに付、余は君は今辞すると云ふが如き事は出来得べきにあらず、君は十分努力せよ、余は出来得る限りに君の在職中は援助すべしと云ひたるに、寺内は世間に色々の議論あるも、

蛙の面同様に平気にて居る訳にも行かずと思ふに付、何とか考慮せざるべからずと云ひたり」（同八月四日）

日記には政治家または政治屋の出入りと、そのもたらす情報と原敬の意見が克明に記録されている。主として話題になるのは、次期政権への駈引きとシベリヤ出兵をめぐっての思惑であって、米価問題や民衆の生活難については一行の言及もない。

そして八月十五日に至り、

「先達《せんだつ》て中より米価暴騰の為め各地に騒動あり、軍隊の出動まで之ありたり、依て来る十八日札幌に開催すべき東北大会は予定通り之を開催するも宴会等は時節柄之を見合はす事然るべしと考へ、其旨今朝札幌支部に電報にて申送り……」

ということになる。これに対し、憲政会片岡直温の前出書は八百頁に及ぶ大著であるが、このころの生活難について言及しているのは、わずかに一頁。第四十議会で片岡が海軍充実計画などについて質問した後、

「『政府は社会政策に就き、何等かの抱負ありや。中流階級以下の生活困難、農民の負担過重、これ等を救済するは刻下の急務にあらずや。其の他、疾病《しつぺい》保険、労働保険等に関し政府に何等かの意見ありや』と質問したところ、勝田《しようだ》大蔵大臣が立ち、

『物価騰貴には、臨時的と一般的との二つの原因があり、その差に依つて予算の計上にも形式を異にせるものがある。政府は将来成るべく物価騰貴の勢を抑止するが、戦後においても、今日の如き騰貴が維持せらるゝや否やは疑問である。云々』

と答へた。実に此上なき天下泰平の答弁であつた。しかも、物価暴騰の趨勢《すうせい》は殆んど底止するところなく、就中《なかんずく》、米価は、議会後実に前代未聞の狂騰を敢てし、国民大衆の生活を極度に脅かせる結果、遂に八月に至つて謂《いわ》ゆる米騒動を勃発した」

と簡単に記述されている。

こうした文献を読み進むにつれて、わたしは、与野党を問わず、政治家の中に民衆が不在であるのを感ぜずには居られない。政治家は民衆を見ていない。政治家の心の中にも、頭の中にも、民衆は居ない。

民主主義《デモクラシイ》が叫ばれ民衆の人気が云々されていても、政治の中に民衆の生活は不在なのだ。平民政治家にとってさえ、民衆とは操縦さるべきもの、利用すべきものとしてしかとらえられていなかったのではないか。こうした状況の下に、当時の大阪朝日の言論活動の意味があった。

「この非立憲内閣の成立は、当然またかの憲政擁護運動をくりかえさるべきだったが、当時の先鋒であった政友会の原、国民党の犬養は、ともに大臣待遇の外交調査会委員に任命されて、いまや忠実なる彼の番犬となり、憲政会は議会の解散によって急激にその数を減じ、士気喪失して、政党ことごとくなんらなすところなく、ただ言論機関のみが、国論とともに彼に反対し、また彼の政策に反抗したのであった」（美土路昌一『明治大正史・言論篇』）

だが、大阪朝日と寺内内閣との間には、いわばこうした天下国家を憂えての批判活動以上のものがあった。

寺内・後藤と朝日との間には、以前からさまざまの対立抗争が重ねられていたのだ。寺内にとっても後藤にとっても、朝日は旧敵であった。

「朝日新聞には彼（寺内）の朝鮮総督時代に岡野養之助と中野正剛のためにさん〴〵苦汁をなめさせられている。たゞ朝鮮時代には明石元二郎という有能な補佐役があって巧みに舵をとったため、双方とも傷つかずに済んだわけであるが、寺内の性格として朝日にふくむ綿々たる深怨はなか〳〵拭い去れるものではなかった。首相となってからの女房役は内務大臣後藤新平で、後藤も円転滑脱性では明石に劣らぬ一面もある男だが、新聞を『操縦』することには長《た》けていても、新聞を『理解』することは不得手な点が明石とは違っていた。ことに後藤自身が立上りから選挙干渉のことによって『朝日』に痛烈に叩かれ、また後藤が腹心の股肱《ここう》としていた滋賀県警察部長の某が、同じ事件によって『大朝』の筆の攻撃をうけて辞表を出すにいたった事から、いよ〳〵後藤自身『大朝』には『理解』や『談合』の態度を捨てゝ、言論の弾圧干渉と、右翼団体を利用する側面攻撃にうつる外はなしと肚をきめてかゝり、大阪に来ても朝日新聞の記者に限り絶対に面会を拒否するという態度に出た」（『村山龍平伝』）

編集に対する弾圧干渉はどのように行われたか。それに対して、「感情的性格」の鳥居をはじめとする大阪朝日のスタッフたちがどう反撥したか。この間の事情について説明する資料は乏しい。だが、わたしは思いがけず長谷川如是閑《にょぜかん》が健在なのを知った。当時の社会部長である。

わたしは早速、訪問の許しを求める手紙を出した。返信はなかった。如是閑の知人を探し、もう一度、依頼した。とりまぎれて返事を失したという詫びとともに、快諾の返事が伝えられた。

〈午後二時から一時間ほどなら、いつでも希望の日に〉

ということであった。

八

わたしは、湘南《しようなん》電車が好きだ。

濃い緑と蜜柑色、明るく強い色だ。いつも陽光を感じさせる。登場したとき、騒がれたかどうか。騒がれはしなくとも、よろこばれる色ではあったろう。人間的な色である。

ありふれた色になり、ありふれた電車になってから久しいのに、いつも気分だけは若い顔をしている。飽きることを知らないかのように、疲れてはいけないと自分に言い聞かせるようにして走る。

「つばめ」に抜かれ、「あさかぜ」に抜かれ、「こだま」に抜かれた。情けないていたらくだなどとは思わない。何の関係もないといった顔で、十年一日、走り続ける。通勤客を運び、行楽客を乗せ、買物客を運び、また通勤客を運び、酔客を届ける。踏まれ、蹴られ、呪われ、忘れられ。

新幹線――パールグレイとネイヴィブルーの冷たいメカニックな色、とりすました貴公子の顔だ。その横を、今日も律儀者はせっせと脇目もふらず走る。健気に、まっとうに走る。

濃い緑とオレンジ――それは太陽の色、人間の色、あざむくことのない色だ。

小田原駅で湘南電車を降り、駅前の交番で道を訊いた。若い巡査相手である。

「長谷川何だって。ニョゼカン？　知らんな。何番地？　そんなら板橋の交番で訊いて」

箱根に向けてバスで十分。新幹線のガードをくぐったところが板橋である。交番ではなく、小さな郵便局に寄ると、

「長谷川さん？　あ、如是閑先生のお宅ですか」

髯の剃りあとの濃い中年の男が、窓口からのり出さんばかりにして地図を書いてくれた。インクで書いた上に、さらに赤鉛筆で書き加えて、わたしは何となくその人に如是閑の人柄を感じる気がした。

昔の街道筋らしいひなびた一角をよぎると、急勾配《きゆうこうばい》の上りとなる。人ひとり居ない。左右には翳《かげ》の濃い木立が続く。昔、山県公の別邸だったという大きな料亭の森である。

ところどころ椿の花が道を見下すように顔を出し、色褪《いろあ》せて道の上にも落ちていた。

地図は正確であった。上り勾配をきわめたところで、右に車も入らぬような細い山道が

分れる。蜜柑畠と木立の間の道である。

その木立の中に、ひっそり眠るように如是閑の家があった。家政婦一人を置き、九十歳の言論人の日々がそこにある。十畳ほどの板ばりの部屋。書棚を繞《めぐ》らし、簡素である。中央に大きな円筒型のストーブ。燃料は何なのか、ときどきすごい音を立てて燃える。

細縁の眼鏡をかけた小柄な如是閑。人間を簡素というのもおかしいが、そうした印象である。黒っぽい和服姿。御隠居のそれではない。ルバーシカ風の筒袖、一種の仕事着なのだ。

わたしは、早速、質問にかかった。『村山龍平伝』に、「鳥居を総指揮とする攻撃論陣は、段祺瑞《だんきずい》援助（反革命政策）反対から西原借款反対、米価値上りに対する無策への攻撃と次第に熾烈《しれつ》に展開され、某政商が青田の買占めで米価の釣上げを策するころにいたっては社会面まで動員して即時取締り実施を強調した。青田買占め事件では懐柔の手が社会部長長谷川如是閑にまで及んできたが、如是閑も数次にわたってこれを断固峻拒《しゅんきょ》した」

という一節がある。直接、鈴木商店に関連したと思われる記述は、この部分だけである。

わたしはまず念を押した。

「政商とは鈴木商店を指すのでしょうね」

如是閑はきょとんとした表情で、

「セイショウ、セイショウって何だね」

漢字をあげて言い直しても、

「フン、そういうものがあったのかね」

わたしは最初とぼけられたのかと思い、ついで、さすがの如是閑も年齢にはかてないのかと、ちょっと不安を感じた。

「耳が遠くなって」

という如是閑には、その言葉がよく通じなかったのかも知れない。不安はそれまでであった。

五十年前の一つの記事の事実関係を思い出せというのは無理な注文だと思いながら、わたしは鈴木の買占めには、どんな事実があったのか訊ねた。

それに対する如是閑の答は、わたしを失望させた。

「世間では皆言ってることだったな」

世間は朝日が言っているといい、朝日は世間が言っているという。

後日わたしは、『村山龍平伝』の執筆関係者に、この点の記述の根拠を訊ねてみた。すると、それは昭和二十三年におけるある座談会での如是閑自身の発言によるものだという。いま如是閑の記憶にない以上、それ以上、追究のしようがなかった。

どんな懐柔の手がのびたか、訊ねると、

「方々から手を廻して言って来たんだろうが、内部の者にはわからん。表向き言ってくることはなかったな。それに、いくら何と言って来ても、はねつけたろう」

そう言ってから、如是閑は一息つき、遠い眼をして、つけ加えた。

「昔の新聞は社長ががんばったものだ。村山その人が意地が張ってた。言われたからといって、やわらげる人じゃない。上野も事務一点ばりで、編集には一切口出ししなかった」

他紙に比べて朝日の攻撃が目立ったという点については、

「他の新聞はどこにも書かなかった。時の動きに対して積極的でないというのかな。摘発する新聞がなかった。買収されたわけでもなかろうが。……買収とか何とか、そういう方法を用いると、朝日の記者は益々反感を持ったものだな」

「………」

「向うでは困ったろう。結局、朝日が何か法律上弾圧できる失態をやるのを待ち構えるということになった」

鳥居素川《そせん》を中心とする当時の新しい編輯陣《へんしゅうじん》は、気負い立っていた。それまでの編輯局長西村天囚は、鹿児島の人で、漢学者上り、文章もまず漢文で書いてから、書き下すというタイプ。「時代おくれで企画力がなかった」。社内では、西村排斥の声が起った。

このため、「デモクラティックな村山・上野両氏」は、西村在任の可否について広く意見を聞く幹部会を開いた。すると、平素の攻撃に似ず、誰もが黙りこんでしまった。

このとき、如是閑一人が立って、西村の古さを痛烈に批判、編輯陣交替の必要を述べ立てた。村山はその意見を容れた（一説によると、編輯局長選出を投票で行ったところ、西村が勝った。それに対して如是閑があらためて西村反対の弁説をふるい、遂にそれが通ったともいう）。

人事異動が行われ、西村派は退き、全面的に鳥居派が進出した。

「攻撃は鳥居が主としてやった」という。『天声人語』『評壇』『水銀燈』などは主に鳥居と如是閑が書いたが、記事全体が鳥居色を帯びたのも当然であった。その鳥居について、『村山龍平伝』には、次のような記述がある。

「朝日側にも多少寺内を無用に刺戟した感が無いとはいえなかった。偶然のめぐり合せとはいゝながら、寺内攻撃の第一線に立った朝日の記者はさきの岡野養之助といゝ、中野正剛といゝ、のちの鳥居素川といゝ、人格識見ともにすぐれて正義感の強いものばかりであったが、一面から見れば極めて感情的で主観に囚われ易く、情の激するところ時に論調の均衡を破ることがあり、鳥居にいたっては他の論文委員が書いた比較的公平な論文を受けとっても、彼が論文主任の立場からちょっと加筆すると、忽ち筆端に凄味を帯びて、無用なところで政府当局を刺戟するものが出来上るので、最初の筆者が困るということも一再ならずあった」

この箇所を読み上げると、如是閑は苦笑した。

「直された者が不平を言ってな。鳥居の後でわたしがまたさらに見て、旧へ戻してやったりしたものだ」

しかし前半の記述については、きっぱり否定した。

「それは鳥居を否定する口実だな。鳥居はなるほど熊本人で性は荒かったが、新聞が鳥居の感情で動いたことはない」

如是閑はそこで新聞人としての、というより文筆で生きる者の心構えについて懇々と説いた。

朝日が攻撃したのは、個人的な問題ではなく、寺内内閣の方針に対する反対であった。寺内に対しても個人的には攻撃しなかった。鈴木商店についても同様である。「別に悪いことのない」店である。如是閑は、従弟が鈴木商店につとめて居り、金子直吉の「人格などについてもよく聞いていた」という。「評判のいい実業家だった」と。

後年、如是閑は東京のホテルの食堂で、偶然、金子直吉に出会ったが、顔を見合わせただけで話はしなかった。

如是閑はまた、後藤新平と話したこともないと言った。だが、それは『村山龍平伝』が伝えるように、後藤の「大阪に来ても朝日新聞の記者に限り絶対に面会を拒否するという態度」のためではなく、朝日側の心構えによるものであった。心意気と言ってもよい。

「社の方針として、時の高官に会うことはいけないこととされた。親しく接した者はやめさせたほどだ。個人的に会って懇意になったり憎悪したりしてはいけないからだ」

きっぱりした口調で言った。しんとするような言葉であった。

早川の谷間を隔てた真向うの山脈がサフラン色に翳るころまで、如是閑は穏かな口調で話し続けた。

わたしの名刺を見て、「きみは何をしているの」と訊ねた如是閑。如是閑は、わたしのことは何も知らない。しかも、如是閑は倦《う》む様子もなく、思い出しては話し続けるのであった。やがて朝日を震駭《しんがい》させることになる白虹《はっこう》事件について、政治運動・学生運動について、当時の新聞人の処世について、そして、政治小説の難しさについて。「偏見をひとつひとつ洗って行かないと」と言い、「書斎の中だけではいかん」「時代の頭をつくらなくちゃ」などという具体的な忠告。その間に、「へこたれないで」「奮発して！」と繰り返した。

それは、文筆で生き抜き戦い抜いてきた老言論人の一人の後輩に対するほのかな愛情のようなものであったかも知れぬ。

話がとぎれると、ストーブの燃える音だけが聞える。時間はすっかり停止してしまったかのようであった。

庭先には梅の古木があり、その先に松林。梅は清浦奎吾《けいご》が植えさせたものといい、松林は山県有朋の邸跡のものである。皮肉な廻り合わせである。そこは、かつて如是閑が職を賭して戦った藩閥政治の中心人物の邸と隣り合わせの土地なのだ。山県はそこから宮中に参内籠居《ろうきょ》して腹心の寺内内閣を成立せしめた。寺内も後藤も、その松林の中へ幾度となく姿を見せた筈だ。

十年ほど前、その家を如是閑に贈った後輩たちは、そのことを意識していたかどうか。如是閑自身は、澄み切った湘南の空と海のように、一片のこだわりもないようであった。ささやかな寓居《ぐうきょ》ながら、明治元勲の庭を借景として、超然かつ飄然《ひょうぜん》と生きる趣きがあった。

「個人的感情を持たない」「政治運動に関係しない」のを建前として、九十年の人生を文筆一本で生き貫いて来た老言論人。わたしは、その生涯を胸に重く抱えるようにして、すでに椿の花も見えなくなった山腹を下りた。

九

このころ、攻撃の矢面にある後藤新平はどうしていたであろうか。

七月十五日、後藤は、文士たちを招待して、一夜、「清談」した。

「後藤男文士招待会は、午後六時から麻布《あざぶ》狸穴《まみあな》の満鉄社宅で開かれた。雨を含んだ涼しい風が暮近い木立を静かに渡る頃、真先に乗込んだ自動車からは、之れは又珍らしく思はれる有島生馬氏が、令弟の里見弴と泉鏡花と共に現はれて玄関に立つ。続いて長田秀雄、長田幹彦、阿部次郎、田中純、和辻哲郎、久米正雄、芥川龍之介の諸氏が、孰《いず》れも白地に紹羽織《ろばおり》の軽装で参著して時を待つ。官邸から自動車を駆つた後藤男、次いで水野内相、長尾中管局長、青嵐《せいらん》宗匠永田警保局長、鶴見氏の親戚である三井の石本恵吉男が、之も申合せた様に和服姿で来る。是等の諸氏と接待役の鶴見氏と氏の夫人愛子と後藤男の令息一蔵氏とを加へて、庭に面した休憩室から一同食堂に移つたのは雨の降り出した七時過。主人役も来客も厳しい挨拶は一切抜きにして食事が始まる。永田局長の俳句論、長尾半平氏の著書『禁酒に関する感想』から水野氏が大学時代小説を書いて森田思軒に叱られたと言ふ、余り人の知らぬ告白談に人々の耳を傾けさせ、後藤男の相馬《そうま》事件に移つて主客歓を尽し、散会したのは十一時を過ぐる頃、雨を吹く風は冷たかつた。当夜列席すべき代議士尾崎敬義氏と、熱海に居る有島武郎氏と、伊香保に保養中の徳田秋声氏と片瀬に居る谷崎潤一郎氏は欠席した」（七月十六日、時事新報）

鶴見祐輔編著『後藤新平』によると、この七月十五日は宮中牡丹《ぼたん》の間《ま》で元老会議が開かれ、シベリヤ出兵に廟議が決した歴史的な日であった。

後藤はもともと強硬な出兵論者であったが、首相の寺内が慎重論のため、外相となってからも自説が通せず苦しんでいた。武人寺内を牽制《けんせい》していたのは、日本の出兵に対する米国の強硬な反対であった。

ところが、その米国がチェッコスロバキヤ軍救出という国内世論に動かされて、七月八日、突然、日本に共同出兵の提案をしてきた。風向きは一変した。長い間、揉まれ続けて来た後藤の主張が、難なく受け入れられることになった。それが、十五日の元老会議の召集であった。

後藤としては、肩の荷を下す気分であったにちがいない。ひとつ晴々と清遊しようか。そうした気分の対象にされたのが、文士たちではなかったのか。

後藤としては、得意な夜であったろう。五時間にわたって「歓を尽す」のに、文士たちはよき相手であった。文士たちもおそらく「歓を尽し」たにちがいないが、わたしにはその姿が貧寒としたものに映る。後藤は、文士を与《くみ》しやすしと見たか、大阪朝日を度し難しと見たか。同じ文筆の徒ながら、文士たちと「大阪朝日の連中」とのちがいをあらためて感じつつ、盃をとったことであろう。

アイディアマンでもあるが、現実的な権力主義者でもある後藤は、このところほぼ権勢の絶頂にあった。

半病人の首相。閣内では田逓相との抗争めいたものこそあったが、実力は圧倒的に後藤が勝っていた。四月に外相になると、九割に及ぶ外務省の増員案をつくり、さらに莫大な機密費を大蔵省からかちとって来て、大物外相ぶりを示した。

野党対策には、外交調査会に憲政会をのぞく野党党首の雁首《がんくび》をそろえ、大臣待遇ということで超党派的な協力態勢をとらせている。そして、対外的には、南北に分れた中国はそれぞれ日本に支援を求め、ロシヤもまたいくつもの仮政府が出来て、それぞれ日本に承認や支持をとりつけてくるといった状態。

連合各国は早くから日本の出兵を求め、ただ一つの障碍であったアメリカもまた出兵に同意してきた。出兵の範囲を制限しようとする英国大使を、「夫れ兵は勢なり」と述べ立てて一蹴したのも、このころであった。

そうした後藤にとって、意のままにならぬのは、新聞にたてこもる言論人だけと言ってよかった。

その年五月の地方長官会議で、後藤は訓示の中で、

「各位ハ一層細心厳重ノ注意ヲ以テ管下ノ言論機関ヲ指導セラレンコトヲ切望ス」

と述べ、記者団からの強硬な抗議に対しては、

「大臣の訓示に関し新聞記者より指図を受くべき筋合なし」

と、突っぱねた。

このため、各紙がさらに烈しく後藤を攻撃すると、後藤は外務省出入記者会の部屋の使用を禁止し、外務省の情報一切を提供しないとの態度に出た。

新聞記者団に激励会まで開いて迎えられた大隈前首相とは、あまりにも対照的な姿勢であった。「理解や談合の態度を捨てた」のは、ひとり大阪朝日に対してだけではなかったのだ。

「大隈前首相の放漫なる新聞懐柔策の後を受けて、寺内首相の謹厳は頗る言論界に不評判を招き、『非立憲』『ビリケン』等の綽名《あだな》をもつて呼ばれてゐたのであるから、伯がいま敢然として此等《これら》増上慢の新聞記者の挑戦に応じて立つたのは、一部の人士を首肯せしめたけれども、一般社会はこの帝都新聞全部の掩撃《えんげき》を蒙《こうむ》りつつある伯を目して、或は官僚的高圧的と難じ、乃至は大人気ないと笑つた」と、『後藤新平』伝も伝えている。

こうした後藤にとって、増上慢の極にあると映ったのが、大阪朝日である。後藤が右翼団体に旨をふくめてつくらせたという雑誌（朝日側では金子がその資金を出したと観測した）を、わたしは大阪で見た。『言論界之権威―新時代』という三百頁に近い総合雑誌である。主筆肥田利吉は、立憲青年自由党と称する党の党首。

七月号には、『新聞界の羅馬法王・大阪朝日新聞』、八月号には、『人道の公敵・危険思想の権化・大阪朝日新聞』と、朝日攻撃の大論文が続く。

さらに、『国賊大阪朝日新聞・附《つけたり》大阪朝日新聞罪悪史の一端』という小冊子もばらまかれた。

これは、自由評論社社長と称する同じ肥田の筆で、

「正宗の名刀あり。義人之を持てば刺魔の利剣となり、狂漢之を持てば毒逆の兇刀となる」

という冒頭から、朝日攻撃に終始する。村山への個人攻撃もある。

「村山龍平氏も脅喝と商売とに因て莫大なる黄金を獲得するや、玆に分外なる虚栄心を起し、切《しき》りに華族の籍に入らんと、即ち男爵たらんを渇望し、結果大隈内閣及憲政会の走狗となりて百方暗中の蠢動《しゆんどう》を試みたるも事成功せざる中に大隈内閣は倒壊し、寺内内閣出現と共に憲政会亦忽ちにして衰亡に陥りたるもの也。

斯《かく》の如き事実よりして寺内内閣に反対し以て憲政会内閣の樹立と自己の男爵たらん事を夢みつゝある也。何ぞ其の心事の陋劣《ろうれつ》なる。就中《なかんずく》、玆に最も憎む可きは彼が近来頻りに虚無的思想を力説し誤れる民本主義を鼓吹しつゝある事実也」

等々と述べ、

「……於玆乎《ここにおいてか》、最早や断じて赦《ゆる》す可からず、吾人は天下同憂の士と共に、此の非国民大阪朝日新聞、売国奴的大阪朝日新聞、逆賊大阪朝日新聞を飽くまで徹底的に膺懲《ようちよう》し撲滅

せざる可からず」と結ぶ。文章激越というだけでない。その裏には、村山その人への襲撃も用意されていた。

こうした攻撃に対して、先に引用した『評壇』欄では、「あらゆる官憲の圧迫と迫害とが効かないので、搦手から来た次第」とあしらっていたが、搦手はそれだけではなかった。

後藤は、この前年、内務大臣当時、山口県知事林市蔵を大阪府知事に抜擢した。山口県知事から大阪府知事へというのは、例のない栄転である。

林は、熊本県人で鳥居とは竹馬の友、済々黌《せいせいこう》まで机を並べた仲である。その林の大阪府知事への抜擢は、彼を仲介として鳥居を軟化させようとの後藤の意図によるものといわれた。後藤は、そうした形ででも、鳥居との「談合」をはかろうとしたのかも知れぬが、鳥居にはそれが後藤による「操縦」としか思えず、一層反感をつのらすばかりであった。

大阪控訴院の検事長小林芳郎もまた、鳥居とは親しい学友であった。旧友三人相会して酒を酌む。林や小林としては、たとえ妥協とは行かぬまでも、鳥居のために後藤との激突を避けさせようとしたが、その点に関しては鳥居は頑として耳を貸さなかった。

親友であるだけに鳥居の気象を知る小林は、そこで鳥居への働きかけをあきらめ、村山社長をひそかに検事局官舎に呼び、村山を説得にかかったが、村山もまた編集方針は曲げられぬという態度を変えなかった。

後藤側としては、打つべき手を打ち尽くした感じであった。後藤が記者団に対し「大人気ない」ほどの振舞に出たのも、こうした経過を踏まえた上でのことである。威嚇もだめ、忠告もだめ、懐柔もだめとあれば、後は実力行動と法律にひっかけて弾圧する他はない。吠えるなら吠えろ、どんな失策も見逃さぬと待ち構えていた。

後藤攻撃の高波が、こうして鈴木商店に打ちかかる。後藤と金子、後藤と鈴木商店のつながりは、この時代では自明のことのように扱われていた。

だが、後藤と金子は、果してどの程度つながっていたのであろうか。

まず後藤側の資料から当ってみると、奇妙なことであるが、『後藤新平』伝は全四巻四千ページに近い精細なものであるにかかわらず、金子乃至鈴木商店のことについて言及するところは何もない。後藤の在世中、金子及び鈴木商店は存在しなかったかのようである。台湾総督府で出会って以来、二人の間には数々の交流の事実があったわけだが、その事実がすべてきれいさっぱりと無視されている。

決定版ともいうべきこの伝記は、後藤の歿後十年にして出されたものである。編著者は後藤の親戚であり、それだけに周到な準備と材料の取捨選択が行われた上でのことであったろう。

金子との関係に関する部分を一切シャットアウトしたところに、わたしはかえって一種の作為を感じ、事実の存在を感じざるを得ない。蔭の部分として意識的に葬り去りたい半身があったのではないかと。

後藤の死後三カ月目、つまり、後藤の伝記としては最も早く書かれたと思われる追悼文集『吾等の知れる後藤新平伯』は、厚さからいえば『後藤新平』の十分の一にも満たないのに、その中に二箇所鈴木商店に関して次のような叙述が見られる。やや長文だが、その箇所を引用しよう。

「鈴木商店の金子直吉氏が、伯の台湾民政長官時代に、基隆港《キールン》の繁栄策として、同港へ製糖会社を設立することを献策し、種々の経緯の後、鈴木商店が大里《だいり》へ製糖所をつくることになつたが、その際のこと偶々《たまたま》山陽ホテルに於て、新聞記者を前におき伯は例の調子で記者達にからかひながら『僕も大株主だから、製糖所が何処へ出来るか、行つてみてやらぬと、金子も困るだらう』と戯談《じようだん》を言はれたところが、それが新聞紙によつて、まことしやかに世間へ伝へられ、鈴木商店と後藤伯との間に何か醜い関係でもあるかの如くに世間が信じてしまふに至つたのみか、銀行家でさへ之を信ずるやうになり、又右鈴木の大里製糖所が、日本製糖会社へ六百五十万円で売れた時なども、伯は台湾より上京の途次、賀田金三郎氏の西宮に於ける別邸で、岩下清周、小山健三など関西財界の巨頭連と会合せる際、矢張また例の戯談をいふ癖が飛び出して『また、おれの金儲けだよ』などと言つたものだから、それが忽ち新聞紙によつて報道せられ、伯は大里製糖所が日糖へ買収せられた為に、大儲けでもしたかの如くに、世間で噂するやうになつたのである。然し、実際は全く跡形も無いことで、大里製糖の日糖買談が一度もつれて破裂しかけた際に、伯へ調停を依頼したものがあつても、伯は断乎として引受けなかつたほどである。然るに、かく伯と金子直吉乃至鈴木商店との関係を、意外にも云為せらるゝに至つたのは、一に伯が好んで弄んだ戯談に祟られたものに外ならぬのである」（福沢桃介「戯談から駒」）

「嘗て幾年か前のこと、一夕某小会の催された席上、来会せる一人の客が極めて無遠慮に人の数多《あまた》ゐる中で伯に向かひ、無礼なことを聞く、『閣下には、年来神戸のスズキの方から大分寄越してゐるとか噂するものがあるが、事実かなりさうした事もあるのですか』と口を切り出したところ、伯はこの問ひを蠅が止まつた程にも気に止めず、平然と受け流しては言はるゝに、『吾が輩は、スズキから永年の間のことで智慧を借りた事はあるが、ビタ銭一文も借りた覚えはないよ』と静かにきめつけたので、先方はグウの音も出なかつたと言ふことである」（後藤朝太郎「趣味の後藤棲霞伯」）

何れも、鈴木との金銭関係を否定した文章である。噂を認めた上で、その事実をむきになって否定している趣きがある。それが事実であったかどうかは、当事者が故人となっては、いや、たとえ存命中でも、たしかめようがない。いまも昔も、政治献金ほど「跡形も無い」ものはない。領収書があるわけではなく、品物が残るわけでもない。右から左へ風が吹き過ぎたのと変らない。

金子の手から直接後藤の手へと渡った場合は、もちろん知るよしもない。鈴木商店の東京支店長長崎英造は桂太郎の女婿であり、長崎がその種の政治的な役割を果したという推測も成り立つ。

だが、わたしは久老人の口から思いがけぬ告白を聞いた。

ある日、日曜日なのに店に出て仕事をしていると、金子さんがやって来て、「誰か、しっかりした者は居らんか」と言う。その目が自分にとまった。金子さんは、新聞包を渡して言った。

「東京へ行って、これを後藤さんにじかに渡して来い。受取りは要らん。必ず、じかに渡せ。東京支店の連中に言っちゃならんぞ」と――。

若い日の久老人は、直吉の信任に感激して上京、後藤邸を訪ねてその使命を果した。

もっとも、後藤自身はついに顔を見せなかったが。

また、帝大出のS氏は言った。

政治献金は痕跡を残さぬやり方だった。たとえば、傘下五十社の社長に五万円ずつ渡した賞与の中から、「三万円ずつ出せ」と取り上げ、五万円か十万円の束にして新聞紙に包み、それを知った者にそれぞれ持って行かせた。途中で中から札を二枚三枚抜いたところでわからぬような無造作な包み方だが、使いの者を信頼し切っていた。

届ける相手は、後藤の一派とは限らなかった。後藤を恩人と見てはいたが、

「誰でもよし。源平藤橘を選ぶな」

「知った人を応援し、その人たちがえらくなれば、それが日本のためになる」

と言い、

という考え方であった。

若者の眼に好奇心の光が射すのを見ると、すかさず、

「政治に興味を持ってもいいが、商売人がやるものでない」

と言い、

「政治家に迷惑をかけてはいかぬ」

と、秘密を守るように注意した。

実業家が政治家に金を用立てるのは、珍しいことではない。日本の財閥も大企業も、例外なくそうした関係を結んだ上で大きくなって来た。ただ、政治献金には、陰湿な感じがつきまとう。完全犯罪にも似た巧妙な授受と、口を拭っての素知らぬふり——そうしたことが、いっそう反感をそそるのだが、その点、金子のやり方は、いかにも彼らしく、無頓着で陽気な感じである。「誰か、しっかりした者は居らんか」と、新聞紙の包。やましい献金という意識が、おそらく彼にはなかったのであろう。

その点においても、彼は遠いところを見て歩いていた。

十

金子直吉は、忙しかった。

見るべき夢、満たすべき夢が、多過ぎた。もともと周囲を気にしない直吉であったが、忙しさも加わって、いっそう新聞とか世間とかを問題にして居られない状態にあった。

国家的事業であるモリスとの船鉄交換契約は、いよいよ最後の仕上げの段階にかかっていて、頻繁に上京する必要があった。

在来の事業に加えて、鈴木商店自体としても、いくつかの新しい事業が発足しようとしていた。

「煙突男」直吉は、かねがね、「関門と阪神の海岸は鈴木のマークで埋める」と言っていた。門司周辺そして鳴尾周辺には、すでに数多い鈴木傘下の各種工場が並んでいたが、この年さらに、鳴尾・横浜・清水の三箇所に製油工場をつくった。満鉄系が開発していた大連油房の技術を買い、大豆から食用油と肥料を搾出《さくしゅつ》する工場である。

当時、日本の搾油技術は低く、豆粕も食用油も工業用油脂も、ほとんど輸入に頼っていた。圧倒的な海外からの攻勢があるこの分野への進出は、極めて危険視されていたが、日本の国際収入改善に役立つからと、「煙突男」直吉は猪突《ちょとつ》した。

社名は、豊年製油、資本金一千万円。日本で最初の、そして本格的な油脂工業がこうして滑り出した。

直吉の構想は次々にひろがる。

豊年製油でつくった大豆油を大型タンカーでヨーロッパに輸出し、帰途、アメリカに廻って鉱油を積み、それを精製して売ることにした。

すでに、国内の石油資源開発には帝国石油をつくり、秋田などを中心に業績を上げていたが、石油だけは輸入に頼る他はない。そこで九千トン級タンカー三隻の建造にかかり、それら一連の事業を行う旭石油をつくった。

さらに、電球は名はマツダランプとはいえ、すべてアメリカのGE社の系列の製品である。日本だけがそうではなく、世界各国がGEからフィラメントの特許権を買っていたのだが、外人にもうけさせるのが何より心外な直吉である。

「一日二十四時間の中、十二時間もアメリカに金を払うのはおもしろくない」

と、GEの技術とは別個にフィラメントを製造させることにして、日本冶金《やきん》をこの年発足させた。

それまで日本で出来なかったグリセリン及びオレイン油をつくる合同油脂（現在の日

産化学の分身）も、やはりこの年、設立した。

その他、大陸木材・東洋燐寸《マッチ》・帝国樟脳・長府土地といった諸会社を、この一年の間に発足させている。在来の事業も、急膨脹を続けた。商事部門である鈴木商店と日本商業（現在の日商）の忙しさは、言うまでもない。

この春、「一橋の卒業生の代表として、二十九人もあっせんして会社に恩を売って入社した」大屋晋三（帝人社長）は、こういっている。

「鈴木商店は私の期待にそむかなかった。新興の会社だけにすべてが自由で積極的である。躍進途上の会社なのでまだ人もそろわず、したがって新入社員といえども十分に腕を振う機会が与えられた。私は入社して間もなく樟脳部に入り樟脳と薄荷の取引に当ったが、これは当時おもしろいほどもうかる商売だった。私の責任で一日に当時の金で百万円（現在の数億円）もの取引をしたこともあるし、薄荷の建値を一日の間に七十円から百円もつり上げたこともある。第一次大戦末期の好況期ではあったが、既成の会社だったら学校出の若僧にこんな大きな権限は与えなかっただろう」（『私の履歴書』）

いまから思えば何となく冴えない感じのする樟脳部でも、一新入社員がこの活躍ぶりであった。

造船部では播磨造船所（現在わが国最大の造船会社・石川島播磨の分身）がフル操業で、一万トン級貨物船の建造に追われ、従業員は臨時工を合わせて五千人近くにふくらんでいた。また、一年前に買収したばかりの鳥羽造船所は、三千トン級の商船一隻を造ったところ、造船所の買収費以上の利益が出てしまうという始末。

前年まで資本金百十四万円であった神戸製鋼では、年初一千万に増資。門司工場も稼働し、従業員は約四千人。

当時、鉄鋼関係はどこも好況であったが、神戸製鋼にはさらに好成績をあげる理由があった。業界では一トン半から三トンのハンマーを備えているのがふつうであるのに、神戸製鋼では、早くから千二百トンの水圧プレスを据えつけていた。「機械のこととなると計算がわからなくなる」と言われた金子直吉の信任を受けて、田宮嘉右衛門が思い切って買いつけておいたものである。

日本では他に室蘭製鋼所にあるだけだが、そこは海軍関係の需要に限られる。五百トン以上の艦船のシャフトは、この水圧プレスがなくては製造できないので、日本中の船舶のシャフトの注文が、神戸製鋼に殺到することとなった。しかも、神戸製鋼では、そうした動力関係の製造だけでは満足せず、船体も合わせた一貫生産にのり出そうとし、一万トン級四隻の大型船台の建造計画にとりかかった。

以上は、二、三の例に過ぎない。

あらゆる鈴木の関係事業が、こうして爆発せんばかりの勢いで動いていた。このとき、直吉は、郷里の土佐から母親のタミが危篤という電報を受け取った。

直吉は、七月二十八日、神戸を発ち、船で土佐に向った。その発つ直前、彼はロンドンの高畑宛に手紙を認めた。

「ロンドンに於ける貴君の働き抜群なるに依り　鈴木商店の名声至る所又抜群也　而も本店に於ける各種の事業は孰《いず》れも好評にて凡て成功の二字を以て確答を得　今此勢にて一歩を進めば当《まさ》に天下を三分すべし

然るに小生柳田等追々老境に入らんとするに付　然るべき後継者を定め鈴木商店の目的を大成すると共に今日迄小生等を援《たす》け献身的に働きたる店員諸君の前途を確保するは正に小生等の義務也と信ず　依て貴君を後継者と定め此の鈴木商店の経営を西川君を経て貴君に委せんとす

想ふに小生等は今日迄奉公人の資格にて此の経営を遣り来れるも今後は主人の資格にて鈴木商店に君臨するにあらざれば　大小の人材を縦横にし　事業界に優秀の地を維持する事能はざるべし……」

格別に急な用件があったわけではない。西川を経て高畑へというバトンタッチは、直吉がいまさら事あたらしく書かなくとも、すでに暗黙の中に承認されていたことである。三十年ぶりに故郷へ帰ろうとする直前のあわただしい時間を割いて、何故こうした手紙を書く気になったのであろうか。

直吉はそのとき、何となく人生の一つの区切りを感じたのかも知れない。タミは九十二歳、死は免れない。母を送り出すということで、直吉自身も自分の限りある余命に眼が向いたのであろう。絶えて顧みようともしなかった人生の時間といったものが、彼の頭をかすめた。静かに威儀を正したような文面に、それが感じられる。そして、反射的にひきちぎられんばかりに忙しい日々を送っていた当時の直吉の姿が、髣髴《ほうふつ》として浮かんでくる気もする。

土佐を愛した直吉ではあったが、明治十九年二十一歳で土佐を出、その年一度逃げ帰ったが、タミに励まされて再度鈴木商店に勤めに出てから、一度も郷里へは帰らなかった。四十の歳の開きがある母親のことを忘れたわけではない。息子たちを土佐の中学に入れたのは、息子の世話ということで妻もまた送り出し、自分に代ってタミに孝養を尽くさせようというふくみもあった。だが、体の弱い直吉の妻徳には、それがつとまらなかった。直吉は、代りに人を雇って、つけた。

タミは、直吉の義弟の楠間の家に居た。高知市本町の坂本龍馬の邸跡に当る。直吉は、タミのために、別に陽当りのいい南面の家を一軒建てた。

字も読めず、行商しながら子供を育て、ただただ馬車馬のように働いた母親であった。高齢になってからも、働くことしか知らなかった。白内障のため、ほとんど眼が見えなくなっているのに、麻を紡いで糸をとり、手さぐりで蚊帳《かや》を編み続けた。寝つくまでその仕事を止めなかった。

直吉は、意識もないタミの病床に坐り、その死を見守った。蚊帳といえば、子供のころ直吉は、夜中にいきなりタミに起されたことがある。雨が漏り、ボロ蚊帳を濡らしていた。

「これは御先祖が貧乏人をいじめた因果だ」

きょとんとしている直吉に、タミはそんな風に言い聞かせた。宗教に帰依していたわけではないが、タミには妙にそうしたところがあった。

直吉が小学校へやられなかったのも、

「借金をしていて子供を学校へやっては、世間さまに申訳ない」

というタミの考えのためであった――。

老母の死によって、直吉はもう二度と土佐へ来ることはないと思った。これで心おきなく鈴木の中に骨を埋めることができるという気もした。

五日に葬式を済ませて、九日まで滞在。十日に神戸へ戻った。

米騒動の火が燃えさかりかかったちょうどそのとき、実に半月間にわたって、直吉は神戸を留守にしていたのである。珍しいことであった。母親の死のためとはいえ、それは直吉の全生涯でのただ一度の休暇であった。皮肉にも、最も直吉を必要とする時期に於て――。

ついていなかったともいえるし、直吉の気象のせいもあろう。米騒動のひろがりを、直吉は土佐に居て、読み且つ知らされたにちがいない。

しかも、直吉は腰を上げなかった。それは、直吉には、関係のないことであった。事業について気にかけても、その方面のことは楽観していた。疚《やま》しいところはない。考えてみる必要もないと思っていた。神戸に帰ってからの直吉の行動がそれを示している。

神戸では、支配人西川文蔵がやきもきしていた。

鈴木のバッジをつけた本店の若い社員が、春日野道で何者かに撲られたという報告があった。どういう理由でその社員を襲ったのかわからなかったが、沖合はるかに見えていた波が、いよいよ身近に迫ったと感じずには居れなかった。

直吉が帰って来た直後、西川は受付から、「幹部に会いたい」という妙な来訪者があると告げられた。

名刺を持って来させると、葉書ほどもある大きさで、表には毛むくじゃらの拳固の絵が描いてある。そして裏には、「週刊東京新聞記者、天下の注意人物、藤田浪人、本社日比谷、支社大阪曾根崎」

西川は失笑した。強請《ゆすり》かと思い、そのまま追い返そうとしたが、気が変った。いつものときとはちがう。何かの情報が摑《つか》めるかも知れない。

西川は、その男を応接室に通した。

絽の夏羽織に絽の袴、仕込杖らしい桜のステッキを持った藤田の口から出るのは、大阪朝日の論説などとたいして変らぬことばかりであった。ただ、

「応分の援助さえあれば、世間の攻撃から鈴木を護って進ぜる」

と、つけ足すところだけがちがっていた。

恐喝専門のダニのような新聞か。

しかし、話している中に、西川は緊張した。藤田が、明治四十四年末の東京市電争議のときの指導者の一人であったこと、片山潜と親しいことがわかったからである。(社会主義者が動いている)。

西川は危険を感じた。

もちろん、眼の前の藤田は、もはや主義者というより堕落したアカ新聞屋に過ぎない。主義者としての力もなければ、組織もない。

しかし、その弁舌は恐しい。藤田は七日に神戸へ来たという。あちこちゆすり歩いているようだが、その口からひろがる毒には危険な感染力がある。

西川は学校騒動で退学させられたほどの男ではあったが、「社会主義者」には敵意を感じていた。経営者の一人となってからは、その憎悪は強まった。「大阪朝日の社会主義者ども」も憎いが、眼の前の浪人もひとり狼だけに、よけいに無責任に煽動して廻る危険がある。

社会主義者といえば、賀川豊彦が新川辺の貧民街に住みつき、イエス団をつくって救済事業をはじめている。それも気になることであったが、知事の清野長太郎はそうした賀川を招いて懇談したり、県の嘱託にして九州の炭坑夫の生活調査に出張させたりしている。開明的官僚として評判の高い知事であり、二年前、友愛会の神戸支部が出来たときには、その記念講演会に代理を送って講演させたこともある。清野が知事となってから、警察の態度が大人しくなったとも聞く。

それだけに――。

外米の配給をめぐって、鈴木商店本店には連日、多くの人が詰めかけている。とりあえず大都市を重点とする配給ときまったため、地方の米穀業者が苦情を言って来るのが大半だ。「売れ」「売れぬ」の押問答もある。そんなところから、鈴木が売り惜しみをしているという噂も流れている。

だが、そうした出入りの業者とは別の足音が、鈴木をめがけてひたひたと迫って来るのを、西川は肌に感ぜずには居れない。何等かの応急の対策をとらねばならぬ。鈴木に向けられた鋒先を少しでも逸《そ》らさねばならぬ。

西川は焦った。直吉をとらえて、やかましく進言した。米騒動は、名古屋にも京都にもひろがっている。大阪では飯屋が休業したため数千人の労務者が騒いだというニュースも出ている。ここ半月の変化は、直吉にも十分にわかっているはずだと思ったのだが、直吉は相も変らず、

「放っておけ」

の一言。

「鈴木は何も悪いことをしているわけではない」

「しかし、世間では……」

追いすがる西川に、直吉は次のように答えた。

「鈴木が潔白であることは、眼のある人なら知って居る。寺内閣下もそうだし、大臣諸公もみなわかってくれて居る」

西川の抱いている危機感は、少しも直吉には伝わって行かない。西川は、まるで別世界の人に話しているような絶望を感じた。

「東京ではともかく、この神戸では……」

と言うと、

「鈴木は大きいぞ、神戸だけでも五十近い事業所がある。そこで働く人を全部合わせたら、何万人にもなろう、そういう連中が、鈴木の平素のやり口を知って居る。鈴木が悪いことなぞして居らんことを。世間もおっつけ、そういう連中を通して本当のことを知るはずだ。だから、鈴木は感謝されても怨まれることはない」

西川は、逆の見方をしていた。

いまは、鈴木が大きいから危険なのだ。何より目標になりやすい。潜航艇が迫っているというのに、煙幕ひとつ焚くどころか、エンジンも止め、無防備のまま、巨腹をさらしている。舵を取り、巨腹の向きを変えて、潜航艇を逸らさねばならない。煙幕も焚いた方がいい。

だが、その巨船は、巨船なりにもはやどうにも動きがとれなくなっていた。直吉に密着すれば、それはこの上なく自由のきく船であったが、いったん直吉に首を振られると、船は山に変ってしまう。

大会社なら大会社なりに、それを動かして行く機構というものがある。度重なる稟議《りんぎ》とか決裁とか手間取るかも知れぬが、根気よくボタンを押して行けば、いつか巨船も動き出す。しかし、鈴木の場合には、それはコンクリートで埋めたような巨船であった。直手順もルールもない。パイプもボタンもない。やたらのっぺらぼうの巨人であった。直吉に眼がなければ、鈴木全体が盲になってしまう。

君臨する女主人の一族は、すべてを直吉に任せている。柳田以下の番頭もまた直吉を立てるばかり。

高畑はロンドンに、高商派は若い。そして、誰もが忙しがっている。船がどこにあるか、どこに向うかは、すべて直吉に任せ、それぞれけんめいに汽罐を焚き、甲板を磨き、エンジンを動かしている。危機感など感じる余裕はない。それに、鈴木に疚しいところはないのだ——。

激動する社会で、正しいとか、疚しくないとかいうことは、何の力にもならない。あれほど力を信じている直吉が、この点に関しては、まるで子供のようであった。無邪気に、疚しくないということに凭《もた》れていた。

問題は、疚しいとか疚しくないとかいうことではなくなっている。民衆が追いつめられ、捌《は》け口《ぐち》を求めているということ、それが鈴木に向って殺到して来そうだという現実。理由はどうあろうと、鈴木が悪者に仕立てられ、目標にされているという現実。そこからどう逃れるか——それが問題なのだ。市民生活の困窮ぶりは、たしかに眼に余った。

大阪朝日の神戸附録は、「生活の苦しみ」という特集を三日続け、一日十三時間働いていても米の二升五合にしか当らぬという職工の生活難などを訴えれば、神戸新聞では、市役所の吏員の中に、ビール瓶に薄粥《うすがゆ》を詰めて昼飯代りにする者が殖え、また昼食を抜く者さえあると報じている。

金子直吉とは仲のいい松方幸次郎の資本の出ている神戸新聞ではあるが、米価問題については、やはりそれなりに強い論調を見せた。九日には、

「米高を何うする？　米価暴騰！　米価暴騰！　真にこれ空前の米高、恐怖すべき生活上の危機」

という大見出しを使った。

神戸新聞では、七月二十七日から八月十日締切りで、

「八月十五日には、白米は何程になるか、小売値段を予想して御覧なさい」

という懸賞募集をしていた。そして、締切りの十日、三日までの応募分についての中間発表をした。

予想投票中の最高値は、七月三十一日に到着した分の中では四十七銭八厘、一日では四十六銭二厘、三日では五十六銭五厘であったが、現実の米価は九日にはそれらをはるかに越えて、六十二銭八厘となっていた。

それは、都市別に見ると、全国では門司についで第二位の高値であった。その高値は、大戦景気による神戸への急激な人口流入に関係があり、そのことはまた一方で借家難を

生み、家賃も前年に比べて倍に騰貴していた。

しかも悪いことに、借家の七割が兵神館・神港舎という独占的な借家管理業者の手の中にあり、取立てはきびしく、家賃以外に手数料やサヤを取ったりしていた。

こうした米価と家賃にはさみ打ちされ、神戸の民衆は、どうしようもないところへ追いつめられていたのだ。

鈴木商店では、神戸でも九日から外米の廉売をはじめた。販売所は、市内三箇所の小学校。一日の販売予定量は各所十石ずつ、一人五升とすると二百人分である。

一升十九銭という安値のため、たちまち群衆が殺到した。午前七時からの売出しだというのに、午前四時にはすでに長蛇の列。

生田《いくた》川《がわ》小学校での売出しについて、十日の神戸新聞は次のように伝えた。

「宛《えん》としてこれ女一揆、鎖《とざ》された小学校の正門を殴り付けては『開けてんか』『売りなはれ』と棕櫚《しゅろ》のやうな乱髪、束ね髪、さては若いハイカラも交つたが、洗ひ晒した腰巻に襦袢一枚、背中に赤ん坊を縛り付けたといふ物凄いのもあつて、驚くべし僅か一時間と廿八分で、総数十四石七斗、此の売上総額二百六十七円三十三銭也を売り尽して、第一日を終つた。売れ方は一升や二升買ひは案外少く、最も多かつたのは五升買ひ、次いで一升買ひが九十七名、然も五円札を投出したのは僅に五名で、その他は大抵小貨幣で、殆ど剰余《つり》銭《せん》の要らぬ手合が多かつた相である」

十日の廉売では、人雪崩《ひとなだれ》のために怪我人が出た。大阪朝日は、

「群衆殺到して鉄柵を歪《ゆが》む　多数の負傷者を出す　突出した米券には血がべつとり」

と、見出しにうたい、

「校門の鉄の門外れ群衆なだれこみ数十名の者は撲傷、踏傷其他擦過傷を負ひたるも、夫《そ》れでも吾先に米買はんとの一念より押合ひへし合ふ其形相迚《とて》も此世の人とも思はれぬ程」

と、報じた。廉売までが鈴木には裏目に出る。

民衆の殺到に、鈴木では追加できる限り供給量を殖やしたが、それでも焼石に水。買えぬ客の怨みや罵りで満ちた。

「中止の貼紙に帰つて行く様は一種惨たる光景であり、中には子供の着物を質に入れて漸く金を持つて来たのだから五合六合でも分けて欲しいと哀訴してゐる様は涙の出る様であつた」（神戸又新《ゆうしん》日報・八月十一日）

地元紙の一つである神戸又新は神戸新聞の対抗紙であり、その意味で反松方・反鈴木色が濃かった。西川の眼から見れば、大阪朝日にならって社会主義者どもの巣くってい る新聞であった。

西川は十日ほど前に読んだ一つの投書を忘れることが出来ない。投書者は、「市内有数の会社の職工」ということだが、

「第二世　宗五郎」という匿名を使っていた。

「私達はさう永く私達の主人を眠らせてはおきません。大正の佐倉宗五郎を期するやう

ですが、私は時の到るのを待つてゐます」という文章。そうしたものが書かれるということ、そして掲載されるということに、西川は不気味なものを感じた。

しかも、十一日の又新は、その投書を受けるように、「死活大問題、お米評定」と題する激越な論説を掲げている。

「一般生活安全なる時に於ける、危険思想としての『当つて砕けろ』『暴を以て暴を制せよ』は危険分子として指弾に価するが、今日の場合は例へそんな思想があつても暢気に思想上の問題を言つてゐる時ではない。『食つて行くため』の正真正銘の鼻の下の問題である。不穏の気勢とその筋では大層警戒をして居る事だと言ふが、今盛んに醱酵されつゝあるこの不穏の気勢には、市民数十万細民の涙がこもつて居る事と思つて遣らねばならない。

見よ、空前の米価に三二珊《サンチ》の大砲を向けられたよりも厳しく脅かされた惨めな市民は政府を呪ひ、知事を罵しり商工課長をコキ下し、米屋を親の敵のやうに睨めつけるやうになつた。我社へも過般来過激な投書が毎日何通となく舞ひ込んで来る。さあ一体此の大問題の米の値は如何なるか。此の生活難の堤防が何んな風に持続されるか。若しくは決潰されるか、愈々《いよいよ》座視す可からざる問題となつた」

神戸新聞を見ると、西川の家の近くの測候所のことが出ている。俸給では食えなくなって定員八人のところ五人も退職し、所長以下三人でどうにか守っているという。

そして、各紙に「不穏な貼紙」のことが出ていた。

「米暴騰！　大暴騰！　生か死か、無能なる県当局の措置。十日午後七時より湊川遊園地において一大市民大会を開催せんとす。憂国の士は揮って参加すべし」

という新聞紙大の貼紙が、市内の盛り場大開通一丁目、三角公園前の普請場の板囲いに何者かによって夜中に貼られていたというのだ。

西川の不安は、的中した。次第に現実の危険が迫っている。何とかしなければならぬ。西川は、地元二紙に義捐金《ぎえんきん》募集の公告の出ているのを見た。清野知事からも、神戸在住の富豪に呼びかけ、廉売資金を募るという同様の申越しが来ている。

西川は、その日もまた直吉に談じこんだが、直吉の答は変らなかった。直吉は、金を惜しんでいるわけではない。慈善というものが、気にくわない。まやかしがある。偽善のにおいがある。慈善家といわれる人々に、直吉は気質的に反撥した。

少しでも多くの人にちゃんと食って行ける働き口を用意してやること——それが実業家の仕事であり、政治家の使命だ。実業家たちが死物狂いになってそうしないから、貧乏人が残ってしまう。

世の実業家が死物狂いになっていないことが、何より直吉には我慢できない。それもしないで、適当に自分だけ取りこむだけ取りこんで、そのひとかけらを罪滅ぼしのように寄附して、いい顔をする。何が慈善だというのだ。

激して来ると、直吉は「社会主義者」のような口吻《こうふん》になった。

「寄附するなら、こっそり人知れずにやる。鈴木の名も出さぬ」

とも言った。

正論であった。それも口先だけではない。私欲を持たず、事業の拡張に生き切っている。

西川は、もうそれ以上、言うべき言葉がないという気がした。

だが、現実に鈴木商店への危険が――。

名を出しての慈善は、個人にとって不純なことかも知れぬ。しかし、鈴木商店という組織を防衛するためには、純とか不純とか言っているときではない。

西川は、さらに説得したが、直吉は耳を藉《か》さなかった。直吉にとって、鈴木商店の名を出すことは、直吉の名を出すことでもあった。

直吉は、西川の前にそそり立つ依怙地《いこじ》な一枚板となった。そして、鈴木商店そのものがそうなってしまった。直吉の気質のおかげで、鈴木商店は伸びもしたが、いま直吉の気質で鈴木商店は足をなぎ払われようとしている。土佐派でも高商派でもない西川は、その危機感を一枚板となった社内のどこにも伝えようがない。

悪いことは続く。

廉売三日目のその日、鈴木商店の出先で手違いが起った。伝票の授受のあやまりから、廉売所に米が届かなかったのである。

大阪朝日は、早速その日の夕刊で、

「責任は鈴木商店
　神戸外米売出の三日目
　　遂に一合も買へずに帰る
　　　炎天下に立ち尽くした群衆の不平」
　と、大見出しで報道した。
「伝票が来ない、販売掛と倉庫掛と責任の塗《なす》り合ひ」との小見出し。
「鈴木商店が送荷せざりし原因は、同商店の手落にして即ち販売掛にては已《すで》に伝票を渡せりと言ひ倉庫掛にては運送準備を整へ待ち受け居りしも伝票来らざりし為倉出し得ざりし為なりと力み、両掛にて責任のなすり合ひを為し居れるが其の何れにしても兎も角鈴木商店の不都合に帰せざるべからず、市役所にては日曜日にも拘らず掛員総出を為し群衆は米よ〳〵と打ち寄せたるに斯の如く鈴木商店の手違ひにより市吏員も施す術もなく群衆は徒らに時間を費し汗みどろとなりしのみ、鈴木商店の怠慢を責むる者多し」
「鈴木商店」の文字が出て来る度に、西川は命のちぢまる気がした。出来てしまった失態は責めないのが直吉たちの行き方であったが、この手違いはこたえた。
　しかし、このことは逆に直吉の態度を軟化させた。
　その夜、清野知事から至急面会したいとの呼び出しがあり、直吉が出て行くと、知事は湊川の堤などで過激な演説をする者などがあることを話し、米の廉売資金を一刻も早く寄附してほしいと要請した。そして直吉は、神戸の富豪中では最高の十万円の寄附をすると答えた。

十二日、西川は、早速、寄附の手続きを取った。

その日は前日に続き朝から空は白く灼《や》け、よく晴れた暑い日であった。すでに市内は騒然としていた。早朝から三菱造船所で賃金値上問題をめぐって製罐工が騒ぎ出し、棍棒《こんぼう》を振るって工場設備の打毀しにかかった。そして遂には千人近い職工が荒れ狂い、事務所や倉庫・食堂などのガラスを割り什器《じゅうき》を叩き壊した。暴動は六時間近くも続いた。

鈴木の本店へは、また藤田浪人がやって来た。相変らず葉書大の名刺、裏面が違っていた。

「東京新聞総務、官憲の注意人物、所謂大臣待遇（十年探偵に尾行さる）国民大会の外前科七犯、但泥棒にあらず」

西川は、新聞経営費として二十円渡して引きとってもらった。西川は、幹部の一人を県の内務部と警察部にやり、一応の警戒を頼むとともに、情勢を訊ねさせた。

相変らず不穏な動きはあるが、すでに要所要所には警官を配し、また藤田浪人をふくめて注意人物には刑事を尾行させてある。米の強買《こわがい》をする者があり、兵神館をやっつけろと叫んでいる手合いもある。一部の群衆は鈴木商店に向うかも知れないが、相生橋署から警官を廻しておくから、鈴木としてはむしろ群衆を刺戟しないようにして欲しいとのことであった。

このため西川は、三名の宿直の者だけを残し、その夜は社員の居残りもやめさせて、早くから鈴木商店の大きな建物は闇の中にひっそりと沈むことになった。

直吉は、夜行列車で上京するという。船鉄交換の件について、モリス大使から呼び出しが来ていたこともあったが、その前日、久しぶりに北京《ペキン》の西原亀三が東京へ戻っている。段祺瑞派への援助のその後についての打合わせもあるようであった。

それは、鈴木の事業縮小を計る西川の提案への直吉の一つの回答でもあった。西川が売渡しを主張している日比製錬所は、その鉛の原鉱をロシヤから仰いでいたが、革命後供給が杜絶、新しい入手先として揚子江上流の水口山を選んだ。水口山は段祺瑞派の北京政府の支配下にある。西原借款と呼ばれる寺内内閣の段派援助もそのことと全く無縁ではないはずであった。直吉には日比製錬所を手放す意志など毛頭ないようである。

すべてを胸三寸にたたんで、直吉は三宮駅を発って行った。西川は、柳田らとともに常盤花壇に約束してあった客の接待に出かけた。

夕刊を見る。

大阪朝日の『評壇』は、相変らず痛烈に寺内内閣攻撃を続けている。

「△首相避暑」と題して、

「……米価は目下の問題で調査は不日では追ひつかないが、それでも考へては居る。殊に米の事は解らないから、同じ解らず屋の仲小路に頼み、経済の事も解らないから、若輩の勝田に任せて居る。而して自分は御信任があるから辞表を出しても見ない。それに一日の避暑を咎《とが》むるは酷である、細民も避暑するがよい位の事だらう」

「△秕《ひ》政《せい》の極」として、

「政府は何を恃《たの》むか、国民をか、御用商人をか。正にこれ秕政の極。明治大帝の御製を拝読して泣くより外はない。

照るにつけ曇るにつけて思ふ哉《かな》　わが民草の上はいかにと」

ここでいう御用商人とは、鈴木を措《お》いて他にない。

投書欄は、「米の問題」特集として八つの投書。その一つにやはり鈴木攻撃が。

「……外米なり鮮米なりの大規模な買入が却て内地米を暴騰せしめた一原因をなして居りはせぬか。又鈴木商店などは左の手に外鮮米を買ひ右の手に内地米を買占めて居りはせぬか。現政府の下には此位の事はあり得ると思ふ」

鈴木の危機を回避するため、打つべき手はまだあったような気がする。たとえば、憲政会顧問である浜口雄幸を動かすという手段もあったはずだ。直吉とは同郷であり、親交もある。

だが——と、西川は思い直す。

直吉は、一鈴木商店の保護など頼むことはできぬと、突っぱねたであろう。直吉の気質が、やはり立ちはだかる。

新聞の操縦も不可能。直吉は考えようともしない。大新聞が動かせなくとも、新聞社の一つぐらい持つ資力は十分にあった。その結果、これだけ大きくなったのに、何の策もない。慈善だけがわずかに救いとは——。

気休め程度かも知れぬ。だが、その気休めが欲しかった。

鈴木商店の寄附は明日には新聞にのり、新聞を読まぬ人々にも口から口へと伝わって行くであろう。明日の朝には、鈴木への風当りもいくらかは変るかも知れぬ。

西川は、ここ数日来の緊張がはじめて少し解けるのを感じた。

だが、時は遅かった。藤田浪人をふくめたアジ演説があちこちでぶたれ、数千にふくれ上った群衆が、湊川新開地を後になだらかな下り坂を下りはじめていた。

十一

湊川公園に集まった群衆に向って、アジ演説を試みる者もあった。

型通り、鈴木商店と後藤、さらに寺内内閣の非を鳴らし、鈴木の買占めを攻撃する。憲政会員であり、総裁加藤高明の名を持ち出したりした。

群衆にとって、演説の内容はどうでもよかった。ただ、景気づけと、あらためて鈴木が襲撃の目標であることを確認したまでだ。

聞くよりも、罵るよりも、行動を欲していた。ほとんど決意を要することではなくなっている。

積み重ねられた生活難と、各地の騒擾《そうじょう》の報《しら》せ。そして、朝からの神戸市内のあわただしい動き。夕刻ごろからは、あちこちで米の強買《こわがい》もはじまっていた。

公園に集まった群衆は、坂道をすべり落ちるように自然に動き出していた。動き出すとともに、また人数が加わり、二万近くになったとも言う。

湊川署から数十人の警官が出ていたが、その流れには逆らいようもなく、道をあけた。警官にも、ためらいがあったようだ。それは、警官自身の生活難ということだけではない。眼の前にふくれ上った群衆の大河は、はじめて眼にする相手であった。どう扱ってよいのか、とまどった。

知事もそうであった。清野知事は、一応、県下各警察署から千名の警官を神戸に動員する体制は整えておいたが、神戸市長らの軍隊出動の要請は、最後までにぎりつぶした。進歩派という意識のせいだけでなく、民衆の荒れ狂う規模というものの見当がつきかねていたのだ。

群衆の流れは、誰か指揮する者でもあったかのように三隊に分れた。

一隊は、東へ折れて荒田筋へ、道筋の米屋に強談して一升二十五銭で売らせて、さらに進んで、貸家管理業者である兵神館へ向った。

別の一隊は、西へ曲って、大開通から南精米所へ。

そして、本隊とも言うべき第三の隊は、そのまま一気に坂道を下りて、鈴木商店本店へと向った。

ステテコの老人高木氏は、「場所がよかった。焼打ちされるに便利なところにあったからな」と言っていたが、そこから襲撃されるにしては、鈴木商店は恰好の距離にあった。距離にして一キロ半。道はよく、坂道を下り切り一息つくところに、ちょうどその建物がある。途中はにぎやかな街並なので、人数は減るどころか、むしろ、ふくれ上った。涼み台を蹴倒し、塵箱をこわし、門灯に石を投げての道中である。群衆は、八時半、鈴木商店の前に着いた。その数、約一万といわれる。

相生署から数名の警官が来ていたが、提灯をかざすだけで手も出ない。三階建の鈴木商店の建物もまた、無防備のまま闇の中におののいていた。

向い合った神戸新聞社から三越にかけての市電通は、ぎっしり白一色の群衆に埋めつくされた。走ってきた市電は、大手をひろげた男たちに止められた。

「下りろ、下りろ」

乗客も乗務員もひき下ろされた。

「市電のだらしのなさは何だ。市営になってからだらしないぞ」

と、どなる者も居て、たちまち市電のガラスが割られた。群衆は、触れるものことごとくに当り散らさないではおかないような、かっとした状態にあった。

投石がはじまる。瓦が飛び、ガラスが割れる。

その度に喚声が上り、群衆はいよいよ熱くなって、さらに石を投げながら、建物に詰め寄った。

「来ちゃいかん」

悲鳴のような警官の声も、すぐ聞きとれなくなった。

「旧宅もやっちまえ」

と、叫ぶ者が出て、群衆の一部はその少し先にある栄町四丁目の鈴木旧本宅を目指した。そちらは、ふつうの町家であるだけに、一隊はたちまち表戸をこわして押入り、什器や家具、蚊帳布団まで路上にひきずり出して、火をつけた。

さらに奥に進もうとするのを、数名の店員が必死に遮ったが、その夜、二階に鈴木の女主人がたまたま泊っていたのだ。ヨネは女中に案内され、屋根伝いに裏の船宿へ逃れた。旧宅の方向に上った火の手が、本店の前の群衆をかり立てた。

大阪朝日は次のように伝える。

「斯かる間に一人の身軽な男、猿《ましら》の如く雨樋を伝ひ二階に上り硝子戸を尽《ことごと》く打ち壊して屋内に闖入《ちんにゆう》して内側より戸を開きて群衆を招き入れたれば、ドット鬨《とき》の声を揚げつゝ、一同流れ込み手当り次第に帳簿諸道具を投げ散らしたる後、裏と表の二箇所に火を放ち、一時に燃え上りたれば、所轄相生署にては直に消防に尽力中なるも同家屋はもとミカド・ホテルの宏壮なる三階建にて炎々と燃え拡がり柱や棟木の倒れ落つる毎に群衆は喊声をあげて打ち囃せり」

「消防に尽力中」という表現には、註が必要のようだ。それは、わたしの聞きとりした範囲内では、神戸在住の歯科医であり作家である武田芳一氏が丹念に調査の上で書かれた『黒い米』で再現されている次の光景が似つかわしい。

「市中の半鐘はジャンジャン鳴り出した。それは爽快な景物にそえる音楽のようでもあった。

消防隊は四方から駈けつけて来たが、一滴の水も筒先から出すことは出来なかった。

消火栓には抜刀した男がさえぎって寄りつくことは出来なかった。やっと一本、遠くの箇所から水を通すことが出来たが、これも瞬く間に誰かがそのホースを途中で切ったので、水は無益に地面に流れているだけであった」

「おまわりが百人居てもこらえやしません」と言ったのは高木氏だが、十指にも満たぬ警官は、帽子を奪われたり、サーベルをねじ曲げられたりし、遂には向側の神戸新聞社の建物の中へ逃げこむ者もあった。

神戸新聞社では類焼をまぬがれようと、ホースを出して屋根に水をかけはじめたが、それが群衆にかかり、続いて焼打ちされることになった。

「鈴木総商店の焼打が始まる時、わが社編輯局の楼上より実見した処によれば、数人の屈竟《くっきょう》な裸男が決死の状で、石油罐を携へて闖入するのを見た。同時に宇治川の一角で合図らしい数発の短銃を発射した響を耳にした。又栄町の一角では物凄い呼子の音を三回も耳にした。想像ではあるが、どうも隊伍を纏める合図とより思へなかつた。この一隊の行動の敏活、突然猿《ましら》の如く、混乱の裡《うち》にあつて秩序極めて整然、一糸紊《みだ》れずして予定の行動を執つてゐた。是は単にわれわれのみではない。多くの市民諸君の中にも実見者は沢山にあつたらうと思ふ」（神戸新聞八月二十二日）

指導者は居たのか。

安達正明「神戸の米騒動と社会主義者・そのほか」（『歴史と神戸』一号）によると、神戸の米騒動で社会主義者として検挙されたのは、石川県生れ、東京市麹町区有楽町一ノ四居住、特別要視察人、新聞記者、藤田貞二（二十三歳）、つまり、例の藤田浪人一人である。

藤田は、西川から二十円の金をもらった後もなお神戸にとどまり、十二日の夜も、多数の群衆にまじって北長狭通《きたながさどおり》七丁目の街路を通行しているのを、刑事に目撃されている。ピストルをぶっ放したのも藤田だという説があったが証拠はなく、ただ恐喝罪だけが適用された。

抜刀し白い衣を着て人力車を走らせていた男のこと——風のように来て風のように去った白い幻の騎士については、遂に正体はわからない。

真夏のことであり、人々のほとんどは白い衣服を着ており、日本刀や梶棒を携行していたのも二、三ではない。弱きを助けろとばかり立ち上った俠客もあれば、一方では、自衛と称して動き出した組関係者もあり、白い幻の騎士の正体も、案外その辺のところにあるかも知れない。

安達氏の論文では、神戸新聞にある「猿の如き一隊」を人力車に乗って指導した男とは、山本鶴松なる年少の鍛冶職であると伝えている。山本は高飛び直前につかまり、懲役八年。

取材をはじめて一年目、わたしはようやく、その手で鈴木商店に火をつけたという人物に出会った。

その人物、本郷氏は、当時二十二、三歳。鍛冶職ということだが、町工場の旋盤工であった。といっても、機械油に塗《まみ》れた菜ッ葉服姿は、その一面でしかない。町では、「筒袖で着物はざっぱだが、下はさっぱりした肌着。本ネルの白の腹巻、畳表のついた下駄」

そうした服装で羽振りをきかせていた当時の兄《あん》ちゃんの一人であった。

大正七年夏。

近くの荒田町に富永惣十郎という好々爺《こうこうや》の侠客が居た。

「それをめがけ、わしら若気の者が『何とかせにゃあかんなあ』と、さかんに言うて行った」

「それじゃ何か言うてみよう」

と好々爺の親分は腰を上げ、近所の米屋に安売りするよう言い歩いた。

それが、本郷氏にとっての米騒動のはじまりであった。本郷氏らが動いただけでなく、そのころには、「いろんな者が現われ」、金貸・質屋・料亭などを襲った。そして、そうしたいろんな連中といっしょに「鈴木商店へ行こうか」ということになった。

行ってみると、身動きも出来ぬくらいの人であった。本郷青年は、意気投合していた七野安隆という仲間と最前部へ出、さらに建物伝いに裏へ廻った。

隣の医院との間に通用門があり、そこを乗り越えて行った。入ってはみたが、燃やす原料がない。ちょうど裏手で愛国銀行が普請中であり、そこからセメント樽を二つひっぱってきて、たたきこわして積み重ねた。アンペラをかぶせて火をつけたが、建物が広いため風があって仲々つかない。

本郷青年は、少し先の角に井上という油屋があるのを思い出し、

「二銭の蠟《ろう》マッチを買うて来い」

と、七野を走らせた。

今度は二人で囲うようにして蠟マッチで火をつけると、たちまち「めりめりばりばり燃え上った」。

二階にも燃え移らそうと、七野は電気のコードをひっぱって来て、それも火の中へ入れた。そのとき本郷氏たちは、同じ建物の中に、別の二人組が居るのに気づいた。「とても勇敢というか勇壮というか」その男たちは、手拭いで鉢巻をし、大きな丸太棒を抱えて、ホテル時代の遺物である大鏡に突撃している。

「そんなもの突ついとって、ガラス飛んできて怪我するぜ」

本郷氏は思わず声をかけた。

「小さな記憶は飛んでしもうたが、おもしろかったですぜ、それは――」

本郷氏は、長い顔を突き出すようにして笑った。

いま本郷氏は、神戸西郊の水の涸れた川べりに、老いて小柄な内儀といっしょに小さな小鳥屋を営んでいる。バラック風の家で、店というより、小鳥と同居している感じであった。聞きとりの間中、小鳥たちは休みなくさえずり、餌の殻を飛ばしてくる。何と

いう鳥なのか、話が大事なところにかかる度に、まるでやきもちでもやくように、ひどく甲高く鳴きたてる黒い鳥も居た。

カーキ色のズボン。紐をバンド代りにして、その上に腹巻。陽灼けした面長な顔に眼がくりくりと動く。若い眼である。その眼と眉の間が広いし、耳も大きい。大きな耳を福耳という俗説に従えば、本郷氏にとっては、何が福であったというのだろう。

本郷氏の友達の一人、通称ヨシ公は、群衆に向って「諸君!」と一言叫んだだけで懲役五年。

相生座の下足番が、まわりに巻きこまれて神戸新聞社に火をつけたのが、懲役十三年。

本郷氏は、焼打ちの後、すぐ横浜へ逃げた。さらに、能登・岡山と転々する。

「いつ捕えに来るかと、気味が悪い悪いと思うて居ったが」六カ月経ち一年経つ中に、それもうすれた。

何しろ歳も若い。もともと血の気の多い方だが、「騒擾めいたことや人と人との喧嘩は一切しないように」努めた。やがて「早いやつは監獄から出て来とる」ようになり、「ひしひしするものがあらせん」ようになる。

軍需景気に、職だけはあった。ただし永続きしない。「気分も粗暴」だったし、若いとき、「どういう考えだったか」友愛会に入り、七野らと番傘さしてメーデーに参加した記憶もある。「そういうことがずっと延長して」きまって使ってくれる親方がなかった。

それでも終戦前には、ごく小さな工場を持つまでになったが、「何時でもええから出て来い」式の親分気質でまもなく潰れた。

焼打ちの秘密は、ほぼ三十年近く本郷氏の胸の中に秘められていた。

戦後のある年、元町のＹＭＣＡで戦前の労働組合関係者の会合があったとき、米騒動の話になり、

「鈴木商店に火つけたのわからんか」

という声が出た。

答はなかった。本郷氏は、たまりかねた。

「ひとつ言うて聞かせてやりましょ」

という気になった――。

苦労を共にさせた仲なのか、内儀さんには、話の途中で何度か、「――だのう」と、相槌を求めた。

内儀は短く受け答えるだけで、傍で篩《ふるい》で小鳥の餌づくりの手を休めなかった。一度だけ餌を買いに来る客があった。内儀が立つと、小鳥たちは甘えるように一斉に鳴き立てた。

「何故、鈴木商店を狙ったのです」

「風評というか、はるか前から鈴木商店が買占めとると聞いてたな。……横丁小路の長

屋の隅に至るまで鈴木が買占めたのやと、知っとった」

「どうして知ったんでしょう」

「物知りが、いろんな新聞とかそんなものから知ったんだろうな」

本郷氏はそう言ってから思い出したように、

「朝日新聞が、やれやれと言うとったらしい。いまでいう煽動ですな」

自身、新聞を読んだ記憶もあると言い、また、朝日新聞に大山郁夫が居て新聞社が解散になるのなら旭新聞をつくると言っていた——などという記憶のあることも語った。

前出の山本鶴松も、本郷氏の友達であった。

晒の腹巻、足袋の上から紐かけて、刀を突き、人力車を走らせた幻の騎士も、「あのときは十九や、ともに稚い歳ですよ」

「雑魚《ざこ》みたいな何でもないのばかりつかまった」が、高飛びした仲間は、せいぜい、二十四、五歳どまり。

「こぎつけて言うなら、『みんな、ついて来い』いう間違った英雄気分ですな」

と、はじめて反省めいた言葉も口にした。

「全学連の若者の感じですか」

わたしが軽い気持で訊くと、本郷氏ではなく、すかさず内儀が言い返した。

「組織ちゅうものがあらへんとこが違うで」

強く、むしろ凛然として言った。組織をたのんでやったのではない——そういうひびきがあった。それが、内儀のほとんどただ一つの発言でもあった。この夫婦を支えてきたものが、ふっとのぞけた気がした。ここには、「本郷夫婦の米騒動」があった。

本郷氏が、老妻の言葉をいたわるように続けた。

「未知なやつばっかりが、任意、火ィつけたわけです」

公判記録によると、五年以上の刑に処せられた者八十九名。その中、宇治川という未解放部落だけで二十二名。このことから、米騒動の主体は未解放部落民という説が流れた。

しかし、これは未解放部落民が集団的に米の強買に出たため、一網打尽に検挙されたこと、米を黙って持って来れば窃盗罪で微罪であったのに、交渉して安く買ったため強盗罪で重罪になるなどという事情があったためであり、為政者側が後には故意に未解放部落民を悪役に仕立てた形跡がある。民衆運動を限られた一群の人々の動きのせいにしようという論法である。

職業別では、仲仕・靴職・鍛冶職・大工の順になる。

「カネくさいやつは、あっちへ行け」

「木のにおいのする者はこっちや」

騒動の最中、本郷氏はそうした声をよく耳にした。

しかし、それだけではなく、料理人・馬丁《ばてい》・葬式人夫から、青物商・薪炭商・花屋に至るまで、ほとんどあらゆる職業が、その中に見られる。

前出のように、電機会社のサラリーマンであった高木氏にしても、

「鈴木の前に人が集まっとると聞いて出かけて行った。わっさわっさ言うてまして、行ってからも、だんだん殖えましたな。名状し難い感じで、わしもよほど立ってしゃべってやろうと思ったが、危いとも思うて……。あばれたきっかけは、煽動者が来たためらしいが、その煽動者はいまだにわからんらしいな」

高木氏が一言しゃべっていれば、その煽動者にされるところであった。群衆と襲撃者は紙一重の差であり、質的な相違はなかった。一歩譲って、襲撃者そのものに侠客や稚い「粗暴な」若者が多かったとしても、それはすぐその後の民衆とつながっていた。

本郷青年たちは、「みんな、ついて来い」という意気ごみであったが、逆に民衆に押し出されて突っ込んで行ったともいえる。ふくれ上った民衆があればこそ、彼等は暴発できた。暴発を求める民衆が、彼等を動かしたのだ。

そこまで民衆を駆りたてたものは――。

一鈴木商店が、天下の不満を一身に引受けた形となった。焼打ちを知って、西川はじめ鈴木商店の社員たちが駈けつけた。

だが、夜空を焦がさんばかりの炎、十重二十重に囲んで喊声をあげる群衆相手には、手の出しようもない。裏口から飛びこんで、書類の一部を運び出すのが精一杯であった（重要書類は金庫に納めてあり、焼失を免れた）。

群衆が兵神館に向って引揚げはじめたのは、十一時過ぎであった。やがて、兵神館が焼かれたとの報せが来、神戸精米所などの米屋も襲われた。

夜半過ぎ、今度は鈴木商店の系列である神戸製鋼の白米倉庫が襲撃され、掠奪《りやくだつ》された後、焼払われた。布引《ぬのびき》にある鈴木別荘へ向う一隊もあるという。午前三時、やはり鈴木商店傘下の日本樟脳会社が放火されて、全焼した。

半鐘は鳴り続け、焼打ちの炎は処々方々で上る。

至急電報が、金子直吉の乗る夜行列車に向って打たれた。

「イマホンテンヤキウチサル」

最初、静岡で電報を手にしたとき、直吉はそれをいやがらせの悪戯だと見たが、真相と知ってからも、東京まで出てモリス大使に会い、その後、急いで引き返した。

無警察状態にたまりかね、鈴木商店の若い技師の一人は県の内務部に談じこみ、その了解をとった上で、明石組明石久吉という親分にたのみ、その輩下の二百三十人を動員して来た。西川は、自宅に重役たちを集めた。焼かれたことより、翌日からのことが問題であった。外米の配給も一日として休むことはできない。

穀肥部はどこ、船舶部はどこと、夜明けまでには、一応その移転先をきめたが、その予定先から、鈴木に貸せば焼打ちされると断って来るところも出て来て、頭を抱えた。神戸の街には、〈金子直吉の首を取った者には十万円やる！〉という貼紙が出た。〈幹部をみなやっつけろ〉という声もさかんであった。

直吉の帰るのを知って、西川は東大出の若い賀集《かしゆう》（現三菱レイヨン会長）らを、神戸駅に迎えに出した。

下り立った直吉は、いつもと少しも変るところがなかった。貼紙の噂を伝えても、「うん、うん」というだけ。とりあえず、直吉の特徴であるくたびれたソフト帽をカンカン帽に取替えさせ、鈴木のバッジも外させた。

距離は近かったが自動車で、海岸通にある取引先後藤回漕店二階の仮事務所へ行った。

西川たち幹部に会うと、直吉は言った。

「仕方がない。仕方がないな」

ただそれだけであった。その後、直吉は満洲開発を担当している若い幹部の一人に、いきなり言った。

「おまんのやっちょる山の所は何処ぞよ」

あわてて地図を出して説明にかかると、

「ウム、そうか。あれはこういう風にやる積りじゃ」

吉林省《きつりんしよう》全域にわたって、あちこち指を動かしながら、森林事業の夢を話し出した。

焼跡にはすぐバラックを建てることにし、焼打ちの翌朝早くから、灰や瓦礫《がれき》の搬出にかかった。

搬出先は、神戸の葺合《ふきあい》港湾から鈴木港湾にかけての海岸地帯の埋立地。ここに神戸製鋼所と松方幸次郎の川崎造船所がそれぞれ工場増設の予定で大正三年ごろから埋立てをすすめていた。海岸を鈴木のマークで埋めるという直吉の夢の一環である。その埋立予定地へ、まだ火の粉のまじっている土が投げこまれていった。

鈴木の全機能は一日として休むことはなかったのだ。


警察は、直吉はじめ鈴木商店幹部の身辺を案じた。襲撃を防ぐためには、中山手三丁目にある柳田富士松の邸が恰好というので、とりあえず重役たちの仮寓とした。

そこは敷地百坪のこぢんまりした日本家屋に裏手の洋館二軒を買い足して改築にかかろうとするところであり、ある程度の人数を収容できた。

邸内には、明石組の剣客と称する男が二人ひそんだ。ズボンに日本刀を吊り、家の中を見て廻る。間口がせまく土間が長いところが気に入ったようで、「せまいからちょうどいい」と言い、「ここで斬ったら首がこっちで胴がこっちだ。ここなら次から次へいくらでも殺《や》れる」などと空恐ろしいことを言い合って、柳田の幼い息子たちを驚かせた。

鈴木商店焼打ちの翌朝午前五時、清野知事は姫路第十師団に出動を要請した。

その日はシベリヤ出兵の最初の部隊が神戸駅を通過して西へ向ったが、それと入れ違いに、午前十時、十一時半と姫路師団は神戸駅に着き、直ちに市内の警備についた。

夕刻になり、知事はさらに増派を要請。

湊川に集まった群衆は前夜よりはるかに殖えて三万、再び三隊に分れて行動を起した。

その夜の主目標は、鈴木と並んで外米輸入商に指定されていた湯浅商店であった。だが、湯浅は幸運であった。その位置をあまり知られることもなかったし、道中には着剣した軍隊と警官隊が出ていた。それでも群衆は湯浅に殺到しようとし、押し戻そうとする兵士たちともみ合って、死者を出した。

十時半、軍隊にはさらに増援が加わり、各所で襲撃は散発していたが、騒動の峠は越えた。

こうした情勢の中で、西川が第一の仕事と考えたのは、鈴木の信用回復ということであった。

国内はしばらく措くとして、世界を相手に商売している鈴木としては、民衆の怒りを買った利己主義の権化のように伝えられたりしては、由々しい問題である。一刻も早く真相を伝え、あやまった波紋のひろがりを防がねばならない。

西川は、早速、東京と神戸で外字新聞や通信社の記者を集めて、真相の説明会を開いた。事ここに及んでも、「仕方がない」「いつかわかってくれる」という線から頑として出ようとしない直吉に対して、それはぎりぎりの抵抗でもあった。

十三日、皇室から三万円の下賜金があり、同時に三井家がもっともらしく救済資金百万円の寄附を申し出た。一方では、ひそかに米の輸出を続けている三井が。老獪《ろうかい》であり、昨日今日の成金とはちがうという無言の示威でもあった。つづいて、三菱の岩崎家が三井と同額の寄附を申し出た。

三井三菱に並ぶ鈴木はどうなのか。

世間の眼は、また鈴木に向けられてくる。焼打ちされ廃墟《はいきょ》に立っている鈴木に、同情ではなく、寄附を要求する声が。

唇を噛む思いだが、西川は直吉を説いた。鈴木にはまだ全国各地に数多《あまた》の支店や関連会社がある。それらが、いつまた襲撃されるかも知れない。鈴木商店の利益のためにも、目をつむって寄附する必要があると。

だが、直吉は首を横に振った。焼かれたからというのではない。相変らずの偽善ぎらいが腰をすえている。

直吉がそうなってしまうと、西川は歯が立たない。不安と焦躁《しょうそう》。それをなお掻き立てるように、朝日は鈴木商店攻撃を続ける。

十三日夕刊では『評壇』で、「根本の誤謬《ごびゅう》」と題し、

「貿易額の増加と国民の生活とは何れが大事か。成金の為に計ると、生活難者の為に計ると、何れが急務か。その辺の見当が違つては政治家たるの資格はない」

『その日その日』では、

「神戸にて鈴木商店焼打の日、東京にては後藤外相の令息、巡査に撲らる」

十四日の朝刊は一面に、

「当局の鈴木商店弁護　片山外米管理部長談」という大見出しで、次の長文の談話が掲載されている。

「指定商鈴木商店が神戸に於て不幸に遭遇するに至りたるは実に遺憾に堪へざる所なり。各指定商は外米管理に就ては誠心誠意政府の意を体し利害を離れて尽瘁《じんすい》今日に及び而も鈴木商店の如きは三井物産と同じく自己の持船有するが故に他に利用するに依りて生むべき利益を犠牲にして米の為に船繰を為し呉れたる事蹟尠《すくな》からず。朝鮮米に就ても亦寸分自己の利益を図らざりし事は当初より一貫し居れり。然るに十二日夜の如き事態に遭遇せしめたるは此の上なき遺憾なり。加ふるに書類の焼失したるもの尠からざるべく特に外米に関する帳簿及び注文等の書類も焼失したりとせば外米管理の運転上至大の不便を生ずるは勿論、各地よりの多数の注文者に対し外国米の配給を為す手段なきに至るべく即ち米価の低落を図る手続きに至上の支障を残したる事となりし事は遺憾に堪へず米価の低落を希望する向ならば却つて外米管理に支障を生ずるが如き事なからしむことに社会一般も注意を望み居る位なれば急旅行を要するが故に汽車を遅しとして鉄道線路を破壊すると言ふに類することあるに至りたるは実に遺憾に堪へざる所なり」

一部長の発言としては、破格の扱いである。弁明を弁明として伝えるより、その弁明の巻き起す波紋を見越した上でのことであろう。

そして朝日自身、早速その次頁からたたく。

『天声人語』では、

「鈴木商店の焼けたのは気の毒だが、片山外米管理部長が書類の焼失には困る、管理が出来ないと。△そりやさうだらうが、かりにも外米管理部長が此んな事を言はねばならぬ義理か。全体管理は何処でして居たのだ。△もし政府でチヤンと管理して居たのなら鈴木本店が焼けても困る事も何もない。書類を鈴木商店に委して置いて管理の出来る筈はない。△もし注文書類の焼失で回米が遅れるなら責任は管理部にある、政府にある。台閣の諸公少しは恥を知れ」

『水銀燈』欄でも同様、

「更に呆れるのは、当局の鈴木商店弁護だ△鈴木商店は終始一貫利益を犠牲にし誠心誠意尽瘁して居つたとは何処を押せば出る音だ△それはマア左様として置いて『今度鈴木商店の災難で書類が焼けた為外米管理が出来なくなる』といふに至つては聞き捨てなり兼ねる△鈴木商店即ち農商務省でない限り、そんな論理は出て来ぬ筈」

だが、こうした朝日の攻撃も、その日の夕刊に至って熄《や》んだ。米騒動の波及をおそれた寺内内閣が「米価と米騒動に関する一切の記事」の掲載を禁止したからである。

十二

土佐人金子直吉にとって、鈴木商店はあくまで等身大の大きさでしかない。幾十の支店、幾千の社員を持つ巨大な組織であろうと、それは如意棒のように直吉の身の大きさにちぢまってしまう。その大きさよりはみ出るものはなかった。

直吉がつくり、直吉の息吹のままにある鈴木商店。それこそが唯一の鈴木商店であり、それ以外に鈴木商店は存在しなかった。鈴木商店は金子直吉の中にある。もし、それ以外の鈴木商店があるとすれば、それは世間が勝手につくり上げた虚像である。

直吉は、そんな虚像なぞ、相手にして居られない――。

支配人西川文蔵には、そうした直吉の気持がわかり過ぎるほどわかる。

だが、同時に西川にしてみれば直吉のそうした鈴木商店こそ、むしろ虚像であると言いたい。

そうした二人の鈴木商店像のちがいは、どこから出て来たか。気質や視野の相違もあるが、鈴木商店は、はじめから西川の外にある会社であった。直吉が鈴木商店を体内にのんで世間と向い合ってきたのに比べ、西川は鈴木商店という実在を媒介として世間とつながって来た。西川は、その点では、直吉に敬意を払わねばならぬと思う。直吉の虚像の歴史こそ、今日の鈴木商店をもたらしたのだ。

しかし、鈴木商店は現実の企業体であり、本来、虚像にとどまるべきものではない。そうした虚像を抱く直吉を頭にいただきながらも、鈴木商店そのものは、巨大な実在となって世間に根を下ろしている。

鈴木商店は何千という従業員であり、その背後にある何万という家族であり、何十という工場群であり、何十万という世界の商品の流れを日々左右する大商社である。直吉から生れたかも知れないが、いまは直吉とは別個の、そして直吉以外に大きくたしかな存在となって動き続けている。それら無数の木の館、石の城こそ、鈴木商店なのだ。それこそ鈴木商店の実像なのである。

夢見る人直吉とちがい、聡明な処世家として、日々の全活動をとりしきる支配人として、その点、西川は直吉について行けない。直吉の鈴木商店像は、もはや虚像でしかない。しかし、その虚像は終生頑として直吉の実像であり続けるであろう。西川には、それが予感される。直吉の実像と西川の実像とが並んで旅して行く姿。それは辛くて遠い人生の旅であるかも知れぬ。

だが、インテリの通性でもあろうが、決着を避けたがる西川の気質としては、ぬらりくらり、何とか切り抜けて行けそうな気もしていたが、それがぬらりくらりですまぬ羽目に、いま西川は立たされた。さらに、いま一つの虚像が出てきたのである。

それは、大阪朝日はじめ世論がつくり上げた「利己主義の権化」としての鈴木商店の像である。

ここにも、別種の夢見る男たちの創作がある。

虚像同士が食い合って、その結果として、現実の鈴木商店の実像が破壊された。しかも、なお、その虚像は相互に不死身であり、ますます暴走を続けようとしている。そのはげしい雲行きを見ていれば、鈴木商店の巨大組織という実像そのものがかすんでしまいそうである。実像が虚像となり、虚像こそ世を支配すると言えそうである。

西川の心には、一瞬、そうした虚像に生きる男たちを憎むだけでなく、羨ましく思う気持も働いたにちがいない。

そこには、単純な人生がある。踏みとどまり、踏みかためてみたい人生がある。自分の外に組織がなく、自分が組織である人生が——。組織の責任ある一員として揉みに揉まれてきた西川などが、永久にあずかり知ることのなさそうな強くて倖せそうな人生が——。

それを思えば、西川としては、怒りはもとより、一種言いようのない焦躁に駆られるのであった。

しかも、その焦躁を抑えて現実の問題として二つの虚像の間に決着をつけねばならない。鈴木商店の実像を守るために、世間の虚像の前に直吉の虚像を屈服させねばならないのだ。それが、再び起ってきた寄附金問題である。

(鈴木は何をしている。三井や三菱は、もう百万円ずつ出したぞ)

容赦ない世間の声。

西川は、神戸市へ寄附したとき以上に執拗に直吉に詰め寄った。

(焼かれた上に、おまん、何を言っちょる)

直吉の虚像は、いっそう固くなっていた。そうした直吉をくずすたった一つのきめ手が、〈主家の安泰〉ということであった。鈴木ヨネ一族――それだけが、直吉の虚像からはみ出る実在である。

(お家さんの身に万一のことがあっては――)

それはもはや言葉の上での脅迫ではなかった。

重役一同、柳田邸にとじこもっての異様な生活。いやでも耳に入ってくる襲撃のうわさと、物々しい警戒。ヨネは山陰へ、若夫人やその子たちは宮島や湯河原へちりぢりになっての逃避行。その先に新たな襲撃がないとは言い切れない。あの怒濤のような群衆の怒りの圧力は、どんな山間へも浸みこんで行きそうな気がする。

襲撃を防ぐためには、群衆の怒りをなだめる他はない。世間の虚像のために一応うなだれて見せる。そのためにも寄附金が。

〈主家の安泰〉ということを持ち出すのは、近代派の西川にとって、苦笑ものであったろうか。部屋にヨネの肖像を飾り、ひとと話しするときにも、ヨネのこととなると居ずまいを正したという西川。主家に対する忠誠心というものが、明治の人西川には割に抵抗なく受け入れられていたのではないか。

仮にそれがポーズだとしても、西川は鈴木家の存在に安心して身をあずけ、その合理的精神の刃を鈍らせることもできたにちがいない。鈴木家は、西川の判断停止のために役立つ一つの権威でもあった。そして、時には、その主家と金子直吉とが一体化して西川の眼に映った。寄附金問題は例外として、西川は、徹底して金子直吉に逆らうということはなかった。支配人といっても、西川は組織の中の人であった。そして、西川が組織の中の人にとどまり、やがて早逝することによって、組織そのものが潰滅する（その点で高畑はちがっていた。鈴木家の一員となった高畑は、何ものにも権威を見ず、終始、合理的精神だけで押し通して行こうとする。方向は逆だが、その意味では、高畑もまた「自分こそ鈴木商店」であった）。

〈主家の安泰〉のために、直吉は再び折れた。鈴木商店は五十万円の寄附を内務省に申し出た。

「意見を異にした場合、常に両者の主張を聴取して毫《ごう》も自己の意見を陳《の》べず、従容自若、葉巻を吹きながら専ら聞役となり楫取《かじと》りとなりて波瀾の平静を待ち調停港を発見せしめられた」（『脩竹余韻』より、森衆郎）西川であり、「或時私の一友人から『近代的商人の典型として且又新しい時代の君子人として畏敬すべき士を紹介する』と言つた大業な前提灯下に初めて紹介された」（『脩竹余韻』より、中村重次郎）ような人柄であったが、焼打ちは、そうした西川をゆさぶった。

「西川の温厚な謙譲に充ちた面上、常にもなく颯《さつ》と悲惨の色を漂はした。『君つ、世間の人々は何故そんなにまで僕の店を呪はねばならぬのだ。鈴木商店は常に社会的に働いて居るが、何時世の中の人達から恨まれる様な悪い事をしたかつ。余りだつ』と声を顫《ふる》はせながら恰も私が当の対手でもある如く激越な調子で詰寄られた」（『脩竹余韻』より、中村重次郎）

もはや、二階座敷に掛けていた李軒の額〈動中静観〉のような心境では居られなくなった。

西川の孤独が、いっそう彼の憤りと悲しみを鮮かなものにした。西川は、直吉には通じようもないことを、筆をとって一気に高畑宛に書き綴った。焼打ちからまだ三日後のことである。高畑からは一層鋭い矢が飛び返って来るとは知らずに。

「拝啓　去十二日の夜暴動と為り本店全部烏有《うゆう》に帰し幸ひ金庫は無事なりし為、帳簿並に重要なる……」

西川はまず焼打ち当夜の模様を簡単に述べてから、巻きぞえをおそれて事務所を貸してくれるところがなく、ようやく数箇所、取引関係の建物に分れて落着いたこと。

「各部思ひ思ひに仮寓執務せる有様にて悲惨の極に御座候」そして、「十二日夜より本日迄の間、実に不眠不休、戦場の如く大混乱を極め、大手の本邸、須磨金子君宅、各工場の警備、各主任者私宅の防備等、其混雑真に筆紙に尽し難くペトログラードの革命騒動と弾丸の雨飛来せざる丈けの違ひにて毫も変りなし」と、ペトログラードから帰国して間もない若い社員の言葉も伝えている。

焼打ちの原因は、どこにあるのか。

寺内内閣反対派との政争、社会主義者の煽動、そして、大阪朝日による攻撃。「大阪朝日が故意に毒筆を弄し事実を捏造《ねつぞう》して今日の米高は鈴木が主謀たるかの如く書き立て候結果、愚昧《ぐまい》なる民衆の誤解となり茲に至り候事、誠に悲憤の至りに候」

西川は繰り返し、大阪朝日の心外な攻撃について、高畑に訴える。

「大阪朝日が近年主筆鳥居素川の権利増大と共に穏健派は総て放逐され社会主義的の色彩追々濃厚に相成、富豪金穴攻撃の筆鋒日々鋭く相成候事は御承知の通り。誠に鈴木攻撃に寧日なきは単に後藤男との関係を嫉妬視する計りに非ずして近来同紙の危険思想を攻撃する二三の雑誌は悉く後藤男の機関にして其背後に鈴木ある如く誤解せるものらしく候。其都度誤報訂正を求むるも、陽に承知しつゝ、陰に相不変《あいかわらず》曲筆して停止する処なく……」

筆を走らせる西川の瞼には、その前日読んだばかりの『天声人語』や『水銀燈』欄の文章がちらついたにちがいない。西川はまた、敵国への米輸出・麦粉買占めなどから鮮米移入の経緯に至るまで、攻撃を受けるきっかけとなった事件について述べ立てる。すべてが誤報であり、曲解であったことを。

たとえば、朝鮮米の値上りを防ぐため鈴木の名を出さずに買いつけたこと、大都市中心に売らねばならぬため地方問屋への出荷を断ったこと等々、善意に発したことが、すべて裏目に出て買占めの証拠のように解されたことなど。

「種々雑多の労苦を負ひ全く献身的の御奉公をなせるに拘らず」反対派の新聞により「無根と知りつ、政府攻撃の材料に悪用されたるは千秋の恨事に御座候」というわけである。

「政友会の若手連並に憲政会の党人原は、政権の奪取に腐心せる極、米価騰貴を好機として無智の愚民を唆《そその》かせ、其結果当店不慮の災害を受け、三井・湯浅をも焼討せんと計りたるも建築物当店の夫れに比して頑丈なりし為、十二日の夜は間に合はず十三日の夜再襲を企てたるも軍隊の力によりて辛ふじて焼払を免かれたる有様、危険思想の一味徒党も雷同して富豪征伐を始め、前陣の如き惨状を呈したる訳に御座候」

わたしは最初、鈴木商店だけが悪者に仕立てられたことについて、三井など既成財閥による策謀という可能性もあると考えたが、それはあくまで可能性であった。三菱と憲政会という明白なつながりはある。しかし、三井と反寺内勢力との間の確たる関連を洗い出すことは、遂に不可能であった。

そして、この西川の文面で判断する限り、鈴木の当事者もまた、微塵も三井等による策謀の可能性については考えず、三井は焼打ち寸前、幸いにして助かったと解したようである。西川は焼打ちを、鈴木商店だけの問題ではなく、関連ある業界全般の問題として考えようとした。

「兎に角、今後の為政者並に資本家は、這般椿事《しやはんちんじ》に省み、工夫一番を要すべくと存居候」

便箋十五枚を越す長文の手紙の終り近く、西川は寄附金問題について、ひいては、金子直吉のあり方について、高畑に語りかけずには居られなかった。

「工夫一番を要すべくと存居候」のすぐ次に続けて、

「鈴木は従来金子氏の主義として売名的の行為を忌み公共事業其他に多大の義捐寄附致居候共、一部階級の外、天下の多くは其真相に通ぜず唯々我利一点張り猶太《ユダヤ》根性の如く曲解し居候事遺憾に不堪《たえず》、三井三菱は看板の手前従来相当に此事を為し慈善行為を天下に公表致居候共、鈴木は此手段を執らず、反て金子氏は如斯《かくのごとき》行為を目して天下に媚を売るものとして排斥しつゝあり、三井三菱が不徳の行為あるを知るは知識階級のみ、天下の衆愚は其徳を謳歌せり。鈴木は不徳の行為なく慈善事業其外に多大の金品を寄贈せるを知るは一部の人士にして天下の衆愚は知らず、徒に強欲無道の奸商と誤解す。金子君一流の高潔なる遣り方は果して現代の思潮に合致するや否や疑なき能はず」

そして最後に、

「兎に角今後の鈴木家身代の利益上、今少しく遣り方を工夫する必要あるべくと思ひ候に付、秩序立ち次第協議する考へに御座候。至急前後不整《ととのわず》乞判読《はんどくをこう》 草々　拝具」

慌しさを偲ばせる手紙である。そしてそこには、控え目ながら、西川の感情がのぞいている。

二日置いて八月十七日、西川はまた米騒動についての書信を高畑に送った。だが、これは西川の肉筆ではなく、コピイさせたもので、海外にある鈴木の全支店長宛に発送された同文のものの一通である。

前便は高畑宛の飾らぬ私信であったが、十七日付手紙は、半ば公的な弁明書でもあった。

西川はその手紙の中で、高畑宛に述べたときと同様、「外米鮮米取扱ニ関スル概要」から説き起し、「社会公衆ヨリハ感謝ヲコソ受クベケレ怨恨ヲ買フガ如キ謂レハ毛頭在ルベカラザル処ニ御座候」

それであるのに、何故誤解を受け、襲撃されたのか。西川は大阪朝日の動向についても触れる。骨子は前便通りである。というより、西川は高畑宛にまず筆を走らせたが、その後で高畑だけでなく全支店長に同様のことを申し伝える必要を感じたのであろう。片仮名を使用したその手紙は抑制もきいており、西川の感情をのぞかせるところは少い。そして、当然のことではあろうが、寄附金問題にからむ金子直吉批判は、すっぽり削られていた。

焼打ちされた鈴木商店へは、国の内外から見舞いの電報や手紙が数多く送られてきた。いずれも、鈴木商店の不慮の災禍を悼むという趣旨のものであったが、その中に一通、異例の電文がまじっていた。他ならぬロンドンの高畑からである。

「ケイガニタエズ」

西川は眼を疑った。

何度読み返しても、それは、「慶賀に耐えず」であった。西川は、衝撃を受けた。

近代化推進論者である高畑の言わんとするところは、わからぬでもない。いっそ痛快でもある。それは、旧態依然たる直吉の経営方針に対して、焼打ち以上に強い一矢となるかも知れぬ。

しかし――。

傷つかない高畑。高畑はおそらくその近代化論にいっそう自信を持ち、気軽く、しかし鋭く近代化の要求を突きつけてくるであろう。

それに対して、金子直吉は。

直吉は、その電報を見て、ただ笑っただけであった。一言も感想を口にしなかった。

それだけに両者の間の亀裂がいっそうたしかなものに感じられ、西川は自分の立場が以前以上に困難なものになって行くのを予感した。

しばらく後、高畑から私信が届いた。

高畑は、「金子さんは注意してもわかる人でなし」と、まず棚上げした上で、大阪朝日の誤報が問題なら、もっと堂々と大阪朝日に抗議すべきであった、逆宣伝《カウンター・プロパガンダ》を徹底的にやるべきであったという感想を述べた。

西川も、もちろんそれは考えていた、しかし、直吉が首を縦に振らない以上、どうして「堂々と攻撃」することが出来よう。「いつかは世間もわかる」としている直吉の下では、大々的にカウンター・プロパガンダを展開することも、また不可能であった。

高畑は今後の教訓として、内地相手の小さな商売から脱して、世界を相手にした商売中心に移行すべしと述べた。それは、高畑自身の決意の披瀝《ひれき》でもあった。

高畑はこのとき、仕事師直吉に対するためにも、自身もまず直吉に負けぬ大きな業績を上げねばならぬと感じたようである。注意してわかる相手でなければ、仕事で眼に物を見せようと。

説得が効かなければ、事実の鞭《むち》で眼をさまさせる他はない。「ケイガニタエズ」の電文は、焼打ちをそのような鞭と解した風にも読みとれた。鞭は直吉には届かず、西川を打つ。

西川は、いっそう孤独になるのを感じた。

暑い日が続いた。

かつて朝五時の起床にはじまり夜十一時の就寝に至るまで印で捺したように規則正しかった西川の生活も、その中で乱れた。事態の収拾策を練って夜明けを迎えることもある。当面の責任者として、西川は身心ともに疲れた。

表札や電話番号札などすべてとり外した柳田邸の奥では、主婦の柳田のぶが身重な体で、金子直吉はじめ重役たちの接待に気を配っていた。襲撃の噂は絶えず、警察からの達しもあって、直吉はほぼ二十日にわたってそこにとどまった。

だが、直吉の頭の中は、新しい課題で占められていた。

折角船鉄交換をとりきめたものの、大戦終結の気配が感じられはじめた。このため直吉としては、一刻も早く船をつくり、利食いをして逃げようと考えた。しかし、焼打ちのため、設計図や仕様書は焼かれており、その再調達を急がせた。

八月二十三日未明、宇和島町にある鈴木商店経営の酒精工場へ数千人の群衆が押しかけて、工場事務所等を破壊した後、放火。同工場は倉庫もふくめて全焼した。

「右会社は地方の有志者が株式組織にて年々二三割の配当ありしに、鈴木商店が圧迫的に買収したるに対し地方民の怨める為焼払ひたるものなり」（傍線は大活字）

翌々日、栄町三丁目の鈴木商店本店焼跡にはバラックが建った。その一方では、京町にある三階建の煉瓦造りの倉庫を買収し、本店に使用するための改造工事もはじめられた。

鈴木商店のバラックが完成したその同じ八月二十五日、大阪中之島の大阪ホテルでは、内閣弾劾の関西新聞記者大会が開かれた。東海以西八十六社、百六十六人の記者が集まり、大阪朝日の村山社長を座長に、寺内内閣の米騒動報道禁止令に対して抗議の気勢を上げた。

そして、大阪朝日の夕刊は、その大会の模様を報じて、

「……食卓についた来会者の人びとは肉の味、酒の香に落ちつくことができなかつた。金甌《きんおう》無欠の誇りを持つたわが大日本帝国は、いまや恐ろしい最後の審判の日が近づいてゐるのではなからうか。『白虹《はっこう》日を貫けり』と昔の人がつぶやいた不吉な兆が、黙々として肉叉《フォーク》を動かしてゐる人びとの頭に雷のやうに閃く」

白虹日を貫くとは、革命が起るときの前兆として、白い虹が太陽を貫くように見えるということで、燕《えん》の太子の命令で秦王を殺そうと刺客が旅立ったとき、この兆しが見えたとの故事に由来している。

懐柔も脅迫もすべて歯が立たず、ただ大阪朝日側の失態を待ち受けていた当局側は、早速これにとびついた。大阪府警察部は直ちに内務省に連絡をとり、大阪朝日を「朝憲紊乱《ぶんらん》」で告発、さらに不敬罪をも適用しようとした。

八月二十八日大阪朝日の夕刊は、また鈴木商店を攻撃。

「出穂前の青田に対し収穫後の売買契約、近頃東北地方に流行、何れも神戸鈴木商店派出員の所業、市内の廉売券を二三銭にて買占めを行ひつゝある悪質もあるとか」

と報じたが、すぐ翌日の夕刊で、

「△今度支那米百万石の輸入も亦、例の鈴木商店関係すべしとか。鮮米の罪亡ぼしを支那米でやるべし

△鈴木商店が青田買占めの噂は、買はんとせるも米騒動で手を引きたる訛伝《かでん》と知れた

り、李下の冠、瓜田の履《くつ》とは此事」
攻撃しながら訂正するというか、訂正しながらもなお攻撃を続けるというか。とにかく「訛伝」は認めた。

「京都帝大を出たばかりの若い記者が、出典もよく知らないで書いたのだろう」とは、如是閑の言葉であったが、白虹事件は重大な展開を見せて行く。

第一回公判では、検事は大阪朝日の発行禁止をにおわせ、司法大臣松室致《いたす》は不敬罪を援用、極刑で臨むと示唆、絶対権力はその絶好の隠れ蓑《かくみの》である皇室を持ち出して弾圧にかかってきた。

人力車に乗っているところを右翼の暴力団に襲われ、車から投げ出され木に縛られるという暴行を受けながらも、「意地の強い老人だから、ますます反感を持って、すぐに編輯室へ来て、負けるなと叱咤《しった》」(如是閑談)したほど剛毅であった村山龍平も、不敬罪と発行禁止を持ち出されては抗しようもない。

すでに、大阪朝日があれほど攻撃した寺内内閣は、病身の寺内が米騒動にいや気がさした形で投げ出し、後継首班に推された西園寺公望《きんもち》は固辞して受けず、原敬の政友会内閣となった。

平民宰相の誕生とうたわれ、政党内閣誕生祝賀会が慶応義塾大学部や日本橋区民有志会などというところでまで開かれ、原敬はこまめにそうした祝宴を廻っていたが、白虹問題に関しては不気味に沈黙し、前内閣の方針を踏襲する姿勢を見せた。山県・寺内ら絶対権力との野合ということで、やはり朝日に攻撃されてきた原敬としては、それは当然の構えでもあった。

大阪朝日は、遂に屈した。

十月十五日、村山は社長を上野理一に譲って辞任。「社長だけ引っこめて平然としているわけにはいかん」というので、翌日、編輯局長鳥居素川、社会部長長谷川如是閑はじめ、論説関係者全員が退社した。

如是閑このとき四十四歳、以後文筆一本の生活に入る。これも米騒動が人生の転機となった一人であろう。

この秋、「スペイン風邪」と呼ばれた流行性感冒が全国的に猖獗《しょうけつ》を極めた。

十一月三日、明治節、柳田の妻のぶが、死産すると同時に死んだ。夏以来、重役たちをかくまって働き続け衰弱していた体が流感にかかり、ひとたまりもなく逝った。のぶも、その意味では米騒動の被害者であった。後妻として柳田家に嫁いだのが十年前の同月同日、享年二十九。

人目をしのぶように、柳田のぶの葬儀は行われた。参会者が葬儀場から柳田邸に帰って来ると、その中の直吉の妻徳が倒れた。そのまましばらく柳田邸に病臥する身となる。

十一月十一日、ドイツは屈服して連合国との休戦条約に調印。経済界は混乱し、あわただしい年末に滑りこんで行く。

言論界の動きもあわただしかった。

白虹事件に勢を得た右翼団体を、吉野作造が批判すると、右翼団体浪人会から立会演説会を挑まれた。その限りでは、なお言論の時代であった。

吉野はその挑戦を受けた。東京神田の演説会場には吉野を支持する数千の群衆がつめかけ、大阪朝日への右翼の暴行を批判する吉野の演説が終ると、群衆は吉野を胴上げする始末。

米騒動に続く寺内内閣退陣で、力を自覚した民衆は、いたるところでそのエネルギーを発揮しようとした。神戸に於ては、友愛会の京阪神地区にある各支部が集まって、友愛会関西同盟が発足。それまでのような上からの啓蒙運動ではなく、下部組織を基盤にした労働運動へと進む体制を固めた。

だが、こうして盛り上る民論とは逆行して、十二月一日、大阪朝日はその第一面に五段抜きで「本社の本領宣明」と題する宣言書を発表した。鳥居素川に代って編輯局長となった西村天囚が書き上げたもの。

「……わが社は反求せり、近年の言論すこぶる穏健を欠くものありしを自覚し、また偏《へん》頗《ぱ》の傾向ありしを自知せり、かくのごとき傾向を生ぜしはじつにわが社の信条に反するものなり、外間における少数者の疑惑誤解もまたあにこれがためならんか、わが社の国にたいする思想は終始渝《かわ》らず、必ずしも弁を費すの要なきを知るといへども、紙面の傾向にしてすでに本来の信条と相反するものあるを自覚せる以上は、指導よろしきを失ふの過《あやまち》を自認せざるべからず。わが社すでにみづからその過を知る、あにこれを改むるに憚《はばか》らんや……」

その長文の「宣明」に続けて、西村は編輯綱領をも発表した。

「一、上下一心の大誓を遵奉して立憲政治の完美を裨益《ひえき》しもつて天壌無窮の皇基を護り国家の安泰と国民の幸福とをはかること

一、国民の思想を善導して文化の日進国運の隆昌に資しもつて世界の進運と併馳することを冀《こいねが》ふこと

一、不偏不党の地に立ちて公平無私の心を持ち正義人道に本づきてもつて評論の穏健妥当と報道の確実敏速とを期すること

一、紙面の記事は清新を要するとともに新聞の社会におよぼす影響を考慮してよろしく忠厚の風を存すべきこと」

しばらくではあったが、それまでも大阪朝日の論調に馴れ親しんできたわたしは、茫《ぼう》然《ぜん》とした思いで、この紙面を読んだ。朝日を救うための窮余の策というにしても、あまりにも――。

空々しい作文とは言えない。西村は必ずしも、心にもなくこの文を綴ったのではなかった。薩摩生れの漢学者西村。女遊びの借金に追われ、天井に逃げ隠れたところから「天囚」と号した男。この男は戦争中、わたしたちが幾十度となく拝誦させられた「青少年学徒ニ賜リタル勅語」の起草者と聞く。

いわば、このときから西村の時代がはじまったとも言える。取材している中、「このときから日本に新聞はなくなった」と嘆息した人があった。言論の機関としての新聞は、ここに終焉《しゅうえん》したというのだ。

四日、判決があった。執筆の記者と発行名義人に禁錮二カ月。

編輯方針一変の宣明により、朝日に改悛《かいしゅん》の意ありと見られたようで、さらに発行停止を求めて検事控訴するかどうか、検事総長は法相兼任である原敬の判断を求めた。

原敬は、「政府として只紙上の告白を見たるのみにては足れりとせず」として、大阪から上野社長を呼びつけた。

「余より上野理一に其決意を尋ねたるに、曾て村山等に屢々《しばしば》忠告せしに行はれずして今回の如き出来事あり、遂に村山悔悟し彼の父の遺志にも戻《もと》りて恐懼に堪へざる次第を物語り、遂に上野に社長を譲りたる顚末より村山は社を解散せんと云ふも数千の者の運命にも関すれば之を思止らしめたる事、並に方針を一変し、其一変したる方針は自分等老年なれば万一の後にも相違せざる様に定款等にも明記すべく随て向後決して如此《かくのごとき》過失を再びせざる事、又今回寛大なる判決に付ては体刑に付ては社命に従ふ限にあらずと主張する者あるも慰撫して服罪せしめ、決して控訴をなさゞる事、要するに去一日の紙上に於て発表したる精神は飽まで貫徹すべき旨陳述したり」(『原敬日記』大正七年十二月八日)

原敬は「是れにて朝日新聞問題も落着と見るべし」とした。大正デモクラシーの核心は言論の自由にあったが、その自由がこうして大きく後退した。

白虹事件は権力の側に一つの智慧と自信を与えた。

天皇乃至国体という壁こそ絶対的なものである。

朝憲紊乱と不敬罪を連ねる線、その線を拡げていけば、言論機関を黙らせることができる——この考え方は、平民宰相原の中で、やがて治安維持法の制定へとふくらんで行く。

一方、米騒動参加者へのきびしい検挙が続いた。

神戸では、警察が「奮然検挙に従事するに至り」（吉河光貞『所謂米騒動事件の研究』）、「騒擾犯人」として市内八百四十四名、郡部千百九十名、合計実に二千三十四名が引致された。

「未決監は大入満員、お蔭で忙しい差入屋、毎日百五、六十人の弁当が出る、但何れも二十五、六銭の安物計り」（神戸新聞八月二十二日）などという見出しの記事が出たりした。

十二月も半ばになって、鈴木商店ではようやく前述の『米価問題と鈴木商店』と題するパンフレットを出した。

カウンター・プロパガンダが必要という高畑の意見を容れるにしては、余りにも時期を失し過ぎる。情報の伝達については新聞社より速いと言われた鈴木商店であるのに。

その遅過ぎた刊行の経緯について、パンフレットの緒言では、

「……八月十二日夜ノ変災ハ悪意アル曲解者ガ無辜《むこ》ノ良民ヲ煽動シテ敢テ不善ヲ働カシメ憐ムベキ地位ニ陥レタルモノト言フヲ得ベシ今ヤ民心冷静ニ復シ吾人ノ言ハント欲スル所漸ク其耳ニ入リ易カラント茲ニ米価調節問題ト鈴木商店トノ関係如何ナリシヤヲ事実ニ徴シテ闡明《せんめい》セント欲ス之ニ依テ其ノ真相ヲ知ルニ至ラバ曩時《のうじ》ノ誤解者モ釈然トシテ氷解スルヲ得ン」

民心が冷静になるのを待って話そう——心にくいとも言えるが、それにしても、やはりタイムリイではない。米騒動のほとぼりは一方ではさめ、一方では別の方向に燃え上っている。

鈴木商店と米価問題についてあらためて真相を知ろうという識者はおそらく限られており、それを世に伝えようとする識者や報道機関は、さらに少かったであろう。

このパンフレットの反響としては、吉野と並ぶ思想家である福田徳三が、名文章として賞揚したということが伝えられたぐらい。福田にしてみれば、妙に憎悪を燃やさず気負い立つところもないのが、気に入ったのかも知れぬ。

たしかに、隅々にまで心を配った文章である。

「無辜ノ良民」として、大量の検挙者への同情も見せている。

民衆というものの存在を思い知らされたためともいえるが、それよりも、直吉はじめ鈴木商店関係者には、新興の鈴木商店もまた自分たち庶民の手でつくった民衆の会社だという意味で、民衆への一体感があったのではないか。

だが、その民衆も所詮、衆愚に過ぎぬのでは――。西川の心には、その疑いがある。

ただ鈴木商店全体としては――。

丹念に資料を挙げての弁明の後、パンフレットの末尾は、緒言を受けるようにして言う。

「今ヤ幸ヒニ従来ノ誤解者ヲ釈然タラシメ本来鈴木商店ノ主義トスル所ヲ正解セシムルニ至ラバ所謂雨降ツテ地固マルノ譬ノ如ク当店今回ノ不幸ハ転ジテ他日ノ幸福トナルベク吾人ハ之ヲ庶幾シテ以テ自ラ大イニ慰メ且励ミツツアルナリ公平ナル読者 冀《こいねがわ》クハ吾人ノ微衷《びちゅう》ヲ諒セラレンコトヲ」

(わかってもらえさえすりゃ、ええ。まあ、ほどほどにしとけ)

そういう直吉の声が聞えて来そうである。

十三

高知港から、わたしは阪神ゆきの船に乗ってみた。

船は夕方高知を出、一夜かけて、翌朝、神戸へ入る。海路だけが唯一の交通機関であったころに比べれば、船のトン数は大きくなったが、道程も所要時間もあまり変りはないという。

高知市めがけてくびれこんだ形の浦戸湾は、暗褐色のおだやかな海である。ドラが鳴り、長い汽笛がまっすぐ空に昇って、船は静かに岸壁を離れた。

栈橋には、二、三十人の見送り客があった。ハンケチを振る。蝙蝠傘《こうもりがさ》を振り上げる。船はゆっくり向きを変え、やがて快調なエンジンの音とともに走り出した。何気なくふり返ると、ハンケチは白墨の粉ほどになったが、蝙蝠傘ともども、栈橋からまだ動かない。

小さな釣舟と行き交う。漁師が手を上げる。

帆柱の立ち並んだ舟だまりのある岸壁には、幾人もの釣人が居た。その中からも、手が上る。

磯を走る子供が手を振る。老婆も手を上げる。みんなが、縁者でも見送る恰好である。わたしはふっと、「郷党の輿望《よぼう》を荷《にな》って」という言葉を思い浮かべた。三方を山脈によって遮られ、わずかに南の荒海に展《ひら》けた土地。それは日本の辺境というより、一つの別天地の趣きがある。黒潮と太陽をわかち合い、人々は血で濃く結ばれている。その土地を後に、海路はるかに出て行く者には、他の土地出身者では味えぬ別の感慨があるにちがいない。

はるばる出かける彼等の眼にあるのは、阪神、そうして東京のみ。雄藩土佐の他は、群小諸藩でしかなく、在るのは天下国家のみと。

汽車が通じ、さらに飛行機で大阪まで四十分といういまとちがって、直吉の時代には、よけいその感慨が強かったにちがいない。湾口を出ると、海は濃い翡翠《ひすい》の色に変った。間遠な大きなうねりまでが、旅立つ者にささやきかけてくる感じである。

夕日が、太平洋に釣瓶《つるべ》落《おと》しに落ちる。

闇にうすれて行く陸岸。しかし、灯のまたたきが、やはり船に向って手を振っている。闇が深まるとともに、人家もまばらになるのか、その灯も見えなくなる。

そして数時間後、暗闇の中から、いきなり明るい栈橋がおどり出て来る。一つだけの寄港地甲浦《かんのうら》――ここもまだ土佐の国の中である。小さな栈橋には、こぼれんばかりの人。

白いマドロスが颯爽《さっそう》と下り立つと、人々がその前に列をつくる。

海路だけしかなかったころの高知港を思わせるような光景が展開する。老若男女とりどりの船客。赤子を背負った女もあれば、トランクを振り分けた男もある。どこへ行くのか、僧形の男が一人。その一人に四十人ほどの見送りがある。見送人の間でテープが分けられ、そのテープの端を律儀に揃えて渡す。笑い、さざめき、しのび泣き。まるで火星への移住でもはじまったような大げさな見送り風景である。大あくびしている女もある。その脇で、見送りを見ているだけの老人がある。夜中なのに、単衣姿にヘルメットをかぶっている。

ドラと汽笛。咳きこむようなエンジンの音。テープがちぎれる。カンカン帽をつかんだ腕が、いつまでも舷側《げんそく》からのびている。栈橋では、懐中電灯を振り廻す男がある。

栈橋の上屋には、蚊帳が吊ってある。階下には、居酒屋ののれんがある。店の中は空っぽであった。女たちまで栈橋に出ていた。陸岸には、栈橋だけに灯があった。まわり一面、黒い山肌である。これから、あの人たちはどこへどうして帰るのか。

ふたたび、太平洋の大きなうねりの中へ船は出て行く。山も土佐、海も土佐、闇もまた土佐である。黒潮と太陽と人のにおいだけがある。

そして翌朝、神戸沖。

ダイヤ屑をちりばめたような灯の連り。冷たい硬質の集団である。夜は急速に明け、港内に入ったときには、朝の色である。その鼻先へ、いきなり、巨大な外国船の列が現われた。小山のようにそそりたつ船体。黄、白、青、色とりどりの煙突。アメリカ、ギリシャ、リベリヤ……名も知らぬ国々の船。

わたしも、思わず息をのんだ。それは一種異様な衝撃である。草深い土佐から、一夜明けた眼の前にいきなり外国が。十八世紀から二十世紀へ。土佐の次には、すべてを通り越して、国際社会がある。

母の野辺送りをすまして神戸へ帰ったとき、直吉もまたその思いを新たにしたことであろう。

土佐を出れば、次には天下国家しかない。世界が相手だ——と。

世界を相手に——それはまた、ロンドンの高畑が米騒動の教訓として書き送って来たことでもあったが、もともと国内の商売は「芸者と花札をやるようなもの」という信念の直吉にしてみれば、何をいまさらという感じを持ったことであろう。

直吉は強気を押し通した。

年末になって、直吉と親しい松方幸次郎が欧州から帰って来た。松方もまた強気論であった。東京から神戸まで、二人はいっしょに汽車にのって話しこんだ。

「ヨーロッパは疲弊し切っているから、その回復まで三年から五年はかかる。だから、まだ二、三年は警戒する必要はない」

松方の話の中には、よく高畑の名が出た。松方は、鈴木商店のロンドン支店を自分の事務所のように使い、英語の不自由なせいもあって、何彼につけて高畑の力を借りた。ディーゼルエンジンの特許交渉など事業上の折衝はもとより、好きな画を集めるのにも、高畑を案内に立てた。流出していた八千点の浮世絵のコレクションから、ミレー、ゴッホ、ルノアールなど、時には高畑に大金を立替えてもらって、松方は買い集めた。いわゆる松方コレクションである。それは、松方が大戦中に得た巨大な富の片鱗を示すばかりでなく、戦後の好景気への見通しあってのことであった。

世界を相手に――高畑はそれを本店宛の教訓としただけではない。高畑その人が世界商人になり切っていた。

細い金縁眼鏡をかけたイギリス型紳士の高畑は、近代的な合理主義者であるが、その一面、芯の強い伊予人でもある。言うだけのことは言い、やるだけのことはやる。

高畑は昏迷《こんめい》するヨーロッパ経済界を尻目に、果敢というよりむしろ華麗にさえ見える買思惑を展開した。買いの中心は、砂糖・油脂・麦粉・澱粉など。

高畑は、英国の砂糖ブローカーとの接触を通じ、とくに砂糖の値上りが大きいと判断した。ヨーロッパ大陸が戦火を受けて、それまで主体であった甜菜糖《ビート》生産が激減している。いち早く、蔗糖《しよとう》を大量に買いつけるべきである。

高畑の進言に対して、神戸の本店からはすぐには色よい返事はなかった。オファの期限が切れては、値が騰る。高畑は独断で船腹二杯分を買った。

果して買った瞬間、騰貴しはじめ、五日間で眼をみはるような利益。その翌日、ようやく本店から買指令が来た。

高畑は、「何を言うとる」と思った。

さらに船腹三杯分を買い、売ると同時に、それより僅かに下値で五杯分を買う。

さらに暴騰、さらに買い増し。

こうして、最初一セント半であったものが、一九二〇年（大正九年）には十二セントにまで騰った。この間、高畑が動かした砂糖は、船腹で五十杯分。ジャバから買付け、イギリス・フランス・アメリカ・スペイン・トルコへまで売りつけた。おもしろくてならぬ商売であった。

高畑はその莫大な利潤を全部本店へは出さず、ひそかに七十五万ポンドを支店の中に貯めこんだ。もちろん私しようというわけではない。より大きな商売、より大きな事業のために自分で自由にできる大量の資金が必要であると判断した。

いまや彼は彼なりの自信を持ち、それだけに本店の行き方にあきたりないものを感じていた。直吉の固陋《ころう》さ、西川の穏健さ……。砂糖の勝利が、いっそう彼に自信を持たせた。

彼にとっては、鈴木商店は、〈金子の鈴木〉ではない。〈高畑が鈴木〉であった。

パリのサボイ・ホテルで鈴木ヨネの娘と結婚式をあげた高畑。直吉は、高畑を鈴木の女婿として事業上の後継者の位置を約束することで、自分とのきずなを強め得ると考えたが、結果はむしろ逆に、高畑の離反を早めさせることになった。新しい鈴木は、名実ともに高畑の世界になる――そうした関係を踏まえた上で、七十五万ポンドなどという大金を一支店長が貯えこむということが可能になった。事実、その大金は一時、鈴木商店の危機を救った。

この他、満洲・青島《チンタオ》・シベリヤなどから積み出した小麦や大豆は、約五十万トン。これは、英国政府の注文を受け、機能の麻痺した英国商社に代り、英国のために買いつけたものである。シティ・オブ・ロンドンでは、日本のスズキの名を知らぬものはなくなった。

「高畑のやつ、あんなことをやって」

と、三井のロンドン駐在員たちは茫然と見送るばかりであった。この大正八、九年の鈴木商店の年商は十六億。三井物産を抜き、日本の商業史上で最高の記録を打ち樹てた。

高畑はまた、ただの商人ではなかった。直吉の意を受け、ときには直吉に先んじて、新しい工業に目をつけた。

大戦中、ドイツでハーバーという博士が、空気中の窒素をアンモニアとするハーバー式窒素固定法を発明した。窒素肥料を輸入にたよっている日本としては耳よりな話である。ニューヨークの高峰譲吉博士がその仲介に当り、三井・三菱・住友・三共の四社が連合して新会社を設立。

住友が中心となった大がかりな使節団が、特許権買入れ交渉のためヨーロッパへ向うことになった。

その直前、高畑は小さな新聞記事で、フランスでクロードという一技師が別の方法で、しかも割安で空中窒素を固定させる技術を開発、試験中であるというのを読んだ。高畑はすぐにその記事を日本の直吉に送ったが、直吉の返事を待たずにパリに行き、見込みありとして独断で、その特許権買入れの交渉にかかった。

特許料五十万ポンド。すでに本店の金融は逼迫《ひっぱく》しており、「煙突男」の直吉も、さすがにその半額しか送金してくれる能力はなかった。高畑は、かねての秘密積立金の中から二十五万ポンドを出して、買い取った。

ハーバー式の特許料は千三百万ポンドなどといわれ、財閥連合軍がもたついている間に、鈴木商店ひとり先行して、空中窒素固定法を日本にもたらしたのだ。こうして、資本金千五百万円のクロード式窒素工業が、関門の彦島に誕生した（今日の東洋高圧。鈴木破綻《はたん》後、三井系に移った）。

ただ、高畑は単なる拡張論者ではなかった。

これまで書き送っていた整理案に加えて、さらに鉄鋼・造船部門を整理するよう、ロンドンから進言していた。大戦終結前のことである。

たまたま、このころ山成金の久原房之助から神戸製鋼の買収申入れがあり、売渡価額までできまり、商談は九分通りまとまりかけた。しかし、久原が神戸製鋼支配人田宮嘉右衛門をつけることを要求したのに対し、直吉は田宮を手放さず、遂に話は不調に終った。見込んだ人間への直吉の愛着は、それほどに烈しかった。それが鈴木商店を伸ばしてきたものだが――。

神戸製鋼では、とりあえず不況対策として「札かけ休業」と称し、出勤するだけで仕事はせず六割の給料を払うというやり方をとったが、それだけではカバーできず、従業員二千七百の中、大正八年には二百、九年には百人を整理した。整理としては、控え目過ぎた。

一方、造船部門では、大正五年鈴木商店が買収した当時、従業員二百七十人であった播磨造船所（今日の石川島播磨）は、戦争の終ったときには、五千七百人にふくれ上っていた。

〈船主の注文を待って建造するのは古い。レディ・メイドの型で建造し、自社でも運航するとともに、ストック・ボートとして、完成品の船を並べて売るのが得策〉

という直吉の方針にもとづいて、一万トン級船台五隻を基幹とする大規模な量産体制に踏みこんだためである。これは後の標準方式に先鞭《せんべん》をつけたものであり、卓見であったが、各造船所の乱立のため、戦後は船価が暴落、直吉の目論見は裏目に出た。

しかも、山を削って相生湾を埋め立てる約三万坪の拡張工事は続けられており、山腹を爆破するダイナマイトの音が空しく鳴り続けた。難工事のため、工期が予想以上に永びいたためである。

工場拡充計画の中には、

〈四、機械資材ノ購入ハ、スベテ迅速ヲ旨トシ、時ヲ金デ買フ〉

という一項目まであったが、直吉がいかにやきもきしても、土木工事の難関だけはどうにもならず、拡張工事を続けながら、不況の中へ突入して行くことになった。温情主義の直吉。従業員の整理は、ほとんど行われなかった。

一方、米騒動に刺戟された労働者は、鈴木文治の友愛会を中心に活潑に動き続けた。川崎・三菱の労働争議があり、播磨造船でも争議が起ったが、これは一日で解決した。鈴木商店内の近代派である北村徳太郎が事務責任者ということもあって、所内では青年会・演説会・音楽会などがさかんに行われ、在来の職工長屋とは面目を一新した快適な社宅群もつくられた。それだけに経費もかさんだ。

欧州帰りの開明な資本家と噂された松方幸次郎が、労働者側の賃上げ要求を認めた上で、さらに一日八時間労働制をだしぬけに提案、労働者側を面くらわせたが、播磨造船でも、すぐその後に続いて、八時間労働制を採用した。

日米船鉄交換第十三号船であるイースタン・ソルジャー号の進水式が、景気づけの意味もあって盛大に行われた日には、あたかもそれを祝うように、友愛会会長の鈴木文治が相生の町に来て普選大演説会を開いたりもした。

精神的に労働者も若く、経営者もまた若かった。米騒動の夢にそれぞれ別の意味でとりつかれながら、経営者と労働者とが競い合って新しい潮の中へ身を投じて行くような、一種異様な熱気を帯びた蜜月の状態が続いた。

こうした状況の中で、高畑の主張する「鉄鋼・造船部門の処分」は、一日延ばしに見送られて行った。

かつて西川が高畑宛に整理の腹案として申し送った四つの目標、すなわち、1帝国麦酒を大日本麦酒と合併させ切り離す　2日比製錬所の売却　3浪速倉庫の処分　4東工業の醋酸部門の処分については、どの一つも実現を見ないままである。どの事業にも直吉の愛着は強く、いかなる意味でも戦線縮小は直吉の肌に合わなかった。

いったん船出した以上は——。

直吉には意地もあったが、自信もあった。遠い先まで見渡せば、必ずどの事業も生きて行けるという見通しである。しのび寄る不況さえ切り抜ければよい。しかし、そのためにも整理は必要であったのだが。

自らを太閤になぞらえた直吉は、戦線の縮小を大阪城の外濠を埋めることのようにも感じた。城の存立のためといって外濠を埋めれば、いつか内濠まで埋めねばならなくなる——。

焼跡に二週間でつくったバラックから、鈴木の本店は、京町に移転した。その上棟式のとき、直吉は次のように話した。

「社員諸君も得意先の人々も、今日の鈴木商店の財界に於ける勢力地位から見て、鈴木の本店は堂々たる鉄筋コンクリートの大廈《たいか》高層を想像期待して居ったかも知れぬが、此の倉庫を改造した三階の煉瓦造りは言わば秀吉が中国を平定した白鷺城の恰好で、天下に号令を発する大阪城は追って建築する。況んや鈴木には淀君ならぬ『御家さん』と秀頼ならぬ主人があるから、諸君は飽くまで其の武運長久を確信して大いに働いて貰いたい」

旧暦八月十五日の夜には、神戸に居る鈴木の全社員を鈴木の本邸に集めて、月見の宴が開かれる。

ヨネは気をきかせて最初に顔を出すだけ。若主人たちが社員といっしょになって、のんだり食ったり。その後、三々五々、大きな池をめぐって月を眺める。直吉や幹部たちはひろい芝生に坐って、夜の更けるのも忘れて話しこむ。鈴木の社員にとっては印象的な恒例の一夜なのだが、その大手の本邸が地相家相とも聚楽第《じゅらくだい》にそっくりで不吉だという噂も流れていた。

大正八年の月見の宴は、支配人西川にとっては、にがい思いに満ちたものであったろう。そして、それは西川にとっては、最後の月見ともなった。西川には、ほとんど食欲もなかった。体が重く、芝生に腰を下ろしたまま海からの夜風に吹かれていた。

高商派・土佐派を問わず、入れ代りに社員たちが寄って来る。まわりの芝生には、いくつも社員たちの輪が出来る。その向うには直吉の影が。

「金子さんは買うのが好き。いったん持ったら手放さない」

「買い上手の売り下手や」

世間には、そういう声が流れている。

そしてまた、西川自身について、

「円満な人。反対があれば延ばす。いつも直吉について行く」

そういう批評もある。

西川はまず何より社内の調和を考え、融和を考えてきたのだが。西川には、直吉の信任がかかっている。そして、片方の肩には高畑の信頼が。

世界を相手に――と言ってきた高畑は、単なる拡張論者ではない。手荒くもうけ、また新事業ははじめても、切るべきところは一刻も早く切り落し、整理すべきものは大幅に整理すべしとの考え方である。高畑の狙いは、鈴木商店の荒療治であり、体質改善に他ならない。

程度はちがっても、西川もその必要を痛感し、事あるごとに直吉に進言してきたが、現実には、鈴木商店は古い木の上に新しい竹をつなぎ、不安定な肥大を続けるばかりである。人絹・空中窒素固定に加え、朝鮮では鉄道、満洲で煙草、アフリカでソーダ、南洋でゴム……。

米騒動は衝撃であり、転機となるべきはずであった。

「ケイガニタエズ」と打電してきた高畑。その電文に、西川は脅迫的なひびきを感じる。言うべきことを言ってくれたという爽快さと親しみだけでは済まない。

西川は、高畑を思った。

あれは何年前であったか。高畑・永井ら高商出の若者五人といっしょに六甲に登ったことがある。最初は、西川が先頭に立った。学卒の若者たちを引き連れて駈け登って行く恰好で。だが、体力と年齢の差から、すぐ追いつかれ追い抜かれた。若者たちは、若さに任せて酷薄であった。やがて、西川は置いてけぼりになった。落伍しそうであった。だが、西川は後を追った、汗まみれになって。痩せがまんだと思った。思いながらも、後を追った――。

西川が入店したとき、学卒者は一人も居なかった。西川自身も最初は学卒者らしく扱われなかった。先代鈴木岩治郎が大阪などへ行くときには、駅まで送り迎えした。人力車の先に立って走るのである。

西川は、人生においても走るのが好きでない。

「人生は謂わば一つの長距離競走だ。焦る必要はない。平らな心で一歩一歩を堅実に。最初から力の限り走る必要はない。急げば疲労をおぼえ、焦れば倦怠《けんたい》を招き易かろう。永い人生だ。急いで転んでもつまらないよ」

などと、若い人に言ったこともある。

西川は湖北の郷里を思った。湖の藍と森の緑に包まれた静かな山里である。一里先には、中江藤樹の書院がある。軽い吃音《きつおん》ということもあって、将来書道で身を立てようと、一心に習字にいそしんだ時期もあったのに。

いまとなっては――。

このままでは、やがて高畑は直吉から離れて行く。

「工夫一番を要すべしと存居候」

「今少しく遣り方を工夫する必要があるべくと思ひ候」

だが、何が出来たというのだ。

社内組織の近代化を急がねばならぬ。何よりも一刻も早く株式会社組織に。

西川は、時間の足りぬのを感じた。


日曜祭日もない金子直吉。

たまに須磨の家に居て時間が出来ると、直吉は、寄宿させている学生たちのところへ出かけた。直吉は若い人材を愛し、二十人近い学生を養っていたが、彼は学生たちに相撲をとらせてはよろこんだ。神戸高商の相撲部には土佐出身者が多く、その連中もよく遊びに来た。若い日の久老人もその一人であった。

直吉は、ときには若者たちと海へ出、抜手を切って泳いだ。海の中で直吉は、土佐の血のよみがえりを感じた。二度と帰ることのない太陽と潮に満ちた故郷のにおいを嗅いだ。

直吉はまた、庭に飼っている二頭の熊のところへ出かけ、ひとり眺めているのが好きであった。かなり大きな羆《ひぐま》と日本熊。あるとき鹿が送られてきた。すると、羆は檻を破って襲いかかり、鹿を斃《たお》した。

夫婦生活は、淡々たるものであった。いや、直吉の妻徳は、無視された存在といってもよかった。

それは、いまにはじまったことではない。

徳は、直吉にとっては旧主である高知の紙屋傍士家《ほうじけ》から来ていたが、嫁いだときから、変則的な生活に馴らされてきた。直吉は、ただ一度も給料を持ち帰らない。半年間というもの、徳は実家からの仕送りで生計を立てた。直吉は給料を他につかったのではない。彼は結婚前までは給料としてとらず、必要な金額だけ、その都度、会計係から受け取っていた。

結婚後は月給をもらったが、それを机に置いて帰り、会計係が抽出《ひきだ》しにしまっておいてやる。直吉はそのまま忘れてしまう。その繰り返しであった。半年ぶりに新妻からそのことを言われ、気づいて調べてみると、直吉の机の中からは六カ月分の給料がそのまま出て来た――。

仕事一途で妻を顧みようともしない直吉。徳は、俳句をつくって自らを慰めた。句集『夏草』の中から幾つか。

大正七年

つつましき婢《ひ》を得て安し年の暮

大正八年

垣刈りて海見ゆる窓やつばくらめ

蔦《つた》青く生きて甲斐ある我なりし

蟬捕る児二階見上げて松に消ゆ

直吉の方針で息子たちは土佐に出されている。徳がわが子と暮せるのは、ごくわずかの期間だけであった。

大正九年

犬の子の又迷ひ来て育つ夏

涼む門に出逢ひし人と歩きけり

山荘や此の谷すべて櫨《はじ》枯るる

芥子《けし》咲くやめまひ癖あるわれ淋し

我が垣根よく犬捨つる秋の風

俳句のことについて話し合うこともない夫婦であるが、直吉もまた、句を詠む。

「大正七年十一月三日柳田富士松夫人の死を悼みて

此夏の米騒動に家を焼かれ尚我首に金を懸けて尋ぬるものありと言ふ、盲評恐ろしく永々柳田君の宅に居候と成り、のぶ夫人の厄介となる事二旬、誠に地獄で仏の恩あり。然るに今や夫人逝《ゆい》て真の仏と成る、豈《あに》無情迅速なるに堪へざらむ。今日は七七日の仏事に来会して霊前に合掌し一句を手向く

ベルの音も届かずなりぬ冬の門

十一月八日　　　　　　　　　　　金子再拝」

米騒動で半焼けとなった帳簿類を、支配人西川は、ばらしてメモに使った。それほどまで細かく気をつかった西川だが、そうしたことは、かえっていつまでも西川の心の負担となった。工夫一番、改革を急がねばならぬ。何とかしなくては——。

西川にとってただ一つの明るい出来事は、長女が県立高女に入学したことであった。その電話を受けたとき、西川は、「入った、入った」と、顔中を笑いにして、副支配人の森たちに言った。

西川の笑顔は、そのときだけであった。

正午になると箸箱を持って席を立つのが常だったのに、食堂の匂いに気分が悪くなった。便も黒くなる。胃腸によいと聞き、毎朝早く諏訪山《すわやま》の温泉へも出かけたが、その足もともふらつくようになった。

大正九年三月、胃潰瘍の診断で、きびしい食餌制限の下での静養生活を命ぜられた。

四月、西川は、店の幹部たちに書き送る。

「……昨今財界多事店務多端の際欠勤月余に亙り各位に御迷惑のみ相掛居候事不本意の至りに候得共饑餓《きが》療法の利き目は著《いちじるし》く四肢痩せ歩行さへ不十分に付残念ながら当分医師の差図に盲従する外なしと諦居候、尤も如此餓鬼道修養も無期限には有之間敷《これあるまじく》、来月にも相成候はゞ室内運動位は許され食糧供給も幾分緩和され可申《もうすべく》さすれば自然元気も復旧出勤時期も近かるべしと存居候

病臥当時より海外電報の往復コツピーは毎日店より取寄せ通覧致居候外、書冊乱読と

喫煙と日光浴を日課とし傍ら床間の掛軸と瓶花に心神を慰め漸く貴重なる日子を空費致居候次第、乍憚《はばかりながら》御安心被下度《くだされたく》茲に失礼ながら重ねて御礼を兼ね近況御報知申上度如此に御座候」

病状は一時は快方に向った。

このため西川家では、赤い水引をかけた内祝の品まで注文したが、八つ手も梧桐《あおぎり》も竹もひとしお緑を濃くした五月半ば、容態は急変、〈緑竹清々居〉の主は逝った。享年四十七。

電報は京城に飛んだ。

はじめての外地旅行に出た鈴木ヨネと若主人の一行が京城に着いた朝のことであった。

「代りがないからね」

気丈なヨネが、暗然として涙を流した。一行は直ちに日本へ引返した。同じ朝、直吉も重役たちを前につぶやいた。

「一晩中眠れなんだ。考えれば考えるほど悲しゅうなって。惜しゅうなって」

八つちがいの西川。誰よりも、直吉は西川を信頼した。一度はやめた西川を呼び戻し、三十代になって間もないのに支配人の椅子を預け……。その長男に西川の名をとって文蔵と名づけまでした――。

「是が為生命を五年や十年早くするも更に厭《いと》ふ所にあらず」

それが大戦景気に立ち向ったときの直吉の信念であった。だが、生命を奪われたのは……。亡びるべきは自分ではなかったのか。

直吉は、自らを西川の「未亡友人」と名のった。

西川の達者な筆跡を眺めて、

「梧桐の散り相もなき葉色かな

未亡友人　白鼠」

十四

一九六四年十月、東京オリンピック——。

国民的な昂奮は、バレーボール・ゲームに及んで頂点に達した観があった。日紡貝塚魔女チームの熱戦。何千万という耳目を集めたであろうテレビの画面に、わたしは屢々、取材で知った一つの顔が現われるのを見た。選手ではない。いつも微笑をたたえた、まろやかな感じの老紳士である。大会役員のしるしであるブレザー・コートをつけている。

その老紳士は、時には皇太子夫妻の隣席で説明に当り、金メダルが女子選手たちの首に掛けられるときは、にこやかに笑いながら介添役をつとめた。

控え目ながらも、老紳士はそのとき笑みを浮かべていた。日本チーム優勝の蔭には、この老紳士のほぼ半生を賭けた苦闘があったからである。日本のバレーボールを、この老紳士はいわば手塩にかけて育てて来た。

女子選手たちの栄光の蔭にあって、この老紳士の努力はほとんど世に知られない。だが、老紳士は、それで満足している。縁の下の力持ちの生活に馴れ切って来たからである。

もちろん、バレーボール界で老紳士の名を知らぬ人はない。国際バレーボール協会副会長、日本バレーボール協会会長。

その人は、日商の社長である（日紡ではない）。鈴木商店破綻後、その商事部門を引き継いだ総合商社である日商。金属・機械・繊維を中心に、扱い品目は、航空機から、食品まで。小児麻痺生ワクチン一千万人分の緊急輸入も行った。資本金七十億、年商四千六百億（昭和四十年）、社員三千五百、海外支店四十六。戦後、民間会社中、最初にニューヨークに進出するなど、金子直吉を偲《しの》ばせる開拓者的な面もあるが、鈴木商店時代の反省を生かして、経営は手がたい。

しかし、日紡とはちがい、バレーボールとは何の関係もないはずの日商の社長が何故――という疑問が残るが、このことについては後に触れる。

日商社長であるその老紳士の名は、西川政一。西川文蔵の事業上の後継者とも言えるが、血縁はない。旧姓は須原。丹波の農家から出て、鈴木商店の見習店員となった。しかし、ただのお茶くみではなく、夜学に通って英語をおぼえ、英文タイプも使いこなす才能を惜しんで、西川がその家に引取り、あらためて商業学校へ通わせた。

政一は、その商業学校を首席で押し通して大正九年卒業、神戸高商へ。鈴木商店における次代の高商派を約束されたところで、西川の死に遭った。

「時ならぬ悲風一陣の為に哀れ翠《みどり》の脩竹は突如倒れて復《また》起つことが出来ないのであつた。嗚呼《ああ》実に夢としか思ふことが出来ない。何で此れが事実として信じ得られよう。声咳《せいがい》は猶ほ耳朶《じだ》に響き、温容は猶ほ眼前に髣髴《ほうふつ》する。而も思へば幽明境を異にして永劫《えいごう》再び相見ることは出来ない。落涙滂沱《ぼうだ》諦めようとして諦め得ず。忘れようとして忘れ得ない、見るにつけ聞くにつけ、思出すのは唯在《いま》した時の事どもである……」（『脩竹余韻』）

政一は、哀切の念をこめて追悼録を綴った。

身近にあって誰よりもよく西川その人を理解してきたであろう政一だが、

「西川の死がなければ、鈴木商店の破綻は避けられたかも知れない」

という推測に対して、いま西川（政）社長は、次のような答え方をする。

「生きていれば、西川は早晩、発狂することになったかも知れません」と。

土佐派に、あるやり手の社員が居た。

鳶職《とびしょく》の親方の妾と通じ合うようになり、遂にその妾を奪って逃げた。親方は町の顔役でもあり、二人の逃げた先の宿を探し出し、やくざを連れて踏みこんだ。

そのとき、若い鈴木の社員は顔色ひとつ変えず、やり返した。

「ひとの部屋へ何しに来た。この女《あま》がそんなに欲しいんか。欲しけりゃ呉れてやる。持って行け」

その社員は直吉に登用され、鈴木傘下の事業の一つを任された。土佐派には、そういう一癖も二癖もある人間が多かったが、直吉は、使える人間は癖があるとばかり、彼等を愛した。「四天王」とか「竜虎八天狗」とか呼ばれる男たち。斬りまくる男たちを使いこなす——そこに直吉は総大将の気分を感じていた。

キャリアのちがいのせいもあったであろうが、当時、社内に於ける重要なポストは、多く土佐派によって占められた。高商派は外国語が必要な貿易部門、それに外地支店長のポストが精々のところとされ、内地支店では支店長が土佐派で、高商派は副支店長どまり。

金子直吉は、大正七年以後二度と土佐に帰らなかったが、その心の隅では、潮と太陽のにおいにむせぶ南国の空気が煮つめられ、あの土佐の浜に見た人々の手が磯巾着《いそぎんちゃく》のように貼りついていたようである。

鈴木の社内では、何かというと、「郷土」「郷土」という声が出、土佐言葉を使わないとつき合わないという風まで生じた。

土佐から一躍、世界を相手に。

眼をみはらんばかりに鮮かに飛躍したはずなのに、その本拠で「土佐」は却って色濃く根を張ることになったのだ。

「土佐派と高商派とは、はじめッから融け合わなかった」

という声もある。

高商派は、土佐派相手に萎縮したのではない。話せる相手ではないと見、そうした土佐派を眼中に置かずという気概があった。

「われわれは海外で。あいつらは内地で茶屋酒でものんでればいい」

高商派とか近代派とか言うと、わたしなどは、とかく白皙《はくせき》で線の細いインテリを連想してしまうのだが、当時、鈴木商店における高商派は、土佐派に劣らぬ猛者《もさ》揃《ぞろ》いであった。土佐派が国内相手の暴れん坊なら、高商派は世界を相手の暴れん坊であった。

たとえば、高畑とは神戸高商同期（明治四十二年卒）のU。

「商売の神様」とまで言われたUは、大戦勃発当時の輸出部主任であったが、

「三井に負けぬようにやるには、普通の方法ではいかん」

と、離れ技を考え出した。

買付けた物資をイギリスで売るのに、船積みの際、ロンドンの高畑宛でたらめの荷為替を組む。高畑はこれによって金融をつけるが、売り先はまだきまっていない。わざと売り先を探さないのだ。

船が四十日余かかってジブラルタル沖を廻り、いよいよ二、三日後に英国に着くというときになって、はじめて売りのオファを出す。何十日後に着く荷とはちがい、眼の前にその荷が来ているのだから、英国商人は争って買いに出る。このため、普通なら二分三分の利益のところを、二割近い純益を上げた。そうして、この離れ技が、やがて鈴木商店のお家芸になる。

Uはその後、西川の片腕となって北海道の青豌豆《あおえんどう》や満洲大豆の買付けに華々しく立廻

った が、同時に遊びも派手になり、芸者買いや料亭での居続けが目に余った。

西川の信頼は、ゆらいだ。そして、権限以上に北海道で買付けをしたことを理由に、大正五年、馘首《かくしゅ》された。

折から豌豆の相場は下落を続け、横浜支店副支店長からその後任に命じられたSという男は、Uの残した厖大《ぼうだい》な買付けに蒼くなった。ほぼ百万円の損失が見込まれたからである。だが、Uはその後任者Sに、智慧を授けた。

「相場が直るのは近い。箱根の温泉宿にでも閉じ籠り、芸者を抱いて山猫のように寝て居れ」

Sは塔ノ沢の宿で、その通りにした。

芸者を抱きながらも、その眼には大きな算盤が浮いて見えた。本店からは「何をしているのか」と、矢の催促。それでも、そうして一月半、山猫生活を続けている中に、Uの予想通り相場は立ち直り、売り逃げることができた——。

この種の話は、U一人のことではない。高商派には、幾人もそうした勇将が居た。

Uより更に三年後の明治四十五年には、神戸高商から一挙に七人という大量の入社があった。内訳は、首席をふくめた優等生四人、運動選手二人、土佐出身一人。鈴木商店の中核となるべき戦力であった。

その一人一人の行方を追うことによって、高商派の意味を探ってみよう。

まずY——。

高商入学から卒業まで首席で通した秀才。校長から抜群の推薦状付きで入社。他の同期入社の者の倍額の初任給を与えられた。Yには秀才を鼻にかける傲慢《ごうまん》なところがあり、同窓生からは総スカンをくった。

だが、結果的にはその差別が刺戟になったようで、他の同期生たちが奮起し、三、四年後には同じレベルになった。

頭の回転の早いYは、やがて鈴木商店という枠がもどかしくなり、飛び出て鉄材商を開き、大戦景気に乗って、同期の誰よりも早く百万円という財産をつくったが、また誰よりも早く破産、自殺した。

I——。

東京支店副支店長当時、各製糖会社などからツケ届けをもらい過ぎ、またIの方からも要求していたことがわかって、香港支店長への辞令を貰いながら、出国直前取り消し、馘首された。

一説によると、土佐派である支店長クラスが、高商派の副支店長に権限を持たせて派手に立ち廻らせ、柳橋や新橋の金田中あたりへ出入りさせる。副支店長は芸者買いをおぼえ、相場にも手を出す。自然、贈答品を歓迎するようになる。土佐派の支店長は、そこまで黙って見ていた上で、ここぞと思うと、いきなり斬奸状を突きつける——その手口にひっかかったのだと言う。

T——。

これもよく働く男であったが、ジャバ支店長当時、前述した高畑の買思惑によるロンドンへの砂糖輸出の波に乗った。T自身も思惑に手を出し、もうかれば自分のポケットに。その結果、当時の金で二十万円（いまの金にすれば五百倍として一億円）の私財をつくった。

ニューヨーク支店長に栄転したが、その金で、神戸の裏山に数十万坪という土地を買った。神戸の急膨脹による土地ブームを当てこみ、それを分譲転売するつもりでニューヨークに土地会社を起した。Tはその土地を陸地測量部の地図だけによって買ったが、それは川や谷をふくんだたいへんな急斜面の連続で、見に行った連中から、「猿も通わぬところ、馬鹿もいい加減にせい」と聞かされ、見に帰ってびっくりする始末。関係者の中から自殺者まで出て、それまでのことが表面に出、鈴木を退いた。

K——。

土佐出身の好人物。神戸製鋼所に配属。「神さま」と渾名されるほどの品行方正の青年で、その点を見こまれ、製鋼所支配人の媒妁で某社会運動家の令嬢と結婚することになった。結婚前夜、仲間たちが後学のためにと、Kを遊廓へ連れ出した。初心のため何の用心もせず、このためその一回のことで病気に罹《かか》り、たちまち花嫁に感染。花嫁が泣いて実家に帰るという事態になった。

品行方正という触れ込みであっただけに、小心なKは居たたまれず、家を出て、行方をくらました。

仕事を転々と変った末、最後に川崎に出、日本鋼管で氏名経歴を偽り、平職工として働いた。だが、英語がわかったりするところから、おかしいというので身許を洗われ、競争会社である神戸製鋼の青年社員と判った。今日で言う産業スパイというので一悶着起り、私文書偽造で告訴されそうになった。不運がついて廻ったわけだが、後に鈴木傘下の子会社に復帰した。

櫛の歯の欠けるように脱落して行く高商出身者。西川は、苦しい立場に置かれた。高商出身者の採用に誰よりも熱心であった西川。直吉を説いて、高商に寄附し、教授の洋行に餞別を包みまでして、高商からの人材を確保したつもりであったのに。

だが、西川は、だからといって、高商出身者を見棄てはしなかった。目にある場合ははほとんど無警告で容赦なく首を切る一方、鈴木商店の近代化のためには、学卒者の採用以外にないと見て、高商派をたしなめ鞭打ちながらも、陰に陽に高商派の擁護に廻った。

社内の自由な空気と、若手への大幅な権限の委譲――それは、若手を甘やかしもするが、鈴木商店を伸ばすには、それ以外にない――。

ふたたび七人の高商派の行方を追おう。

Ｏ――。

秀才。とくに英語の力がすばらしく、高商の教授の椅子を約束されていたほどで、ひとの三倍のスピードで、見事な英文を書いた。それだけに、才能には自信があった。

社の寮に起居していたが、朝、出勤時間も迫って、舎監が起しに行くと、

「安眠妨害するな」

と、どなる。

（おれは、おれだけの仕事をしている）との気概あってのことだが、出勤はいつも十時過ぎ。そして五時になると、ステッキをついて、さっさと帰ってしまう。

あるとき、大阪支店へ手伝いに出された。中之島にあるホテルの前を通ると、洋食のいいにおいがする。Ｏはそのままステッキを振ってグリルに入り、さらにバーでカクテルをのみ、ダイスを振った。彼なりに外国気分を満喫したのだが、かなりの出費であった。

Ｏがその請求書を本店の会計へ持って行くと、

「旅費規定を大幅にオーバーしているので、受付けられぬ。給料から差引く」

と言う。日野会計主任の命令である。

そのことを聞きつけると、七人の侍は団結した。「日野の杢兵衛《もくべえ》、何言うか」というわけで、「よろしい、差引いてくれ。ただし、今後は我々のクラスは絶対、出張に応じない」と、会計主任に食ってかかった。そして、このトラブルは、総支配人西川の登場で幕となった。西川は言った。

「わしが印を捺そう。今後きみたちは、旅費の清算に及ばぬ」

S——。

高商派は、若いながらに力があった。

Sは先輩のコネクションを生かし、種々画策した末、満鉄から撫順《ぶじゅん》炭鉱の石炭の一手販売権を獲得した。鈴木商店としては、たいへんな利権である。

東京で調印があり、その後、満洲からやってきた満鉄の係員を接待した。現金を渡すのは弊害がある。それより、東京十五区の花柳界を全部遊び廻ろうということになった。永らく内地の土を踏まぬ人への何よりの接待と見たのだ。

宿舎であるステーションホテルのボーイに計画を立てさせ、車を用意させて、ある晩は浅草へ、ある晩は馬込の砂風呂へ。三十日間、毎晩、芸者買いをした。

その勘定を東京支店では黙って支払ってくれた。

だが、神戸の本店へ戻ったSは、支配人室に呼ばれた。西川が苦笑しながら手紙を突きつける。

「こんな手紙が東京の支店長から来ているぞ」

読んでみると、「本店より色情狂来る」と書かれた長文の手紙で、毎夜の行状が細かく報告されている。

Sは、体中が熱くなった。

「こちらはまだ二十代。支店長がこんな手紙を書くぐらいなら、一言注意して下さってもよかったのに」

だが、Sが口を開く前に、西川が言った。

「あまり派手なことをするなよ。病気になったらどうするんだ」

西川はまた、Sが成績を上げながらも、逆に金に不自由しているときなど、すかさずポケットマネーを呉れた。それも、Sがトイレに行って用を足していると、後から入って来て横に並びながら、そっと五十円をポケットに入れるというやり方である。

「それがたのしみで便所へ行った」

とまで、いまS氏は言う。

「いい人です、えらい人です。西川さんのためなら、水火も辞せずと思いました」

これは相対的な問題であるが、そうしたSから見れば、金子直吉は遠い人である。

「西川ほどはえらくない人」でもある。二十五歳のとき、Sはその才能を見込まれ、金子直吉の秘書になった。朝早くから夜遅くまで来客は続く。朝寝の癖のついてるSには耐えられない。

直吉は、来客の話に「え、そう、え、そう」と土佐訛で一々相槌を打つ。それがSには、いい加減にあしらうだけで、少しも耳を傾けていないように見える。

客が帰ると、直吉は、

「あの人がどういう用件で来たか知っとるか」

と訊く。Sとしては「あほらしゅうて仕様がない」という気になった。そして、夜更けになると、抜け出して芸者買いに走る。

二週間で、秘書はやめさせられた。直吉を絶対視する土佐派では、考えられないことである。西川は、Sたちをただ甘やかしていたわけではない。高商派こそ鈴木の新しい戦力と信じていたし、さらに西川自身、日常の仕事に於て、彼等を手兵にして使う必要を感じていた。

Sがまだ二十三歳のとき、突然、西川から岡山県の笠岡へ除虫菊を買いに行けという命令を受けた。

「できるだけ派手に散財せよ。ただし、夜九時には定期電話を掛けて来い」

たっぷり小づかいをもらった。

Sは笠岡でその指図通り、除虫菊集荷業者を集め、田舎芸者を総揚げして騒いだ。そして夜九時、別室に入って西川へ長距離電話を掛ける。

「いくらいくらで百貫集まります」

「いや、それより高くてもいいから、二百貫集めろ。百貫ならやめろ」

骨折って集荷の見込みをつけ、翌日夜、

「二百貫集まりそうです」

「値は高くなってもいいから、五百貫集めろ。それ以下なら要らぬと言え」

毎夜そうしたやりとりの連続で、業者相手に景気よく買付けのオファをしながらも、一度として買わせてくれない。

そして五日目、だしぬけに「もういい。帰れ」との電話。けげんな思いで神戸へ戻ると、西川はにこにこしている。Sの派手な振舞が続く間に、除虫菊相場は騰貴し、それにまぎれて鈴木商店は、それまでひそかに買占めていた除虫菊を売り逃げてしまっていたのだ。江州人西川には、そうした商才もあった。さらに大正五年、Sが大連支店副支店長のとき、西川から、

「いかなる手段を講じてもよいから、年末までに二十万円の現金を送れ」

との電信を受けた。好景気とは言いながらも、資金管理がうまく行っていなかったのであろう。金融資本との結びつきのない鈴木商店では、そうした形で突発的に運転資金に窮することがあったとも見られるが、それとも直吉一流の軍資金を必要としたのでもあろうか。

ともかくSは独断で、その要求に応えた。石油罐に水を入れ、豆油ということにして満鉄倉庫に預ける。そして、豆油の倉荷証券を発行してもらい、それを銀行で割引いて

二十万円つくり本店宛に送金した。

西川さんのためなら――。

直吉が土佐派の肩を持ったとするなら、西川はそれと同程度に高商派の肩を持った。幸い西川の柔和な性格は、土佐派の怨みを買うことがなかったし、直吉の後継者として批判を越える位置にもあった。そして西川自身、社内の融和には気をつかっていた。意識して風波の起るのを避けた。それは妥協の連続と見ることもできる。

高商派の中には、高畑をはじめ、西川の生き方をなまぬるしと見る者もある。自説を主張し切らず、いつも最後には直吉に歩み寄ってしまうと飽き足りなく思う。むしろ、高商派を率いて直吉に当る気概が欲しいと。

だが、西川は派閥をおそれた。西川は、派閥を固めるより、若い渾沌《こんとん》を選んだ。高商出身の不心得者は容赦なく整理した。高商出身で西川をさし置き、ことごとに直吉に接近する者が現われ、高商派内にも冷たい対立が生れたが、西川自身はそれを問題とせず、西川の居ることで、その対立も表面化しなかった。

西川のおかげで、渾沌はそれなりのレールを走っていた。鈴木商店内部の微妙な均衡は、西川という一点の支えの上にのっていたのである。

その西川が死んだのだ。

話をSに戻そう。

大正六年、Sはサンフランシスコ支店長の辞令をもらった。だが、相変らず派手好きなSは、出発前に、旅費・支度金などを全部のんでしまって、発《た》てなくなった。

さすがに西川は怒った。

「おまえの椅子を取り上げる」

あてどもなく本店へ出て来るSに、ポストももちろん、文字通り椅子も与えない。支配人室に入っても、「椅子に腰掛けるな」と言われる。

Sは仕方なく、紙屑籠に吸取紙を重ねて椅子代りにし、総支配人の机の横にちょこんと坐った。朝出勤してから、夜八時九時、西川が退社するときまで、そうして毎日、横から西川を眺めている。忙しい西川だが、時々葉巻をふかし、そんなとき、視線が合う。

西川は苦笑して、

「まだ坐ってるな」

「辛抱比べをしましょう」

西川は追い出しもしなかったが、今度は助けも出してくれない。そうした奇妙な生活が一カ月も続いた。その間に、直吉は東京で重大な注文を受けてきた。Sは新しい任務につく。

その先、S氏の口からは、米騒動の原因についての意外な証言が飛び出て来た。

十五

S氏の証言は、次の通りである。

西川総支配人の机の横で、紙屑籠に腰を下ろし、毎日毎日為すこともなく、ただ西川の顔を眺めていたSに、大正七年（？）の十一月であったか、ある日、ふいに西川が新しい任務を言いつけた。

英国政府の注文による小麦粉四百五十万袋（約十万トン）を極秘裡に買い集め、スエズまで送るという仕事。穀肥部の篠原が買い集め役、永井がロンドンの高畑との連絡役、船舶部のAが船舶のチャーター係、そして、Sが輸送および現物引渡し役をやれというのである。

取引のスケールは大きい。受渡し場所は、スエズ運河の中央、軽便鉄道の起点であるカンテラ。値段は、そのカンテラ渡しで一袋英貨一ポンド（日本貨幣で十円）。

当時、日本内地の小麦粉相場は、一袋二円九十銭であり、日本から目的地までの運賃・保険料は十分に見積ったとして三円どまり。ということは、一袋につき四円の利益が予想される。四百五十万円の商いで、百八十万円の利益が上るというわけである（今日の物価を、その五百倍として、九億の利益。S氏の二度目のメモでは、一袋六円の利益と計算し直して、二百七十万円、十三億五千万の利益とある）。

ただし、それは、小麦粉の買入価格を時価で計算した上でのことだが、十万トンという大量の買い集めにかかれば、当然、その価格は騰貴し、利益はそれだけ大幅に減少することになる。小麦相場がどこまで騰るかわからぬという不安――英国政府が一袋十円という一見破格の値段を持ち出した理由もそこにある。

さらにまた、英国ではそれほどまでに食料の逼迫《ひっぱく》に苦しんでもいた。とくに、地中海方面、トルコ戦線からマルタ島にかけてイギリス軍は極度の食料不足に陥っており、一、二カ月の中にそれだけの量の小麦粉を補給せねばならぬ羽目にあった。

七つの海を支配していたイギリスの商社や船会社に、その力はなくなっていた。しかも、ドイツのUボートや巡洋艦エムデンが印度洋あたりにまで跳梁《ちょうりょう》しており、海上輸送は危険にさらされている。だいいち、船の調達も容易ではない。

（たとえ一袋十円を払っても――）

それほどまでに英国政府は困り、日本の一商社の力をたよりにして来たのでもあった。

この話は、はじめ加藤高明（？）を通じて三菱商事へ持ちこまれた。

しかし、三菱商事では、一、二カ月の中に十万トンの小麦を買い集めるとなれば、食料品の値上りを招き、国民の恨みを買うおそれがあるからと、辞退し、

「神戸の鈴木商店の金子なら、やるかも知れぬ。何しろムチャをやる男だから」

ということで、金子直吉が東京に呼ばれた。直吉は即座に、独断で引受けた。これが、事件の発端である。

当時、小麦粉は売手間の競争がはげしく、営業諸雑費を計算すれば、利益がゼロに近いことさえあったが、金融上のからくりの関係から、各特約店が地方問屋へ現物だけでなく一カ月先物・二カ月先物までも売買し、アメリカの小麦相場の騰落に準じて投機的に値段が左右されるようになり、限られた範囲内ではあったが、今日の小豆相場のような動きが見られた。

思惑の対象になりやすかったのである。それだけにニュースに敏感であり、十万トン買い集めの件が漏れるか漏れないかは、取引の死命を制することにもなる。

西川は、厳命した。

「親子兄弟にも、一切漏らしてはならぬ。極秘の下に、この契約を完了せよ」

鈴木商店の重役でも、この取引を知っているのは、直吉と西川だけ。他の重役は聾桟《つんぼさ》敷《じき》に置かれた。

「重役諸公の相手になるな。勝手にやれ」

とも言われた。

任された四人は、いずれも選り抜きの高商派で主任クラス。ただ、年齢は、永井の三十三歳を最年長に、Sの二十八歳が最年少という若さ。

四人は、勇み立った。

まず篠原は色情狂になったと称して、三階の一室を占領し、そこに、中国人の妾をしていた美人交換手といっしょに閉じこもった。女は、長襦袢に伊達巻姿。太股まであらわにして、接吻したり、じゃれついたり、とても、外部の者の近寄れる空気ではない。

柳田重役の耳にそのことが入った。

細かく倹約を説くのが得意で、電灯の笠に埃がたまっているかどうか見て廻ったりする柳田は、風儀をみだすものと激昂し、いきなりその部屋に入ったが、あまりの有様に物も言えず、そのまま引き返す始末。

篠原にはもともと女好きのところもあったが、知っていての色気違い。それが朝から晩まで続き、その間に電話で次々と買いの指令を出した。それも、武井商店・竹内商店というブローカーを使い、鈴木の名は一切、表に出さない。

三井物産・湯浅商事はじめ各商社は、この手口にひっかかった。武井や竹内が買うのならと、盛んに売り浴びせて来た。いまに買い資金が尽きると見たのだが、一向にその気配はない。むしろ、ますます腰強く買いに出て来る。最後には、二円九十銭のものが七円八十銭にまで騰った。

先物で売って来ていた商社側は、音を上げた。それだけ騰貴した小麦粉を、とても現物で揃えて引渡すことはできない。罰金を払うから解合ってくれというので、神戸の店だけで三井物産から四日間で二百七十万円せしめたこともあった（前述したように、八百屋の店頭まで商社筋が小麦粉を買いに来たというのは、このころのことであり、遂には議会での問題にもなった）。

永井は、ロンドンの高畑との連絡に当った。ひとを使わず、ひとりタイプライターの音を立てるだけ。紙屑はすべて焼却した。

船舶部のAは、傭船《ようせん》に大童《おおわらわ》であった。

十万トンを輸送するためには、少くとも一万トン級十二隻の手配をせねばならぬ。それも行先は明示せず、チャーターしようというのである。十二隻もの船がまとまって鈴木商店のために動くとあれば、世間の関心を惹《ひ》く。

Aは苦心した。その結果、第一船には、井手丸という船齢四十八年の老朽船を仕立てることにした。遠洋航海に耐えるかどうか危ぶまれるような船であったが、それだけに世間の眼をごまかすことができると踏んだのである。

計画は着々と進行した。

若い四人は、その進行状況について、何ひとつ重役に報告しなかった。直吉や西川もまた、任せた以上、一言も干渉しない。

資金の手当てについては、外国銀行宛の AUTHORIZED EVERYTHING, DO YOUR BEST という無条件の信用状が与えられており、彼等がサインして書類を出しさえすれば、いつでも要るだけの資金が出た。

輸送担当のSは、明石海岸の料亭に陣取って、予定船舶に対する積荷の配分、重量トン数の計算、寄港地での薪水補給の準備など、さまざまの手配に追われていた。

折も折、Sには縁談がまとまった。

しかし、Sは第一船に乗って行って、現地での受渡しに立会うことになっており、大戦中のことであり、いつ帰国できるかわからない。それでもと、忙しい最中に結婚式だけは挙げた。

その披露宴の席上、Sは一年以上別居生活をすると、まだ十六歳の新婦に話した。Sはすぐにでも門司に赴き井手丸に乗らねばならぬので、もちろん新婚旅行の暇もない。

そのとき、総支配人西川が助け舟を出した。下関までの一等寝台車の旅を新婚旅行代りにしたら、というのである。西川は、六人分の料金を払って、豪華な展望車兼用の一等寝台車一輌を借り切り、そこに新夫婦を乗りこませた。

Sは感激して新婦を従え、神戸駅を発った。

だが、その西川の親切も、無駄になった。

服装もあまりぱっとしない若い男が、巨額の金を払って一等車を借り切り、女を連れて乗りこんだというので、車掌が警戒心を起した。

(拐帯《かいたい》犯人で、途中、自殺でもするのではないか)

車掌は、ほとんど三十分毎に巡回して来た。極秘という建前であるから、「これこれこういう者で――」と、事情を打ち明けるわけにも行かない。とうとう、何事も為すところのないまま、下関へ着いた。

すでに井手丸は着岸していた。周囲の眼をくらますための六千トンの老朽船。ドイツ潜航艇のことなど考えれば、あるいは死出の旅となるかも知れぬ。Sは稚い妻に出帆を見送らせる気にはなれず、そのまま大阪の実家へ送り帰し、仕事にとりかかった。

「シンガポールへ着いたら、芸者買いでもして、この埋合せをする」

本社への電話のついでに、つい、そうした愚痴もこぼした。老朽船井手丸は、台湾海峡で時化《しけ》に遭い、危うく沈没しそうになったが、それでも危機を脱し、遅い船足ながら、目的地であるスエズ運河中央のカンテラ村に辿り着いた。

着くには着いたが、そこは村とはいうものの、まるで無人の里であった。砂漠の上に三つ四つテントがあって、十人あまりの兵隊が居るだけ。荷揚げしようにも、人夫も居ない。

「荷役不可能。委細、英国政府ト交渉セヨ」

Sはロンドンの高畑に電報を打つと、独断で船長に命令し、船をポートサイドに向けた。

井手丸に続き、やがて、第二船第三船と到着し出した。その中に、別の問題が起った。門司港での莫大な量の小麦粉の積込みに当って、密かに抜荷をする者があったのである。三回にわたって数取りしていたはずなのに、百袋ほども抜かれている船があった。

日本へ調査を頼んだが、間違いないとの返信。Sは困惑したものの、荷受けに来るのは、英国陸海軍の将兵であり、彼等に適当に金貨をやり、予備用の空袋を渡してやることで話がついた。

その資金は、積荷の際に緩衝用に入れる板片や莚《むしろ》を売ることでまかなった。現地は食料だけでなく、燃料も甚だしく不足しており、そうした板片などが一船で一万円にも売れたりした。復航途中で海に投棄すべき物から、金を生み出したのだ。

いずれにせよ、鈴木商店チャーターの十二隻は、英国政府の要求通り十万トンの小麦粉を無事、英国軍の手許に送り届け、その食料危機を救った。四百五十万袋の注文に対し、現地英国軍から受け取った領収書の合計は、四百五十一万袋。

荷渡し完了の報せに対し、本社から電報が来た。

「汝の功績を認め、四万円を送る。その金でパリに滞在し遊んで居れ。ただし、平和が回復したら、真先にドイツへ入れ」

といういかにも鈴木商店らしい指令である。

Sは考えた。

(戦争はいつ終るかわからぬ。そのときまでパリで遊んでいたのでは、体を潰してしまう。四万円あれば独立できる。内地へ帰って一旗挙げよう)

Sにしてみれば、鈴木商店という枠を離れれば、もっともっと思い切った儲けが出来るという自信があった。

Sは社命に背き、パリにではなく、日本向けの船に乗った。日本を出て、ほぼ八カ月経っていた。

船が台湾の基隆《キールン》沖を通りかかったとき、S宛に無電が入った。

『ホンテンモブニヤキウチサル」ナンジノシンペンキケンナリ」ソウトクフノイシイノホゴヲウケヨ』

神戸高商時代の旧友である石井光次郎が、台湾民政府長官の秘書をしていた。しかし、Sはそのまま日本に直行した。

神戸に帰り、本店の焼跡に立った。西川が居た。

帰国の報告を済ませると、Sは手を出して言った。

「四万円下さい」

西川は、その手をたたき落した。

「この惨状がわからんのか。すぐ跡始末を手伝え」

Sは心に思った。

(いまに四万円取ってやるぞ)

それから半年間Sはネコをかぶっていた。

たまたま薄荷の買占めを命じられたとき、Sはブローカーを使い、こっそり鈴木相手に売りに廻り、半年間に百万円という金をつくった。

それを機に、Sは退社を申し出た。

「これまで働けるだけ働いたんだから」

と、西川は引き止めなかった。

「おまえは、荒削りの大黒さんだ。敵が多い。高畑や永井ともうまく行かんし、野へ出て勝手にやった方がおもしろいかも知れん。おまえなら、一生食って行ける」

Sは、「反感を感じ、うまいことやってやるぞ」ということになったのだが、直接、この小麦粉輸出に関連して、Sが心外とした二つの点がある。

第一の点――。

鈴木商店の社員、それも中堅以上の者の中に、うすうす、この小麦粉輸出を感知した者があった。といって、小麦粉に手を出してはまずいと、米相場を手がけた。

それがよく当り、いい小遣い稼ぎになる。鈴木商店自体としては与り知らぬところだが、相場に手を出す者が本支店にひろがった。

帰国したSの耳に、「あいつはナンボもうけた」「こいつはナンボや」という声が聞える。自動車を買って会社の近くへ乗って来る者もあれば、りっぱな家を新築した者もある。同じ仲間であった船舶部のAも、その一人であった。

Sが心外とする第二の点――。

十万トンという大量の小麦の流出に当って、Sたちはそれだけ内地の食料事情が悪くなるのを見越し、復路の船腹を利用し、たとえ製菓原料・アルコール原料にでも構わぬから、ラングーン米を輸入するという計画を樹てた。

ところで、Sが帰国してみると、その米が少しも陸揚げされていない。ラングーン米を積んだ船は、門司で薪水を補給するなり日本を素通りし、アメリカのメキシコ湾岸ニューオルリンズに向い、ドイツ系スパイの手を通して敵国ドイツへ送られていたという。

Sは外務省へ呼ばれ、

「おまえ、スパイに売ってどうするんだ」

と、永井に代って問責された。

メモによれば、「さすがは学校出のインテリ。国民社会に迷惑の掛け放しは良心が許さぬ。帰りの船はラングーンに寄港せしめてラングーン米を買付け、せめてアルコール用・製菓用の日本内地の需要に応ずることにしてやろうと、ちょっぴり愛国心を燃やした」Sとしては、心外なことであったが、ただ知らぬ存ぜぬで頭を下げ通した。

これは、重大な問題提起である。これまで問題にしてきた外部からの断罪とはちがい、鈴木商店内部からの有罪論である。わたしは、S氏について、なお詳しく訊ねることにした。

七十五歳というS氏は、自らも「記憶がバラバラで」と言われる。時間的経過や金額などについて二回にわたって示されたメモの間に齟齬《そご》もあり、その数字の妥当性について小首をかしげたくなる点がないでもない。

たとえば、事件の発端は、最初、「大正七年十一月、加藤高明（?）を通じて三菱に」

とのことであった。加藤高明と三菱という結びつきは明らかであるが、この時点に於て加藤は野党の立場にあり、政府を代表して英国政府から交渉を受けるという位置になかったと考えられる。

次の疑問は、三菱がこの商談に対して、「国民の怨嗟《えんさ》の的になるような商売は御免」という理由で尻ごみしたという点である。

S氏は、それを三菱と鈴木商店との対社会的観念の深浅によって論じられたが、その成長の跡をたどってみれば、三菱の手は必ずしもきれいであったとは言えない。利潤追求を建前とする企業が倫理的考慮を先行させるとは思われないし、時期的にもちょうど新米の出廻りはじめたときであり、食料不足の心配などを考えてもみられなかったころである。一企業が、政府にも世論にも先んじて、そこまで深く憂え遠慮したというのも、納得できない。

それに、企業の社会的使命という点を持ち出すなら、同盟国であるイギリス軍を食料危機から救うということは、極めて愛国的な仕事と言うこともできたはずだ。

第三に、一度は商談を持ちこまれた三菱側が、鈴木の小麦粉買集めに際して、一切その商談を耳にしなかったかの如く、秘密を漏らすこともなく、ただ拱手《きょうしゅ》傍観していたという点が不自然に思える。

この点についてS氏は、

「おそらく三菱の社内では、ノー・タッチ・アト・オールという箝口令《かんこうれい》が出ていた。鈴木が間髪を容れず気違いみたいにやりかけたが、いったいどんな風に買いつけるか、どんな方法で送るのか、お手並拝見ということで黙って見ていたのでしょう」

秘密を知らぬ三井が、その商戦に巻きこまれてにがい目に遭うことになるのだが、

「三菱は三井と仲が悪かったから、知らん顔を押し通したんでしょう」という解釈。

鈴木商店の社員が米相場に手を出したか否か、どの程度に手を出したか、ということについては、いまとなっては、たしかめようもない。直吉が相場を禁じていたからといって、相場の波の中で生きている鈴木の社員たちのことである。小遣い稼ぎを試みる者があったとしても、おかしくない。

鈴木商店は、おそらく各商社の中で最も多くの自由を若い社員に与え、それによって伸びても来たのだが、波に乗れば乗るほど、自らの商才をたのみとする者は、組織の中での限られた仕事に飽き足りなくなる。相場に手を出し、遂には相場にとらえられる。高商派のやり手の幾人かが鈴木商店から脱落して行ったのも、そのためであろう。

そうした動きを、総支配人西川はどう見ていたのであろうか。

「西川さんは、もちろん相場はやらぬし、社員たちのやっていることも御存知なかった。忙しくて、とてもそこまでは見切れない。朝、外国電報に目を通し、解読された暗号を読むことからはじまって、金子さんの部屋への往復、主任以上の統率と、気の毒なほど多忙だった。プライベートな時間といえば、ごくたまに骨董屋の播半《はりはん》を呼んで話されて

いるときぐらいだった」

ラングーン米の行方について。

ドイツのスパイに売ったという証拠は、どこにあるであろうか。

——アメリカに於けるラングーン米の荷受人は誰であったか。

「荷受人なぞ知らない。知っとるのは、永井君だけ。ところが永井君は、知らぬ存ぜぬだ」

——ニューオルリンズでの行方は。

「岸壁の倉庫に納めたんだろう。そこでおしまいだ」

——しかし、それだけでスパイによってドイツへ転送されたということには。

「ピーンと頭に来た。……だいいち、アメリカの人がラングーン米など買いこむはずはない。アメリカ人は食べませんよ。しかし、食うや食わずのドイツ人なら……」

——それは一つの推理でしょう。事実関係は何か。

「事実あったんだ。通信部の書類を見た。見ればすぐわかる。サンフランシスコの市長の名前など出てた。これがドイツ系の人間なんだ」

しかし、ドイツ系だからといって、スパイだとは……。

S氏の証言は、もともとS氏の方から「永井幸太郎執筆のパンフレット等は、事実を曲解せしむる」という注意とともに、進んで寄せられて来たもの。その好意に対して失礼とは思ったが、わたしは問いを重ねた。少しでも真相を明らかにしたい。少しでも事実関係に即した証拠が欲しい――。

――永井氏しか知らぬことなら、なぜ、あなたが外務省で叱られたのですか。

「永井君は頬かぶりで通した」

――外務省はどういう根拠からスパイ説をつかんだのですか。

「……世間が騒ぎ出したからだろう」

わたしはふっと、デンマーク船による米の積出しに関して朝日の誤報事件を思い出した。そのこととの混同はないのか。

――外務省のどういう部局へ呼び出されたのですか。

「おぼえていない」

――担当官の名前でも。

「こちらは一方的に叱られただけだ。おぼえようもないな」

S氏は、眼鏡をかけ、痩せた小さな体。ネクタイをいじりながら語る。ちょっと神経質と見た。

強度の不眠症ということであったが、それでも、子供のようにコーヒーのお代りを催促して、柔和な感じの老夫人にたしなめられていた。異様な新婚旅行に気も動顚していたであろう当時十六歳の花嫁である。すでに五十年近い歳月が流れている。

S氏の邸は、目黒に近い閑静な住宅街にある。通された洋間は、かなり広い。古き佳き時代の商社員の生活の跡を思わせる年代の経った革の椅子。それだけに、がらんとした感じでもあった。老夫婦二人だけの住いなのか。いまは何をして居られるのかは知らない。

それにしても、S氏の人生はおもしろい。鈴木商店を退職するに当って、S氏は、永井に切り出した。
「退職金は要らぬ。その代り商売でひともうけするまで面倒をみてくれ」と。当時、安東県の大豆油は緑色がかって食用に適さないとされていたが、三井物産がひそかにドイツへバター材料として送っているのに目をつけ、三井の二割高でこっそり買占め、それを永井を通して鈴木商店に持ちこみ、ドイツへ転売させた。

一儲けしたところで、ある夜、元町の本屋で何気なく『戦後の大恐慌』という本を買った。感じるところがあった。一度商売をやめようと思い、売ったところは買戻し、すべての取引は手じまいし、儲けは全部銀行預金にした。

ポインターの小犬を買って、毎日六甲山へ連れて行く。麓を走る阪神電車などを見下ろしながら、「芋虫どもは、下界で何をしとる」と、登山者相手にザル碁をたのしんだりした。

その後、水平社にもぐりこみ、ゴム靴の材料にカーボン・ブラックが用いられるのに目をつけた。全財産を投じて、日本中の在庫を買占め、外国商社からの販売権も握る。

それから後は、値段は意のままである。大儲けしかかったが、身内から裏切る者が出て挫折した。

次には、横浜の茂木財閥に迎えられる。薄荷売買の顧問役ということであったが、腕を発揮するより先に、茂木が没落してしまった……。

こうした高商派もあったのかという思いがするが、当時としては、とくに珍しいタイプでもなかったであろう（こうした高商派だから、鈴木に居着けなかったとも言えるが）。商売の勘だけをたよりに山から谷へ、谷から山へと。波瀾に富んだひとり狼の生活。わたしはS氏の話を聞きながら、S氏の人生の上に、金子直吉の影を感じた。

直吉も、もし、ひとりの人生ならS氏と大差ない生涯を送ったかも知れない。巨大化した組織の頂点に立ってはいても、直吉の本領は、ひとり狼的な生き方の中にある。

直吉は、組織をつくろうとしてつくったわけではない。それは、運動につれて発達する筋肉のように、そして時には贅肉のように、直吉の身につき、直吉を盛り上げてしまった。好みもしないのに、新しい馴染めぬ細胞がどんどん増殖して来る。高商派がそれであり、近代化とは徒らに重い異質な衣裳をつけさせられることにも感じられたであろう。

直吉の心の中に、いつも、ひとり狼への郷愁があった。土佐派のやり手を偏愛したのも、それである。ひとり狼になり切れるときにのみ、直吉は生甲斐を感じた。それは、組織の長であることと、本質的に相容れないことであったのだが。直吉とSとの姿勢は近い。それだけに、Sは直吉に反撥を感じたのでもあろう。狼は押さえられることを好まない。自らの力だけを善しとする。他人との協調を求めない。競争者に対しては、辛《しん》辣《らつ》である。

船舶部のAについて——

「べらぼうな値段でチャーターし、宴会ばかりでいいことをし、米相場でもうけた。帰国してみると、旦那さんになっとって、おやおやと思うほどの家に住んどった」ということになる。

永井について——

「Stupid boy だ。『あんたが直接売ると損をする。黙って後へひっこんでなさい』と言ってやった。それが、にこにこしながら言える雰囲気だった」

温厚な永井は、Sにはいちばん近い先輩であり上司であり、それだけにSの気象としては親しむより、よけいに反撥を感じたらしい。

前章に述べたように、Sが豌豆の相場立直りを待つため箱根の山に閉じこもり、みごと売り逃げたことを批評するのに、永井は「誰にでもやれる。女遊びしとっただけじゃ」と言ったという。永井にしてみれば、才気走った後輩の振舞をたしなめる気持もあったのであろうが、そう言われただけ、いっそう反感を燃やすSであった。

高畑について——

「こいつはスマートなタイプだ。けど、腹の冷たいタイプ。だめになったら容赦なく突き放す。徹底している」と。

スエズでの受取書が四百五十一万袋になったとき、ロンドンの高畑から、その架空の一万袋分の代金も請求しようと言ってきた。Sはそれを断ったが。

ここにまた、一つの疑点が浮かぶ。高畑タイプでなく、S氏の批評するような永井タイプにして、なお且つ、ラングーン米を回送してスパイに売るなどという離れ技が出来たであろうかということである。

わたしは、大阪に飛んで永井氏に会った。同氏からは三度目の取材である。これまでの取材で永井氏は、S氏の提起した問題については何ら触れることがなかった。それは意識的に匿《かく》されていたことなのか。

わたしは永井氏を見つめながら、S氏の証言の要旨を述べた。

「そんな話をねえ――」

当惑とも啞然ともつかぬ口吻。

「S君という人はねえ」

そこで口をつぐんだ。血色のよい、温顔としか言いようのないにこにこした顔が、かすかに曇った。もともと寡黙。言葉が少し不自由なせいもあって、もどかしいほど口数は少い。わたしは問いを重ねることによって、次の証言を引き出した。

○その商談は、金子直吉が東京から持ち帰ったのではなく、高畑がロンドンで受注したもの。従って三菱などの関り知るところでなく、最初から鈴木商店の独擅場《どくせんじょう》であった。

○小麦粉十万トンの流出は大変な量に見えるが、もともと小麦粉はほとんど国内で産出せず、満洲・中国・アメリカなどからの輸入によるものであり、絶えず流入しているものなので、その商談だけがとくに食料事情を窮屈にするという心配はおかしい。
○復航の船舶でラングーン米を積んだということは、聞いていない。また、S氏はそうした手配の出来る立場になかったと思う。はっきり記憶はないが、復航の船腹には雑貨類などを積んできたと思う。ラングーン米サイゴン米の輸送は、主として近海用の三千トンから四千トンの汽船を使い、一万トン級を使ったことはない。
○社員が米相場に手を出したということは聞かない。あの忙しい日常の中では、その余裕はなかったはずだ。たとえばAの家？　須磨の小さな家に住んどったと思うが。
○アメリカへ米を送ったというのは、朝日によって誤報されたように、それよりかなり早く防長米三千五百トンをカリフォルニヤへ送った一事があるだけ。防長米は粒がまるくて良い米だというので、アメリカで買われた。ラングーン米などは、もちろんアメリカでは食べない。
○その荷受人の中に、サンフランシスコ市長も居た。名前はたしか、ハインド・ロルフ。名前から判断すればドイツ系かも知れぬが、サンフランシスコ市長ともあろうものが、スパイ行為を働くだろうか。
○S氏が外務省へ呼ばれたということは、聞いていない。ああいう人のことだから、そんなことがあれば、すぐ触れ廻ったはずだが。

「国家社会に対する観念が低級」と、S氏が批判する鈴木商店の社員の中から、すでに生存者叙勲で勲二等を渡された者が十指を数える。

もちろん、それがそのまま国家への貢献という額面通りには受けとれぬ。単に政治権力への忠誠に過ぎぬ場合もあるからだが、それにしても——。

鈴木関係者の政界・産業界などの各方面に於ける社会的活躍は目立つ。戦後最も多くの経済閣僚を送り出したのも、旧鈴木系と言われる。政治への癒着《ゆちやく》を図ろうとしてではなく（旧鈴木系はそれによって反対給付を期待するほど、まとまった集団ではない）、個々の才腕や識見を買われての場合が多い。その一人が永井であった。昭和二十二年二月、永井は貿易庁長官として入閣を要請された。赴任に当って、三宮駅頭、発車ベルは鳴っても、車内もデッキもすし詰で乗ることができない。たまたま窓から飛び降りる客があり、永井は西川（政）とともにその窓へ押しこまれるようにして、ようやく乗りこんだ。

赴任からしてスマートではないが、そうした光景が似つかわしいタイプである。S氏とは本質的に相容れないタイプかも知れない。

鈴木商店を構成するさまざまの人間タイプ。その人間間の葛藤が波紋を呼び、事件をつくる。実から虚へ、虚から実が生れることもある。

客観的な事実とは何なのか。人間のにおいに染まらぬ事実というものがあるのか。人間の言葉は、所詮、語るその人の世界しか語らない。

一つの米騒動はない。米騒動はそれに関連した人の数ほどもある――わたしはまた、そうした思いにとらえられた。


A氏からも、証言を得た。

最近、勲三等をもらったばかりというA氏。卓上には、菊のマークのついた恩賜の煙草があった。海運功労者としてである。ここにも、鈴木商店の果した「国家的使命」の一面がある。

A氏は神戸生れ。船が好きで、高商時代も、「社外船の研究」がテーマ。鈴木商店に入ると、事務だけにあきたらず、何度も船に乗った。

鈴木商店船舶部は、七千五百トンの中古船三隻の買入れが発端。それぞれ「帝国丸」「靖国丸」「報国丸」と命名された。直吉好みの〝天下国家〟調である。事実、世界を相手に、めざましい活躍もした。

帝国丸・靖国丸は、土佐の移民をブラジルに運び、帰りに北米の石油を積み取ってきた。日本の不定期船《トランパー》で大西洋へ入った最初である。

さらに、それまで英国船に独占されていたシンガポールから紅海沿岸ジェッダまでの回教徒輸送に割りこんだ。英国船では、貨物を積んだついでに、回教徒を甲板に並ばせ、水だけ与えて航行するというやり方であったのに対し、鈴木の三船は全船腹を解放し、親切に扱ったので「乗るなら、マンチウ・コウ・ラインに」と、乗客は殺到した（鈴木の三船は、満洲汽船会社という会社をつくり、その持船という形をとっていた。マンチウ・コウとは、マンチュウ・コンパニイの略である）。

ただし、それだけに算盤には合わなかったが、〈アジア人のために〉という気持、〈英国人の鼻をあかしてやれ〉という気概から、金子は採算を度外視して、やらせた。大戦勃発まで、日章旗を翻した三船が、英国船を向うに廻して、印度洋を押し渡っていた。

さて、問題のスエズへの小麦粉大量積出しの件である。

A氏の記憶では、三十余隻、二十五万トンの船腹の手配が必要であった。A氏は二十数人のブローカーを個別に呼び、一、二隻だけ借りる風を装い、それぞれ指定した船会社に交渉させた。途中、三井や三菱の船舶担当者が嗅ぎつけ、また新聞記者で動き出す者もあったが、シラを切り通した。そして、動員できる限りの船について、一週間から十日のオファをとり、ある日、一挙に全部をアクセプトした。

片道傭船契約だが、それが難しい場合だけ往復チャーターした。その復航船でラングーン米などを積み、米国へ送ったことはない。ただし、米騒動のかなり後、船鉄交換契約によるアメリカへの船舶引渡しに際して、空船で回送するのは惜しいと、サイゴン米及びラングーン米を積み取り、シアトルへ送ったことはある。

当時、米騒動の経験にちなんで、「日本へ食料を積んできた船は、日本から出さぬ」という趣旨の取締令があり、薪水補給に立ち寄った神戸から出港できなくなり、逓信省へ了解をとりつけるのに苦労したこともある。

スエズからの復航船でラングーン米をアメリカのスパイへ売ったというS氏の証言を、A氏は永井氏とともに否定したわけだが、A氏には、しかし、別の問題提起があった。

『海運』一九六四年六月号に書かれた「社外船進出史話」と題する回想録の一節である。

「積荷の米及び小麦粉は、篠原米穀部主任の手で東京・大阪両定期市場で買いまくってあったのを、期日に現場で引取って行った。両市場の売り方は最初単なる思惑買いとあなどって、大挙売向ってきたが、蓋を開けて見ると、現引の品はぞくぞくと国外に積出されたので、売方総敗北に終ったが、そのために米価はゆさぶられ、のちに有名な米騒動の遠因をなしたのは事実である」

この一節中、「ゆさぶられ」とあるところを、A氏はわざわざペンで「煽られ」と訂正された。

これはまた、どういうことなのか。事実は一つなのに、人間の記憶というものは、それほど食いちがって来るものなのか。

——どれだけの米を送ったのですか。

「米と小麦を合わせて二十五万トンだった」

——米はどこへ。

「とりあえずイギリス軍へ。それからイタリヤあたりへ行ったかも知れない」

——それが、米価を煽る原因となるほど大量だったのですか。

「実際の量はたいしたことはなかったかもしれんが、足らんという見込みだけで相場は上る。何割か、仮需要が増すわけだ。それに、鈴木商店に向って空で売り浴びせとったのを、買い戻さねばならぬ。そのため、売り屋が値を上げたことになる」

仮にそうだとするなら、それは同盟国の食料危機を救うための米輸出であり、政府は国民の前にその経緯を明らかにして理解を求めることができたのではないか。それもまた、国家的あるいは国民的使命の一つであろうから。

わたしは、もう一つの問題について訊ねた。

――鈴木の社員も、米相場に手を出しましたか。

「若い人は仕事がたのしみで、とても、そんな……。小細工なんかしとっては、つとまりませんよ。古い商館番頭上りあたりで、あるいはとも思うが、月給取りのやることだ、問題にならんでしょう」

――端的に言って、あなた御自身が相場でもうけて、りっぱな家を構えたという説もありますが。

A氏は、首を横に振った。

「おかしいな。わたしは借家に住んでいたし……」

大きな商売を立て続けにしてきただけあって、高畑氏には、その一件一件についての詳しい記憶はないようであった。その一件一件を思い起そうとすると、高畑氏は当時の鈴木商店ロンドン支店の昂然たる雰囲気の中に舞い戻ってしまう。

「英国人は、日本人を人間とは思わなかったな。あらゆる物の中心が、ロンドンだ。植民地《コロニイ》でがっちり固まった大英帝国主義。その上に立って、微塵も他国には口先を入れさせん。大英艦隊ある限り、何事でもやれる、何でも取れる、と思っとったな。それが、ドイツの潜航艇に毎日五万トンずつ船を沈められる。肉はなんぼ、小麦はなんぼと、割当《レイション》までしなくちゃならん。最低の生活をしとった……」

そうしたところから、話ははじまる。

──小麦粉の大量受注に、鈴木商店だけが成功したことについて。

「三井あたりでは、危いという考え方もあったようだし、それに、焦らなくたってええとも思っとったようだ。ところが、鈴木は新興の会社で、金子さんがどんどん積極的にやろうという主義だったので」

──スエズへ送ったのは。

「麦と麦粉だけだ。まちがいない。米送ったところで、ヨーロッパには食う人が居らん、スペインやイタリヤの一部では食うかも知れんが、それは自分らの国でまかなっとる。……いろんな風に勘ぐられたんだろう」

──スエズから復航の船腹は、何に当てたのか。

「トリップ・チャーターか、タイム・チャーターか、それによっていろいろあったろうが、その辺のことまでは知らん」

わたしは、もう一度、A氏に訪ねた。

「トリップ・チャーターだったが、往復傭船した船の帰りは、ほとんど空荷、ボンベイあたりまで来て、郵船会社の下請け仕事にでもありつければ、よい方だった」

証言の食いちがいに、わたしは右往左往する。東京・大阪間を行きつ戻りつするわけで、東奔西走と言いたいのだが、感じとしてはやはり「右往左往」である。動けば動くほど、絶望的な気分になる。

記憶の中からは、もはや一つの真実というものを掴み出せない。人間の記憶は当てにならない——そう言って済まそうというのではない。

事件を受けとめるとき、その人その人に、最初にわずかな嗜好の相違があった。嗜好のちがいと言っても、たいしてまちがいでないほどの。

それが、年を重ねるにつれて、その人の人生とともに生き、育ち、且つ、老いて行く。五十年近い歳月が経ってみると、それはそれぞれの人の中で、一つのゆるぎない真実に固まってしまった。それぞれの人がその人生をたしかなものと思うのと同じ程度に、たしかな真実となっている。

わたしは、岩と岩との間ではじけ飛ぶ小石のような自分を感じた。

十六

大正十二年九月一日夜半。

金子直吉、松方幸次郎は、神戸新聞社に集まり、新聞社首脳と協議した。震災の第一報は、すでに午後に入っていたが、詳細はわからなかった。夜、金子直吉は家に帰り、一旦、床についたが、おそくなって、松方から被害の激甚さを知らされると、すぐ車を走らせて、新聞社に向った。

二人の実業家と新聞社首脳の間で、どんな風に話が進められたかはわからないが、結論としては、彼等が中心になり、即刻、救援活動を起そうということになった。

天下国家を憂えながらも、慈善行為については釈然としなかった直吉であるが、このとき、おそらくその脳裏には、米騒動当時のにがい幻影がちらついたにちがいない。会合の場である新聞社そのものもまた、焼打ち後、建て直されたものである。

決めてしまえば、実行は果敢であった。市民への呼びかけは新聞社に任せ、直吉と松方は、その夜すぐに物資の調達と配船にかかり、翌日には救援第一船が仕立てられて、横浜へ向った。備後丸七千トン。米三千俵、麦六千俵を積み、松方と、鈴木の若主人鈴木岩治郎が乗りこんだ。松方が出かけたのは、父松方正義遭難（実際には難を免れていた）の電報が入ったためであるが、鈴木としては、若主人が先頭に立っての救援活動。目をみはらせるものがあった。

若主人とはいっても、すでに五十代に達した鈴木岩治郎が、このときこそと飛び出して行った気持もわかるが、同時に、「鈴木の若主人」を表に押し立てて行った直吉の心情もわかる気がする。

一夜明け、横浜から軍艦に誘導されて芝浦へ入港すると、碇泊中の船に避難民が溢れているのが、まず目についた。だが、すでにこのときには朝鮮人暴動の噂が流れ、船を結ぶ艀《はしけ》には鉄砲や日本刀が積まれていた。不気味であった。随行していた久は、若主人の下船に反対、代って行こうとしたが、若主人はきかず、そのまま艀に下りて行った……。

神戸からは、さらに第二船第三船と仕立てられ、細かいところでは子供のためのビスケットや、水不足であろうと布引《ぬのびき》の炭酸水まで積み出された。鈴木商店では、さらに百万円を送り、また木材部の全在庫を提供して、隅田川への仮架橋に当った――。

それは、西川が存命なら恐らくそうしたであろうと思われるほど、時期を失せず、且つ、行き届いた措置であった。

このころ鈴木商店は、不況の到来とともに、経営は苦しく、資金的にもかなり逼迫していた。

関連会社は相互に融通手形を発行し合い、その手形が会計係の机上に山積みになった。手形の利用についても、徹底していた。

たとえば、ジャバ糖を輸入するときには、まずアドバンス付輸入信用状で前借し、船荷証券で借り、倉庫証券で借り、さらに買手からの支払約手を受取って利用する。北海道の薄荷を輸出すれば、まず拓銀からの無担保の薄荷資金を借り、荷為替で借り、輸出信用状で借りるという風に、一つの物件で二重三重に借りた。危い綱渡りであり、担当者は「こわくて、とても出来ない」と、首をすくめた。

それでいて直吉は、たとえばワイヤー・レール（材）がすべて輸入にたよって居り、国産化の必要があると聞くと、その話を耳にしたとたんに、勘定がわからなくなった。「さあ、やれ。どんどんやれ」というわけで、そのための厖大な設備資金需要も意に介さなかった。

外部資金にたよりながら、一方、直吉は公然と金融機関を論難し、批判し続ける。

当時横行したインチキ銀行家への反撥もあったが、三井・三菱に見られるような、産業資本と密着した日本の金融資本のあり方そのものへの反感があった。

銀行がインフレを起し、事業を起す。チャンスを見て引き締めて潰し、自らの系列に吸収する。どこの国でも、金融資本と産業資本とは別なのに、日本では癒着している。貸して儲け、不景気で儲ける。インフレ・デフレを交互にやり、双方で儲ける……。

高金利をたたき、さらに、金の働いていない日曜祭日にまで金利がつくのは不合理として、日曜金利廃止論を唱えた。鈴木商店が一つの財閥にまで成長しながら、株の取得関係からたまたま系列に入った地方銀行を除けば、自ら銀行を持とうとはしなかった。

直吉は『金利万能論』を書き、その冒頭から語気烈しく綴る。

「神様は元来吾々人間を最も幸福の裡《うち》に、平等無差別に暮して行ける様に、お揃へになつたものである。然るに今日の有様は何ふ《ど》だ。資産階級と言ふ連中が現れ、大きな家に這入《はい》つて、多くの男女を召使ひ、一向働かないで威張り、反つて贅沢を極めて居るかと思ふと、又其傍らに、貧乏人と言ふものが出来、二六時中汗水を垂らし働いても、尚ほ妻子を養ふに足らないやうな者も少からざる状態である。

世相が斯くの如く神様の御意思に反いて居るのは何故乎《か》と言ふと、即ち世の中に利息と言ふ白蟻の様な不労所得者を認めたからである……」

もともと既成資本と密接な関係にある大銀行筋は、こうした直吉の高姿勢に対して、いよいよ、そっぽを向き、融資の道を断った。このため、鈴木商店の金融は、台湾銀行・正金銀行などの特殊銀行に頼らざるを得ない。

借入金は急増、大正十二年末には、台湾銀行からの借入だけで二億二千万に達した。

台銀がそこまで貸しこんだのには、種々の事情がある。

『台湾銀行四十年史』は言う。

「……元来、同店は台湾に於ける砂糖及樟脳の売買に始り、漸次製鋼、海運、造船、人絹、製粉其の他各方面の事業に及び、国策の線に沿ふて発展し来りたるものにして、其の国家産業界に与へたる功績少からざるものあり。本行は資金上より是等同店の業務を援助し、聊《いささ》か台湾竝《ならび》に一般産業界に貢献する所あらんことを期したるに、同店は業務の拡張と共に多額の資金を必要とし、殊に大正九年財界の動揺に遭ひて、資金上の圧迫愈々加はるに拘らず、戦時中計画せし各種事業の成立及株金の払込等総て積極的方針を採りたる為め、本行の同店に対する貸出金は著しく増加し、同年末には総額八千万円に上るに至れり。然るに同店竝に関係諸会社の業況は益々不振に陥り、殊にワシントン軍縮会議の結果は、同店竝に関係会社の事業に至大の影響を及ぼし、本行は是等の事情より自然復《また》貸増を為すの已むを得ざるに至れり……」

歴代頭取は、直吉の見識と事業手腕を買って来た。その無欲さと主家への忠誠心に打たれる頭取も居た。

鈴木商店は好況の波に乗り、異常なほどの成長を遂げた。台湾銀行も植民地金融の枠から抜け国際金融の舞台へと躍り出た。

だが、戦後は次々と、その裏目が出た。鈴木には不運な出来事が続いた。たとえば、神戸製鋼所は、海軍中将を社長に迎え、八八艦隊の建造で危機を乗り切ろうとしたが、軍縮会議はその目論見を潰した。

かと思えば、大阪の投機師石井定七が破綻し、鈴木がそれと関係があるかのような噂が流され、信用が悪化した。

台銀では危ぶみながらも、鈴木の内容はそれほど悪くないとの楽観的な観察乃至期待を持ち、また一方では、鈴木を倒しては影響する所が大きいとの判断に立って、融資を続けた。

こうして二年ほどの間に、貸出額は三倍近くにふくれ上ってしまった。

もはや、台銀だけの手には負えない。台銀は日銀からの援助を受けるのとひきかえに、元副頭取をはじめとする監督員を鈴木商店へ派遣し、業務監督に乗り出した。

かつて西川らが懸案とした近代化案の若干が、銀行の圧力の下で実現した。

資本金八千万円で株式会社鈴木商店が設立され、主として商業貿易事業部門を扱い、関連会社の持株会社である鈴木合名と分離された。支店は整理され、経費の節減が図られ、機構改革が行われようとした。

「両社ニ重役ノ制度ヲ定メ重要事項ハ協議決行ヲ要スヘキコト」

右の一項を含む第一次整理案がつくられ、さらに、「鈴木子会社整理方針大綱」がつくられた。関係会社としてあげられたものは、次の四十九社に上る。

一、分身会社（株式の全部を所有し、支配株のあるもの）

㈠株式会社日本商業会社

(二)豊年製油株式会社
(三)太陽曹達株式会社
(四)帝国汽船株式会社
(五)株式会社日沙商会
(六)株式会社浪速倉庫
(七)帝国樟脳株式会社
(八)南朝鮮製紙会社
(九)帝国人造絹糸株式会社
(一〇)日本輪業株式会社
(一一)株式会社神戸製鋼所
(一二)南満洲物産株式会社
(一三)日本金属株式会社
(一四)米星煙草株式会社
(一五)東工業株式会社
(一六)クロード窒素工業株式会社

二、株式の過半数を所有、支配株のあるもの

(一)再生樟脳株式会社
(二)日本酒類醸造株式会社

㈢沖見初炭坑株式会社
㈣帝国炭業株式会社
㈤帝国染料株式会社
㈥大陸木材工業株式会社
㈦八重山産業株式会社
㈧彦島坩堝株式会社
㈨宜蘭殖産株式会社
㈩合同油脂グリセリン工業株式会社
⑪日本教育生命保険株式会社
⑫大正生命保険株式会社
⑬東洋燐寸株式会社
⑭大日本塩業株式会社
⑮支那樟脳株式会社
⑯新日本火災海上保険株式会社

三、株式所有半数以下だが、支配株のあるもの

㈠旭石油株式会社
㈡南洋製糖株式会社
㈢帝国麦酒株式会社

㈣東京毛織株式会社
㈤日本冶金株式会社
四、関係密接だが、支配株のないもの
㈠東亜煙草株式会社
㈡東洋製糖株式会社
㈢日本製粉株式会社
㈣日本樟脳株式会社
㈤大日本セルロイド株式会社
㈥天満織物株式会社
㈦株式会社六十五銀行
㈧樺太漁業株式会社
㈨大成化学工業株式会社
㈩東亜製粉株式会社
⑾大源鉱業株式会社
⑿塩水港製糖株式会社

直系・傍系のこれら関連事業への総投資額は、約十億。これは当時の日銀券発行高に匹敵する巨額であった。

「鈴木子会社整理方針大綱」は、成績優良会社は鈴木合名の債務を負担し、不良会社は

収支均衡を図るか、解散、合併する等々の整理方針を挙げたが、第五項として、

「関係会社ノ組織ヲ改造シテ可成《なるべく》各社ニ専任重役ヲ置キ名実トモ合名会社ヨリ独立セシムルコト」

を掲げただけでなく、

「現在ノ如ク万事金子直吉一人ノ方寸ニ出ツルカ如キ弊ヲ矯《た》メ重役ヲ配シテ鈴木ヨリ侵シ得サル独立ノ組織トスルコト」と、附記した。

直吉は、鈴木商店専務ではあっても、他のどの会社の重役も兼ねていなかった。清廉であった。

だが、それは同時に、無欲は大欲に似て、全関連会社に君臨することでもあった。台銀関係者の一人小笠原三九郎は、直吉に迫って言う。

「あなたは口を開けば自分は無慾だ無慾だというが、それは、所有慾だけのことである。慾には、所有慾と使用慾というものがある。所有慾よりも、使用慾の方が大慾の場合がむしろ多い。あなたには所有慾はないかも知れんが使用慾においては、金子さんはほとんど天下無類といって過言ではない。金子さんあなたこそ使用慾の徹底者だ」（常盤嘉治著『小笠原三九郎伝』）と。

銀行の介入とともに、高商派も力を得る。社内改革を進めようとする。

だが、それは西川存命のときのように西川を通して直吉へ働きかけるという形をとらない。直吉は彼等を相手にしない。彼等も直吉を聾桟敷《つんぼさじき》に置く。

大衆論議して蟻の塔を守るかな

子は親の苦労も知らず踊かな

直吉は、孤独を感ずる。

炎天や身に添ふものは影斗《ばかり》

肝胆を誰と照さん稲光

この二、三年が、彼としては最も句作の数も多い。

○中川頭取訪問

身命を捧げて祈る夕立哉

台銀の頭取だけが、いまや鈴木商店の死命を制している。

やがて、大正十二年も暮れようとする。

年暮れぬ死線を越ゆる思あり

干大根しぼんだ儘で年暮れぬ

帳尻の赤化恐る丶年暮かな

そして、年明けて、

初日影死線を越えて仰ぐかな

だが、直吉はへばらない。

「チート待て」が、直吉の口癖である。彼は最後まで投げるということを知らない。周囲の声にも、直吉の方から進んで聾になった感があった。依然として専務の座に在り、一人で鈴木商店を背負って奔走する。政治家に働きかけ、銀行家に会う。

だが、時代の風は、新しいものにきびしかった。

大震災が一つの境であった。朝鮮人暴動説に対して治安維持令を出した権力は、盛り上る民衆の声に対して遂に普選の実現を以て応えながら、同時に治安維持法を布き、言論の封殺にかかっていた。

それと同じ酷薄さが、不況の経済界を支配し、新興勢力の締め出しが続いた。既成権力は、両刃の剣をふるって、一方では新しい声を抑え、他方では新しい経済勢力の扼殺《やくさつ》にかかっていた。

直吉の度重なる上京も効果を現わさなくなる。

　〇東京行毎度失敗

花見にと行けば雨降る都かな

側近の土佐派にも、病に斃れる者が続く。

弓や矢も折れて悲しき案山子《かかし》かな

そしてそこへ、台湾銀行から、また監督員が送り込まれてくる。

　〇佐々木君以下各員を迎ふ

君が代や菊もだりやもともに咲く

そして、大正十三年も暮れる。

大漁の夢みて越しぬ年の瀬に

このころ、大西洋上をさまよう日本商船隊があった。大戦後、鈴木・川崎等の持船を集めてつくられた国際汽船会社の船でKラインと呼ばれ、六十隻五十万トンに達する大船隊である。これだけ大量の商船隊が日本近海で稼働すれば、運賃は下り、ますます既存の船会社を圧迫するというので、Kラインは遠く大西洋にその活動を求めて、出て行かざるを得なかった（しかも「社船」には政府補助があるのに対し、これら「社外船」には何の補助も無い）。

主に鈴木のロンドン支店の指令により、キューバ糖をヨーロッパへ、イギリスの石炭を南米へ、ジャバ糖をイギリスへ等々と運び続ける。

日本のドックを出た船は、一年から二年にわたって一度も故国へ帰らず、日章旗をなびかせて、大西洋を往き戻りする。ノーフォーク港には、当時、五、六隻のKライン船が碇泊、やがてはニューヨーク―ハンブルグ、ニューヨーク―ナポリの定期航路にも割って入った。

外見は華やかではあったが、市場から追い立てられた果ての商売。営利企業というには程遠く、ただ故国へ帰れぬために、彷徨《ほうこう》を続けているのでもあった。それは鈴木商店をシンボライズする姿でもあった。

十七

大正十四年。

直吉が頼りにしていた台銀の中川頭取が満期退社、新頭取に代った。台銀内部からすれば、前頭取は「政治的な人」であり、一橋出の新頭取は、「銀行家として、利口な人」ということであったが、直吉は新頭取を「女郎のくさったような奴」と言った。新頭取の方でも、何かといえば政治家を通して話を持ち込んで来る直吉は快く思わなかった。鈴木の内情が明らかになるとともに、新頭取は直吉にはついて行けぬと決心、決心した以上、早くやらねばという姿勢になった。鈴木・台銀の一体感に、はじめて罅《ひび》が走った。

台銀は、まず、とかくの噂のある土佐派の幹部数人の整理を命じた。「悪いことをした人間も馘《くび》にしない。よいところを見つけて使う」という直吉式の人使いに終止符を打つ。

ついで、ロンドンから高畑の呼び返しを命じた。

〈二割か三割の株を持って居れば、会社はコントロールできる。株を公開して資金を集めたら——〉

〈不況といっても、帝人あたりは儲かっている。いくらでも増資できる筈だ〉

〈株なら配当を加減でき、無配もできる。しかし、銀行借入は——〉

かつて西川を通して種々近代化の提案を書き送った高畑であったが、西川の歿後、本店の在り方については匙《さじ》を投げた形であった。それに、日常の仕事が忙し過ぎた。「日本人社員二十五人、毛唐七十人を使いこなしての大きな商売」の連続である。本店の窮状を知ったのも遅く、帰国した時には、「家の半分が焼けているのに、バケツの水で消そう」という状態であった。高畑は今少し早く帰国できたらと悔んだが、また、たとえ戻れたとしても、

「おまえら小僧の言うことを聞くことなし」

と取り合わぬ直吉であるとも感じた。高畑の眼に直吉は相変らず、「誰が言うてもきかん、世界一の強情者」であった。

神戸で下船すると、直吉は高畑を出迎えて言った。

「非常に心配かけたな。いろいろ儲けてくれてたのに残念に思うが」

その後、すぐ続けて、

「おれは八八艦隊で儲ける心算だった。保険会社も三つ持ってるから、そこで……」

と、直吉なりの一方的な説明をはじめるのであった。

直吉はまた、高畑を連れて上京、若槻《わかつき》礼次郎・浜口雄幸・後藤新平・片岡直温といった政治家たちに紹介して廻った。

「顔はライオンに似とるが、心はええ人じゃ」

浜口の前では、真面目な顔でそんなことを言った。そうした口がきけるほど、直吉は彼等と個人的に親しかった。

直吉の知っているのは、土佐出身の政治家が多い。そして直吉が献金するのも「えらい政治家になって日本のために尽くしてくれたら」という極く素朴な天下国家主義から出発していることが多く、露骨な反対給付を期待しない。それだけに政治家たちとフランクにつき合えたのだが、その一方では、最後のところで政治家を動かす力とならなかった。世間に騒がれる割には、彼は政商に徹し切れない。親しさが目立つだけに、却って世論を刺戟したり、反対党の怨みを買ったりもした。

だが、いまとなっては、政治家の力を借りる他はない。

「何とかなる。何とかして見せる」

直吉は、飽くまで鈴木商店の建て直しを信じた。

「悪いものを良くして見せるのが、わしの趣味だ」

と高畑を見て笑った。

直吉は、さらさら、専務をやめる肚《はら》はない。

「ええ、わかりました」

と、台銀関係者に対して口先で言うだけである。事業の支配を失った人生は、彼には考えられぬことであった。おれが居なければ、すべての纏まりがつかぬと思っていた。

紹介された政治家の中には、高畑には旧知の顔が幾つかあった。十五年を越すロンドン生活中、接待し、知遇を得た懐しい顔である。その一人が井上準之助であった。

関東大震災当時、前例のないモラトリアムを行って世人の眼をみはらせた井上は、正金銀行総裁と日銀総裁の椅子を重ねてから政界に打って出、後藤新平について政治家としての花道を歩きはじめていた。かつてロンドンでは高畑は井上とゴルフを共にし、また美味な日本食で井上をよろこばせた。そのお返しとして、井上は会ったその夜、高畑を新喜楽に招いて御馳走した。

折から日粉問題が起る。

鈴木商店の大里《だいり》製粉所を吸収して日本一の製粉会社となった日本製粉が、経営不振のため日清製粉との合併を図り、それが九分通り進捗《しんちょく》した後、不調に終ると、日粉は一層深刻な危機に落ちこんだ。

このとき、直吉が動いて政治家を廻り、遂に「日粉救うべし」との商工省の裁定を得て、日粉へ八百万円、日粉と手形を交換している鈴木商店へも八百万円の救済融資をとりつけたが、この間いちばん奔走してくれたのが、井上準之助であった。

しかし、この日粉問題は政友会によって、議会で取り上げられ、直吉はまた世間の疑る。

惑を受けることになる。

これは大正十五年も末のことだが、この年の正月に、直吉は不思議な一句を詠んでい

○祝朝日新聞

御代の春朝日の他はなくもがな

これを、どう解したらよいのであろうか。

素川・如是閑一派の退陣後、朝日の論調は変りはした。だからといって、鈴木商店には好意的になったというわけではないが、それでも、直吉には満足だったというのか。それとも直吉は、なお朝日を恐れ、朝日との妥協を意図したのだろうか。

それにしても、この句はわざとらしい。底意の見え透いた小手先細工にも見えるが、こうした句まで発表せねばならぬところに、直吉の変化が、心の弱まりと孤独が、読みとれる気もする。

しかし、直吉はじっとしてはいない。鈴木の苦境は、八百万円ばかりの注射で息をつけるものではないからだ。日銀も大蔵省も鈴木に対しては警戒的であり、台銀に指示して窓口を引き締めさせている。資金を仰ぐためには、政治を動かす他はない。

世間では一政商を助けるのかとの非難も高まったが、直吉は気にしない。直吉にとっては、鈴木商店がすべてであり、その鈴木商店は天下国家のために活躍してきた。国工商立国を推進し、「煙突男」と言われるまでに各種近代工業の導入につとめた。

家がやらねばならぬことを、鈴木がやってきた。大戦中には十五億の外貨を海外から集めた。船鉄交換で日本の重工業の危機を救った……。いわば国家事業を代行して、そのために傷ついた鈴木である。しかも、いまの窮状は極く一時的のものに過ぎない。その一時のために若干の融資を――。

それが、直吉の考え方であった。直吉は自分のやり方が間違っていたとは思えない。どの事業も前途有望である。運命が極く一時的に鈴木に非なりと見ただけであった。

一方、台銀では、直吉の退陣を迫る。だが、直吉は聞き流す。しかし、すでに鈴木商店内部の枢要なポストには二十人近い台銀からの出向者が居り、高商派と合して、鈴木建て直しのためには直吉の退陣以外にないとの線を打ち出した。

「最初は、内部だけの争いであったが、後には、鈴木商店内の神戸高商出身勢力は、外部、特に台銀内の一ツ橋高商出身者と結んで、鈴木商店内のボロを外にさらけ出す始末となっていった。

金子が台銀に口実を設けて資金の融通や延期方を相談に来ると、それと、前後して、金子の口実の裏を内通してくるという状態であった。金子が手も足も出なくなってゆくのは当然であった」（『小笠原三九郎伝』）

その一方では、倒産近しと見て、火事場泥棒に似た振舞をする者が現われる。たとえば、土佐出身の若い高商派・久《ひさ》が預かっている鉄材部の倉庫から、知らぬ中にレールなどが引き出されて売り払われた。問屋を調べると、代金は二枚の小切手に分れ、その一枚しか鈴木に入っていない。退職した高商派の先輩と社内の中堅幹部が組んで、倉庫証券を流用し、どさくさに紛れて一財産をつくろうとしていたのだ。

彼は中堅幹部に食ってかかった。横領は以てのほかであるが、直吉あっての鈴木商店である。直吉の居ない鈴木商店を考える高商派の態度が気に入らない。

平社員である久が、高畑とやり合ったこともあった。経理の近代化、分配の明朗化を唱える高畑に、久は、「馬鹿申せ」とどなる。

「われわれは、金のために働いているんじゃないぞ」

高畑は取り合わない。そうしたことを言う男が、高商の後輩であるとは考えられない。まるで盲目的な土佐派と変らない。議論の後、たまたま二人が同席したことがあった。久は、高畑の前に膝を進めていった。

「それはそうと、一杯頂かせて下さい」

高畑は突っぱねた。日本的な腹芸は、彼の唾棄《だき》するところだ。

「いや、きみは自由にのみ給え。おれも自由にのむ」

すでに幾人かの幹部を切られ、土佐派は以前の団結を失っていた。高商派へ接近する者、身の振り方を考える者と、うろたえる中で、少数の土佐派が中心となり、直吉の留任運動が起った。直吉同様、危機を一時的なものと見て、直吉を戴いたまま切り抜けようというのだが、資金繰りその他について、はっきりした見通しあってのことではない。死なば諸共《もろとも》式《しき》の一種の玉砕主義であった。

食堂で社員大会を開く、しかし、参加したのは、わずか百名。集まったものの、発言者はない。ただ、久ひとりがしゃべった。久の脇に土佐派の部長が居て、そそのかされたためもあるが。

「鈴木と金子さんとは、一体不可分である。金子さんを追い出すとは、不届千万だ」

三十歳。働き盛りの久は、大声を張り上げた。

だが、場内は静まり返っていた。拍手もない。声もない。ただ久の声がうつろにこだまするばかりである。

散会して出て来ると、久は高商派の上役に呼ばれた。

「きみは何も知らんのか。台銀から言って来てるじゃないか。『丁稚上りの旧式経営では難関は切り抜けられぬ、金子さんを勇退させて、高畑・永井といった高商出を中心に近代経営に切り替えよ。金融問題は見てやる』と。後は神戸高商でやるんだ。きみも高商なのに、どうして馬鹿なことを言うんだ」

久はとり合わなかった。すると、数日後、支配人に呼ばれた。

「御苦労だが、カルカッタ支店に転任してくれ。先方が急いでいるから、明日にでも出発してくれ」

久は辞表を出した。折から母親が重病、三つになる娘も病床にあった。辞表と共に、彼は土佐派の重役に当て、巻紙に次の長文の嘆願書を認めて出した。直吉留任のために骨折ってくれという願いである。

「昭和二年一月二二日突如金子重役の辞意を声明せられ、これ実に青天の霹靂《へきれき》にして吾人は唯だ茫然として自失し、極力その真相の探究に努めたるも何故か重役支配人とも詳細なる説明を忌避したるため其真相を知ること能はざりき、然れども吾人は鈴木商店と金子重役とは創立以来不可分なりしとともに本来永劫不可分ならざるべからずと確信して疑はざるが故に敢へてその理由を詮索する必要なく、直ちに満場一致を以て絶対的無条件留任を嘆願することに決議し、熱涙をもつて認めたる嘆願書に各自血判的に自署名し以つて全店三千有余の健児が如何に敬慕信頼せるかを披瀝するとともに、一方において尊台以下七名を嘆願委員として推挙し万難を排し万策をつくして極力無条件御留任を御快諾下さるよう御尽力を御願し、更に不幸にして若し形勢非なる時はあたかも薩南一千の健児が西郷先生を蹶起《けっき》せしめたる如く挙店一致団結の巨弾をもつて総ての外障を撃退し今一度……」

やがて、危機は台湾銀行に移る。

資金難に陥った台湾銀行にとっての活路は二つ。一つは、コール市場から短期資金を借りることで、日々のやりくりをつける。金融緩慢な当時、あまりコールの取り手もない中で、台湾銀行だけがいつもコールを取った。

そして、いま一つは、台湾銀行がその過半を抱えている震災手形（その⅔は鈴木の振出）について、政府に肩代りしてもらって、日銀からの融資をとりつけることである。

後者のための震災手形整理法案は、政友会の反対に遭って難航する。議会では台湾銀行調査会がつくられ、井上準之助が会長に就任して調査に乗り出した。

政局は大正七年当時に似ていた。受けて立つのは憲政会内閣、攻撃するのは政友会。その背後には三井があると言われた（三井の池田成彬《しげあき》も「政友会に所属しておる議員の人は、相当に選挙のときにもらいにきたようですね。それはフレンドとして考えられる程度で、三井には政友会の人が多かったということでしょう」〈『経済往来』昭和二十五年四月号〉といった形で認めている）。

〈あの鈴木を救済するのか〉

政友会側は、米騒動当時の鈴木への悪評を想起させるような非難を続ける。世の耳に入りやすい攻撃だが、根底には政争がある。大阪朝日は社説（昭和二年三月十八日）の中で揶揄《やゆ》する。

「政友会があらゆる妨害を試みているのは、同じ穴の貉《むじな》で、この臭いところをよく知っているからではないか」

もとより朝日もまた震災手形整理法案については、批判的である。「正体を見よ、相手は不良分子の結晶」「井上氏よ、勇気を持て」式の論説を立て続けに掲げる。

この間《かん》に在って、直吉は一応は辞意だけは表明したものの、相変らず独裁をやめようとはしない。穴のあいた中折帽、鼠黒の詰襟、真綿で裏打ちしただぶだぶのズボンで、立ち廻り続ける。頑迷というか、老醜というか。高商派は、困惑した。

直吉がやめない以上、鈴木は絶望的である。とあれば、いっそ一度は整理し、新しいスタッフで再出発する他はないのではないか。高畑・永井らが井上に会い、そうしたプランを話して了解をとりつけたという噂も流れた。

井上準之助の立場は、微妙になった。日粉問題のときは、高畑と直吉を一体と思って鈴木商店を助けた。だが、いまや高畑と直吉が対立している。

井上には、政治家としての野心がある。そのための踏台も欲しい。どちらを助けるべきか。どちらに将来性があるか。鈴木商店の商業貿易部門は優秀であり、その国際的な商権を担保から除外しておけば、十分に自立できるのではないか。

また井上には、銀行家としての見識もあった。不良銀行は特殊銀行といえども整理すべしというのが、かねての持論である、台銀の存否はともかくとして、台銀と鈴木の腐れ縁だけでも整理すべきではないか。

井上は、しだいに直吉の線から離れる。麻布三河台の井上邸を訪ねた直吉は、「いま、お留守です」と、書生に追い返される。三度、四度……。

震災手形法の成立が見込まれるについて、台銀側も鈴木との関係の清算を考えはじめる。台銀は震災手形法で救われる、鈴木の巻き添えになる心配はないとの見通しが立ったからである。

そして、その清算を否応なしに実行に追いやる事件が起きた。コール市場への最大の出し手である三井銀行が一挙に三千万円という大金を引揚げてしまったからである。震災手形法の成立が遅れたため、その発効までに若干の時間があり、台銀としてはコールだけに頼らねばならぬ時期である。たちまち、やり繰りがつかなくなった。

昭和二年三月二十五日、台湾銀行は遂に鈴木を見放した。議会では政友会に、そしてコール市場では三井銀行に――鈴木は両面から三井の挟撃を受けた。

三井の池田成彬のこの措置は強引に過ぎ、非難が起きた。池田は答えて言う。

「その時朝日新聞に、大蔵省の高官の談として、三井銀行は怪しからん。ひどいことをする。そのために台湾銀行が行きづまった。ということを書いた。それで私は、自分で筆をとって、朝日に公開状を書いて出し……コールを引上げたのが何がわるいか、正当の取引ではないか、そのコールも、いつでも引上げ得るように無条件物にしてある。コールというものはいつでも金の要る時に取戻せるからコール、すなわち呼べば戻る金じゃないか」（『財界回顧』）

正論である。そして「どうもおかしいと思ったから、三千万円のコールを一遍に取りました」というのだが、政府の救済はすでに決定して居り、しかも台銀のおかしい事情は先刻承知の上で莫大な金を出していたのである。この弁明は、額面通りには受取れない。一歩譲っても、

「当時、三井銀行のこの態度については、台銀につながる鈴木商店が、三井物産に対抗する有力貿易商社であった関係から、商敵鈴木を倒し、その商権を奪取するための行動であったとの説が流れた。物の道理と、表面の経過と、そしてその結果とは、この解釈

を立証するかにみえる。しかし、あぶない資金を回収するのは銀行家当然の責任である。右の説はその意味において、悪意の受取り方だといえよう。ただ、もし、鈴木商店が〝商売がたき〟でなくて、逆に、その温存を必要と感ずる関係だったならどうか。事態は別の姿で発展したかもしれない。これだけは考えうることであろう」（内海丁三『鈴木商店の破綻と昭和金融恐慌』別冊中央公論・昭和四十年秋季特大号）

大阪朝日は、三月三十一日、鈴木の重役更迭を報じ、経済面の『財界六感』欄では、「鈴木の新重役へ」と注文をつけ、『時の人』欄では、高畑・永井の二人を写真入りで取り上げた。

金子に代る新専務高畑については、

「御覧の通りの優さ男だが、性俊敏、中々思切つたことをやる。だがロンドン滞在中の土産として彼が最も得意とするものは、恐らく数多いゴルフの賞杯と、店主岩治郎氏の長女ちよ子さんであらう……」

柳田に代る新常務永井については、

「俊敏な高畑に対し彼の特徴はむしろ鈍重なところにあつた。彼はよく大局を見るの眼を有《も》つてゐる。そして、あの複雑なる直吉爺さんの頭の細胞を解剖する点において他人の真似のできぬ技倆を有つてゐた……」

しかし、これは新聞辞令であって、実際の決定は四月上旬の臨時株主総会によるとされている。

四月二日の経済面は、過半が鈴木商店関係記事で占められる。

「注目される鈴木の浮沈」「大蔵省へ泣きつく」等々の大見出し。そして『財界六感』欄では、「……メスが何れ鈴木の大腫物の上に擬せられやうとは、吾人の夙《つと》に期待したところ、毛を吹いたといふのか、藪をツツいたといふのか、金子君以下の震手案策動は、結果からいへば確かにマヅい仕事であつた。尤もマヅいといつたつて、それは鈴木に取つての話で一般財界に取つてはとに角喜ばしいことにちがいない。何しろ震災手形が『財界の癌』なら――少し大げさに言ふことを許して貰へるなら――鈴木が財界の癌だといへるのだからね」

この時点に至っても、なお直吉は諦めなかった。

「未だ温まりがある、脈もかすかにある、投出してはならぬ」

その粘りで、彼は日粉の危機を救えたと思っている。今度もまた……。

だが――。四月五日、台銀に見放された鈴木商店は、遂に内外新規取引の停止を発表、整理に入った。

米騒動の証人たちに再び当時の感想を訊こう。

まず米屋であった上田氏――

「鈴木さんらも、欲出さなんだらな。焼かれてから落目になった。あれがええナンでっしゃろ」

焼打ち現場に駈けつけた高木氏――

「いかんようになったとは聞いてたけど……。潰れたことは、わしらも知らん。庶民は知らなんだな。穿鑿《せんさく》もせん。スーッと消えてしもうたわけや」

火をつけた本郷氏。店先の鳥の声の中で――「後年、ヨネと金子直吉と仲違いがあったと、ちがいまっか」

十八

直吉だけでなく高商派の人々にも、事態がそれほど急速に悪化しようとは予想しなかったのであろう。破綻の二日前が、故西川文蔵の娘と、西川（政）との結婚式であった。媒酌人である永井は式場に来ることさえできず、慌しい空気の中で式は終った。そして、新夫の前には、会社の倒産が来た。

西川未亡人にとっては、娘の結婚のよろこびを亡夫に報告するどころではない。そして、西川の未亡友人直吉は――。

須磨にある直吉の邸は、家財一切を含めて銀行の手に移った。直吉は総てを提供する肚でいたが、差押えは厳しく、同居させていた書生の持物まで押さえられそうな形勢に、急いで久たちを呼び寄せ、書生の荷だけを運び出させた。そのとき、邸内の物置からは、いくつも包を切らぬままの贈答品が出て来た。小切手まで何枚かあった。直吉は開けて見ようともしなかったのだ。

高畑・永井らを中心とした貿易商社である日商は、十カ月後、発足した。資本金百万円、社員三十の小会社。折からのはげしい不景気に、「三年保てば、逆立ちもの」と言われた。

その社員の一人西川（政）は、一日働いて夜遅く帰宅すると、新妻とガリ版刷りにかかる。高商時代バレーボールの選手で、極東選手権で日本が惨敗し、天皇杯がマニラの靴屋のショー・ウインドウに飾られるという事態に発奮、無名の一サラリーマンであるが、バレーボール振興に尽くそうと決意したのだ。

バレーボールの文献を翻訳し、手引書をつくり、全国の主だった学校に送りつける。宛名書きも、すべての費用も、自分の負担である。大日本排球協会をつくり、自宅を事務所にした。警察の許可を得て、劇場を借り、活動写真大会を開いて、強化費をつくったりもした。二人前の努力が四十年にわたって続く。

高畑・永井が選りすぐっただけに、三十人の高商派にはこうした努力型が多く、確保された海外の商権に守られて発展して行く。

直吉は、須磨の家から追い出されただけでなく、永い間住み馴れた東京ステーションホテルからも出る。

○十余年の春秋を過したる此ホテルの二十号室を立去るにのぞみて

落人の身を窄《すぼ》め行《ゆく》時雨《しぐれ》哉《かな》

貧乏に追つかれけり年の暮

思い出の浸《し》みついた部屋である。鈴木が事件の渦中に立つ度に新聞記者に襲われ、「狸」と言われ、「大鼠」と書かれもした。ひきも切らぬ来客と、往訪。直吉の自分の時間というのは、地下の理髪室に下りたときだけであった。おしゃれとは縁遠い直吉であったが、一日に二度も理髪室へ行くことがあった。

築地の小松屋別館という小さな宿屋に引き移った。そこで直吉は、はじめて和服で炬《こ》燵《たつ》に入った。それまでは寝る寸前まで詰襟服を着ての生活で、絶えて着物に手を通したことはなかった。天下国家を望みながら、彼は本質に於ては、生涯、勤労者であった。鼠のように走り廻らねば生きて居られぬ人間であった。その勤勉さが鈴木商店を興し、そして、倒した——。

以後、直吉は居所を転々とする。旅館住いのときもあれば、借家住いもある。一種、流浪の生活である。

妻子とも別居の生活が続く。直吉の妻徳の生活を彼女の句に見ると、

昭和二年　夏

廃園と人見て去れり月見草

秋

秋風にくづれてひろき廂《ひさし》かな

冬

よしあしの沙汰気にならず置炬燵

昭和四年

二三枚貼ればことたる障子かな

秋の宿主従といへど只二人

移り来て見えぬ海なり松の花

土佐派は離散した。破綻前、鈴木を退職していた久は、高商相撲部の先輩である朝日新聞の石井光次郎を頼って、土佐派の同志二十人の就職を依頼したが、石井はその二十人ではなく、久を採用した。肩書は、印刷局庶務課長。

朝日では前年の総罷業にこり、組合対策を進めていたが、その適材として、土佐人久を買ったのだ。

久は「アカ狩り」を行い、三年間に七十人の首を切る。そのときの久の心中には、かつて鈴木を苦しめた朝日の進歩勢力への報復などという気持は毛頭無い。ただ知遇に応え、与えられた仕事に忠実であろうとしただけだ。運命の皮肉さえ感じない。

だが、鈴木の旧社員のそうした振舞に、風当りは強かった。

久はやり切れなくなり、久しぶりに小松屋に直吉を訪ねて行った。春雨が降り続く日曜日のことであった。

直吉は喜んで久を迎えた。久がかつて提出した嘆願書を見せると、直吉は、「きみがそういうものを書いたと聞いてはいたが……」と言い、読み進む中に、鼻をすりはじめた。

そして、その日一日、直吉は久を離さず、話し続けた。

「鈴木は政府のやれない事業をやってきた。政府の代行をし、お手伝いをしてきた。せめて震災手形をスタンプ手形並みに扱ってくれてもいいじゃないか。浜口さんも若槻さんも、承認してくれた。それをまた朝日あたりが正面から反対したんだよ。また朝日が……。米騒動などは心外でたまらぬ。鈴木は何もやっていない。米の買占め輸出は、三井さんの仕事だ。全くの誤解だよ……」

直吉にも、久がいまその朝日の社員であるという意識は無いようであった。久も、直吉とともに憤った。朝日の社員であるということと、朝日のやり口を憎むということとに矛盾は感じなかった。あるいは、朝日の名を口にしながら、朝日のことを語っていたのではないかも知れぬ。朝日は、二人にとっての共通の何か——それに仮託せずには居られぬ幻影の名でもあったのか。たしかなのは、ひたむきに忠犬のように生きてきたのに、お互いに理解され ぬ身であることと、孤独であるということ。春雨の音の中で、世界にはただ二人だけが生きているような気がしたことであろう。

晩年の直吉は、怒りっぽくなった。一つには、不本意な事態ばかり続いたためもある。

高商派による日商は、身軽に立ち直って行ったが、他の関係会社は債権債務の継承問題で行き悩んだ。神戸製鋼・帝人・豊年製油など、優良な事業も少くないが、台銀などに株を押さえられている（それらの株の処分をめぐって、やがて世間の疑惑を呼ぶ事件が起る）。

最も高利潤を見込まれた豊年製油は、井上準之助の口ききで、あっさり、他人の手に移ってしまった。井上がそこから政治資金を得ようとしているという風評が流れた。政治家は信用できない。「井上には、もう何もたのむな」

鈴木は政争に塗《まみ》れた。政治と政治家の何たるかを直吉は知っている。これほど移り気で、応えのないものは無い。新しいもの弱いものに対しては、容赦なく酷薄である。

それでも直吉は、政治家廻りを止めない。まるで中毒患者のように。「天下国家」の風の音を、そうすることで耳にすることが出来るとでもいうように。

朝は七時ごろから政治家、そして実業家の邸を訪ねた。玄関払いを食わされることもあった。かつては、待たされようと、すっぽかされようと、黙って引き返した直吉だが、いまは声を荒げて怒った。

直吉の仕事は、大小に拘らず、債権者に会って、債務の処理について交渉することであった。債権者を訪ねて、旅にも出た。旅先の宿で話のはずみで按摩が鈴木商店のことに触れた。

「金子直吉という悪い奴が居たそうですな」

直吉は、黙って揉ませていた。

金沢の汚い宿、臭い風呂でも、

「汚いですなあ」

という従者に、

「これでいいよ、うんうん」

と答え、箱根のきれいな温泉宿で、

「こりゃいいですな」

と言えば、

「そうじゃのう」

と、ただそれだけで、心はあらぬ方をさまよっていた。

落武者の世を遁《のが》れたる炬燵かな
疵《きず》のある顔向き合す炬燵かな
整理中に新しい仕事に手を出しては誤解を受けると、直吉は自分で自分を戒めていた。

仕事師である直吉には、何より辛い日々であった。資金もなかった。

そうした一日、かつての部下の一人が訪ねて行くと、

「少し金が欲しいのう」

部下は、直吉の生活費のことかと思って、

「五千円ぐらいなら」

「十万両ほど欲しい」

「……………」

「実はいま考えてることがある。その方面に使いたいんじゃ」

直吉はそこで、夢見るような口調で石炭液化の必要性を説き出した。わずかの負債を

負けてもらうために何度も足を運んでいるような時である。部下が失笑すると、直吉は、顔色を変えて怒った。

「おまえは、実業家になる資格がないぞ」

何度も何度も怒鳴った。

直吉は相変らず「煙突男」であった。工業技術について、次々と夢を見る。勘もいい。いまはそれを実行する力が伴わないだけに惨めであった。

新興レイヨン（いまの三菱レイヨン）で、はじめてスフの研究にかかったが、ある部門の機械の動きが思わしくない。直吉はその広島工場まで見に行って、

「この部門の機械技術者なら、たしか帝人に一人いいのが居る。割愛さそう」

と言った。鈴木商店当時の気分であるが、帝人はいまは台銀の支配下にある。果して直吉の申し入れは、帝人重役会で一蹴された。

直吉は怒った。重役会に乗りこむと言う。実際に乗り込みかねない見幕であった。このため、鈴木出身の重役が奔走し、ようやくその技師を貸すことで話をつけた。

新興レイヨンのスフは成功した。直吉に礼を持って行くと、また激怒する。ようやく何尾かの鮎だけを受け取らせた。

直吉の長男文蔵は、札幌農大からドイツに留学、満洲煙草に居た。次男武蔵は東大を出て、哲学を専攻。ヘーゲルの『精神現象学』を訳して出版した。

「勉強して、わからぬものはない」との口癖の直吉は、その訳書を読むと言う。赤坂檜

町の借家住いのころである。夏の暑い日、樹蔭へ長椅子を持ち出して、読みはじめた。学術用語も多く、難解な書である。それでも三十分ばかり頑張っていた。そのあげく、

「硯を持って来い」と言い、

○屁化留《ヘーゲル》を諷す

蟬なくや樹下の親爺はつんぼなり

その翌年、武蔵は西田幾多郎の娘と結婚した。このとき、直吉と西田は、はじめて結婚式場で顔を合わせた。

「西田です」

「金子です」

ただそれだけの挨拶を交わしただけ。以後、二度と会うことはなかった。嫌っていたわけではない。それぞれの世界に生きた二人に、それ以上の言葉は虚妄《きよもう》であった。直吉は、妻とは、別に住むことが多かった。直吉は仕事の世界に、徳はひっそり俳句の世界に閉じこもった。

今日の日のきのふとなりて春は逝く

生きのびる心に生きぬ秋の風

相変らず東京・神戸間を頻繁に往復する直吉が、瀬田で列車事故に遭い、足に負傷して入院したことがあった。見舞客が行くと、徳が病室の外に立っていて、夫の症状もよく知らない。見舞客がそのことで直吉を責めると、

「おれは暑いのが好き、あれは寒いのが好き。それだけのことじゃ」

と笑った。

古い同僚であった柳田が逝き、また、西川の未亡人京子も死ぬ。直吉は弔文を綴って、

「本来老生は夢にも神仏を信ぜず、霊魂は死と共に消滅するものと確信して居るに不拘《かかわらず》、このお京さんの死のみは異様に打たれ、何か大罪でも犯してゐて夫《それ》が発覚する瞬間の様な感想に支配せられ、此頃は真に寝覚が悪く何かに襲はれてゐる様な思ひである。お京さんの死に依て如斯《かくのごとく》老生が心身の苛責《かしやく》に堪へざるものは、お京さんが泉下に往かれ、西川の左右に侍し、鈴木一門の有様や老生の不甲斐なき状態を語るであらう。さうなれば、之を西川が如何に感ずるかと、次から次へと回想し来り、霊魂の存在を認めざる老生が、不知不識の間に其存在を思ふ様に成つてゐるがためである……」

直吉が「お家再興」の本拠として立て籠ったのは、太陽曹達《ソーダ》という会社である。独占度が高く、経営は安定している。昭和十二年、その社名を「太陽産業」と変えたのも、それがただの曹達会社でなく、かつての鈴木合名の如き親会社にしようと夢見たためである。このとき、直吉はすでに数え七十二歳。

旧債の整理はほとんど終り、新しい事業に取りかかった。儲かる仕事をという焦りがあった。試掘時に金粉がまいてあるのにだまされ、秋田県の金山を買い、二十万ほど損をした。

これにこりて、石炭や硫黄なら、肉眼でもわかるし、燃やせばわかるというので、銀

行の担保に入っていた万座硫黄の鉱区を買い戻し、羽幌《はぼろ》炭鉱を買ったが、いずれも成績が良い。変った仕事もしたいと、かつて手をつけたまま中絶していたツンドラの資源化に取組み、保温板などの製造会社もはじめた。

東京丸ノ内の赤煉瓦ビル、エレベーターもない四階の一室だけを借りていたのが、そのビルの二階三階四階と、旧鈴木関係会社で使うようになった。

それでいて直吉は、以前同様、それらの会社の役職には、一切つかない。本拠の太陽産業でも、肩書は相談役であった。肩書や給与は要らぬ、実質的に仕事さえできればいいという考え方だ。若い者に任せた形だが、相変らず、無欲は大欲、内心では全権を握っている。重役会での合議などということも気にしない。

「これこれの事業には金を出さぬ」

と、太陽産業の重役会で決まったものを、その翌日、直吉が経理部へやって来て、「金を出せ」と言う。高畑あたりからの厳重な注意もあるので、断ると、「おまえ何を言うか」とたいへんな見幕である。「金が無い」と言えば、「資産表を出せ」と来る。そして、この物件の評価は安い、これを高くすれば、銀行からいくらいくら借りられる筈だと、机をたたく。遂には、高畑が出て来て、「決議したことを何です」と直吉に突っかかる。そうした騒ぎが、珍しくなかった。

高畑にしてみれば、これだから鈴木はだめになったという思いにとらえられたであろうし、直吉には「この若僧が何を」という気持が抜け切らなかったであろう。

後輩の言うことには、耳を傾けにくい、西川の言うことならともかく親子ほども歳のちがう高畑の言うことなど……。鈴木は自分が潰したのではなく、外から内から潰されたのだという鬱憤《うつぷん》もある。

おれのした仕事を見てみろ、おれの目論見に狂いがあったか。景気の立ち直りとともに、旧鈴木の各事業はほとんどよみがえり、発展している。それに、おれは老人の思いつきで言っているのではない。おまえら以上に勉強している、蓄積がある。若僧たちが幾つ頭を寄せようと、おれに及びもつくものか――。

いろいろな面から取材していて、わたしがおやと思ったのは、直吉が有馬温泉を愛して、晩年は毎日のように出かけたという一事である。

だが、調べてみると、その温泉行きたるや、尋常なものではない。

日曜をふくめて毎日三時か四時に神戸の事務所を出る。神戸に居る限り、一日として例外はない。はげしい雪で交通止めが予想されるときでも、「行けるところまで行ってみい」と言う。

車には書類を積み、宝塚越えで有馬へ。当時は狭い悪路続き。竹藪をかすめ、凹凸のはげしいところでは、天井に頭をぶつける。それでも、直吉は知らん顔である。

彼が有馬行きを思い立ったのは、鼻の持病にラジウム泉が効くと聞いたためである。直吉は、医者の言うことだけは素直に聞いた。それも、「お家再興」の大望のためだと思ったのであろう。

有馬の宿は、ラジウム泉の「銀水」。ただし、毎日、日帰りである。大風呂に浸り、鍋物や粥など量の少い夕食をとる。その後、十一時頃まで書類を見てから、腰を上げる。車の中では高いびきだが、神戸の家へ戻ると、また書類に向って暁方の三時頃まで。毎日がその繰り返しであった。

「早くおやじさん東京へ行かんかな。体が保《も》たん」

と、従者は悲鳴を上げた。

わたしは有馬へも行ってみた。

「銀水」は改築されて昔の面影は無いが、当時女学生だったという内儀が、直吉のことを覚えていた。「忘れられるものですか」といった感じであった。

近視で斜視、どこを見てるかわからぬ眼つきで、直吉は毎日ほとんどきまった時刻に玄関に入って来る。「頭寒足熱」用の頭の氷嚢《ひようのう》が落ちぬように、ちょっと顔を斜めにして、出迎えの女中に会釈する。笑ったような笑わぬような顔つきである。鼻薬入りの薬箱と、氷の入った魔法壜を持った助手が従う。

列車事故の後、さらに自動車事故でも怪我をし、びっこをひき、杖をついている。助手に手を取られて、そのまま一目散に階段を上る。宿の口の悪い若衆たちは、そうした直吉の姿を見て言った。

「あれで仕事出来るやろか」「電車に乗ったら、蹴殺されるで」

洋間を一部屋借り切ったという。どんないい部屋かと思えば、古く汚い納戸代りの部屋で、ベッドを片づけ、ソファを置いただけ。直吉は、ついぞ横になることもなかった。係りの女中がきまっていても、声を掛けることもない。黙々と書類を読み、帰るときに「有難う、有難う」と言うだけである。

若衆たちは笑う。

「あれで男やろか。眼の前に美人ぶら下げたろか」

直吉の女性関係は何も無い。直吉は言う。

「女子《おなご》のこと以外は知らんことはない」

鈴木商店の盛時に直吉が芸者に与えたという色紙を見たが、ひどいものである。

若徳

色あせた江戸紫の古布団

縮緬志《ちりめんじ》はの程のよき哉

千駒

口車まはせば廻るタービンの

古機械さえ売れる世の中

若龍

若龍はダイヤモンドにさも似たり

眼《まなこ》の光り頬の出張《でっぱ》り

晩年、直吉は時々、元町から生田《いくた》筋《すじ》にかけての骨董屋へ冷やかしに出かけた。金の無いせいもあったが、がらくたに等しい物を十ぐらい束にして買う。まとめたからと、値を半分ぐらいにたたいたが、骨董屋も心得ていて、直吉が来そうになると、値を吊り上げておく。一点を持ち帰り、十日ぐらい眺めてから買うことにしていた西川とは、対照的であった。

直吉は買った物はすぐに人にやったが、彼が特に好んだのは、大黒天であった。

これは骨董趣味ではないが、彼は金子備後守《びんごのかみ》なる人物を先祖と思い、一時その事蹟調べに熱を入れ、備後守のための贈位請願までする。歴史好きというだけでなく、そうした系譜に心の支えを求める気もあったのであろう。

彼の憂さ晴らしは、自動車であった。鈴木商店時代にはミネルバ、後にはベンツに乗った。東京では、ビュック。広い道をドライブするのが好きで、「どこでもいいところへ行け」と、車を走らせた。東京では、芝浦海岸沿いの工場地帯が好きであったが、神宮外苑の周りを走らせて、眠ってしまうこともある。八十キロから九十キロ出させた。

一度は、三宮駅で乗り遅れた上り特急列車を追って、大阪へ車を飛ばした。淀川の鉄橋で巡査が手をひろげて立ちふさがる中へクラクションを鳴らして突っこみ、遂に大阪駅で特急列車に間に合ったこともあった。爽快なようだが、風は鼻に悪いと、夏でも窓は締め切ったままである。

十九

昭和十九年はじめ、直吉は伊豆長岡へ旅行し、風邪をひいた。深夜、こっそり短波放送を聞きながら、うたた寝したためである。

直吉は、戦争の成り行きを懸念していた。かつての市場であったところから、中国への関心は強く、亡命中の孫文来日の時には松方と共に歓迎委員にまでなったが、昭和九年と十五年の二回にわたり、いわゆる支那浪人を使って、ひそかに中国との和平を打診しようとした。十五年の時には、竹橋の憲兵隊につかまり、直吉は一日取調べられ、秘書は五日間留置された。

政治への関心は消えないが、終始、表面には立たない。近衛内閣のとき、内閣参議に推されたが、固辞した。

「わたしは罪人です」

びっくりする近衛に、

「昭和二年のパニックを起した元兇なんです」

と淋しく笑って見せた――。

直吉が神戸で寝ついた家は、鈴木商店関係者たちが金を集めて、彼のために買い与えたもの。直吉の流浪に似た生活は、ようやく終止符を打った。

その家は、いまも残っている。主《あるじ》は、西川文蔵の名をもらった長男の金子文蔵氏。御《み》影《かげ》に在り、敷地百八十坪。くすんだ洋館である。

すぐ前が国道、その先を阪神電車が走っているが、耳の遠い直吉は苦にしなかった。

洋間に続いて一段高くなった畳敷きの間。直吉の好きな造りで、そこで彼は息を引き取った。

庭には、直吉が集めたがらくたが残っている。大黒天、中国の青瓦、仙人像……。

二月二十八日、大阪朝日の朝刊は、二面最下段に直吉の死を報じた。

金子直吉（太陽産業相談役　元神戸鈴木商店専務取締役）

兵庫県武庫郡御影町掛田一二〇三ノ一の自宅で療養中二十七日午前二時二十分死去

享年七十九

葬儀は二十九日午後二時から三時まで自宅において密葬、本葬は三月九日神戸市営葬儀場で神式により行ふ。氏は高知県出身、往年神戸鈴木商店の大黒柱として関西財界に活躍し、氏が守り立てた事業中、神戸製鋼所をはじめ多くの事業はいま重要な使命を遂行しつゝあり、最近は鈴木商店の後身太陽産業その他鈴木系各会社の発展に尽瘁してゐた。

その死亡記事の真上には、某陸軍大佐の病死が報じられている。写真も、直吉のよりは一廻り大きい。そして、すぐ左には、「軍用機献納資金」の献金者の氏名がびっしり詰め寄っていた。往時の朝日の面影は何処にも無い。

直吉の絶筆は、樺太《からふと》のツンドラに関するもの。フロンティアの夢はいまだに消えぬとはいうものの、その対象は余りにも貧しく遠い。

そのころ久は大阪朝日を退き、神戸製鋼所につとめていた。軍需景気の波に乗り、神戸製鋼は資本金一億八千万、全国二十近い工場では、七万人の従業員が働いていた。

土佐人久は、また、坂本龍馬の顕彰運動を起し、直吉にも手紙を出した。

「このごろ小賢《こざか》しいことをやるのが多いが、昔の土佐の先輩を顕彰しようとするのは、感服に耐へない。ぜひ、きみに会うて、ゆつくり相談したいことがあるから、近い中に来てくれないか」

その返事を貰いながら、訪ねて行かぬ中に、直吉は逝った。相談事とは、旧鈴木系の一社の社長の椅子を、久に与えることであったという。

数多い鈴木の元社員の中で、直吉の生涯の最後を見たのは、他ならぬ高畑であった。同じ御影に住み、家が一番近くに在った。

酸素吸入を受けながら、眠り続ける直吉。

「感慨無量のことがあったろうなア。会社の多くは他人の手に渡り、何しようとしても言うことをきかず。悶々の情やるせないのが見えとった」

いま、高畑氏は直吉の最期と同じ歳に立つ。わたしが最初会ったときには、奇病のため歩行も不自由とのことで、自宅で座椅子に凭《もた》れたまま。痛々しかった。

それでも、わたしの取材に応じながら、手は英字新聞をせっせと切り抜いていた。努力家である。意志の力で病も克服したのであろう、一年後には、東京で会えるまでになった。

細い金縁眼鏡、白い小さな顔、小さな眼。レールのような痩軀《そうく》。枯れ上った英国風の紳士。乗っている時間は一刻でも短くと、大阪・東京の往来はいつも飛行機である。

いまは日商の相談役だが、名目だけの相談役ではない。日に五枚も六枚も、メモを会社に送る。「こういう商品はどうだろう」と、電話する。鈴木岩治郎の娘である夫人と、三人の女中。子供は無い。美食家という。

ゴルフ歴五十年。ハンディ3まで行った。『ゴルフルール百科』と題する五百頁の大著がある。博識であり、綿密な考証に終始している。“Quo vadis Japan ?”という英文の著書もある。

テレビもラジオも無用。見るのは相撲だが、それも大関以上の取組みだけ。やはり、どこかに直吉の影を宿している。

土佐派の久氏は、いまもビルの一室にひとり住んでいる。合気道九段――それが彼の心の支えであり、生活の支えでもある。一日に一食。「時間が余り過ぎて困る」と、ふっと、つぶやく。

だが、毎日、時間割を定め、ドイツ語とフランス語の独習をする。テレビに向って、ノートを取る。頭がぼけないためとのこと。老醜はどこにもない。

机の抽出しの中には、あのときの金子留任嘆願書が巻物にして蔵ってある。それが家宝だという。

わたしは、はじめ、久老人という表現を使った。最初の印象が「老人」であった。だが、会う度に久氏から「老人」は薄れて行った。この印象の移り変りは、久氏一人についてではない。その後会った鈴木関係者のほとんどが老齢であり、高畑氏などは久氏より十歳近く年長であるが、わたしは「老人」という呼称を使う気をなくした。

直吉の墓は、二箇所にある。

一つは、神戸市追谷。三方を松林に囲まれ、南が海に開いた景勝の地である。市街からすぐ山続きながら、梢を渡る風の音だけが聞える。市街地の屋根は僅かしか見えず、広い港と大小の船が、玩具《おもちゃ》のように見える。

直吉だけの墓ではない。鈴木商店の一族郎党の墓地である。中央に一段と大きく鈴木家の墓があり、その周囲を金子家・柳田家・西川家等が、ゆったり取り巻いている。「お家」を護っている。打ち揃って、ゆるぎなく、安らかな感じである。

直吉のいま一つの墓は、高知の筆山《ひつざん》の頂にある。目立つ墓ではない。山の麓には、神戸製鋼高知工場がうすく煙を上げている。眼下には帯のように浦戸湾がのび、その果ては遠く太平洋にとけ入っている。

雲煙万里を渡った風が吹く。天下国家をうたう風が吹く。そこには、松林は無い。墓はひとりで海に向っていた。

解説

経済と人との物語

澤地久枝
（作家）

城山さんが逝かれてから、早くも四年半の月日が過ぎた。城山さんは本名、杉浦英一（一九二七・八・一八〜二〇〇七・三・二二、行年七九）、愛知県名古屋市に生まれ、太平洋戦争末期に海軍へ志願し、少年兵として敗戦を迎えている。一橋大学卒業後、愛知学芸大学（現在、愛知教育大学）で経済学の講座をもっていたが、文学への執着捨てがたく、『輸出』で文學界新人賞を受賞、文学者として歩みはじめている。

ほぼ同世代の人間として、戦争中の愚かにもはげしい燃焼、敗戦による挫折、そのあとの戦後民主主義との葛藤など、わたしは説明ぬきで思いを通じあうことができた。実際のおつきあい以上に、城山さんはごく身近かな存在であり、敬慕《けいぼ》する人だった。

最愛の妻容子さんのガンによる思わぬ逝去のあと、打撃のどん底から必死に立ち直った城山さんをわたしは知っている。時代と社会によって課せられた役割から城山さんは逃げなかった。妻亡きあとの七年間を生きぬいて、静かに去ってゆかれた。

志は高く勁《つよ》く、しかし声はいつも平静な人であった。魅力的な笑顔の人でもあった。平成二十二（二〇一〇）年四月から六月にかけて、県立神奈川近代文学館で「城山三郎展――昭和の旅人――」がひらかれ、わたしは編集の仕事を手伝っている。会は充実したものとなり、盛会であった。思えば城山さんは神奈川県茅ヶ崎市に半世紀近くも居を定めておられた。海を愛した城山さんには、港の見える丘の文学館での回顧展は、よく似合っていたと思う。

その機会に、わたしは氏の全作品を読んだ。A級戦犯として死罪になった広田弘毅を描いた『落日燃ゆ』（新潮文庫）、敗戦前の三か月間、十七歳で経験した海軍のどん底生活から生まれた『大義の末』『一歩の距離――小説予科練』（ともに角川文庫）などは、再読、再々読になったが、白紙であるように心をきめて、素直に日夜読みつづけた。

まず驚いたこと。きわめて数多い氏の作品が、文庫版でほとんど入手可能であり、つぎつぎに版をかさねていたこと。当今の出版事情ではめったにないことで、読者のひろがりとその支持のつよさを知らされた。

その上で、城山文学の一冊を選ぶことになったら、わたしはためらわずにこの『鼠――鈴木商店焼打ち事件』をあげたい。

昭和の歴史をたどる人は、まず昭和二（一九二七）年の片岡蔵相失言を発端とする金融恐慌にぶつかる。昭和元年は一週間しかないから、この年が昭和の実質的第一年である。第一次世界大戦中の好況のあと、日本経済は停滞し、そこへ大正十二年九月の関東大震災が起きる。不景気がやってきた。

不景気を乗りきる経済政策が打ちたてられる前に、金融面の弱いところから破綻《はたん》がはじまり、全面的な金融恐慌となる。そこに台湾銀行の破綻、新興財閥鈴木商店倒産が、織りこまれたように語られて、昭和の歴史は立ちどまることなく、一九二九年の世界的恐慌に直面する。これが昭和の幕明けなのだ。

それ以前の「歴史」として、大正七（一九一八）年八月、米買占め、米価つりあげの奸商として、鈴木商店が焼打ちにあったことは、通説として定着している。ロシヤ革命の一年後である。

では、鈴木商店とはいかなる企業だったのか。具体的にどんな「悪」をやったのか。城山さんは権威ある歴史（とくに井上清・渡部徹編『米騒動の研究』全四巻。文部省科学研究助成費を得ている）の断定的記述に立ちどまる。鈴木商店関係者から「お家さん」（当主鈴木ヨネ）も、大番頭金子直吉も社員に慕われた立派な人、道徳教育の見本のような人だったという話も耳にし、異和感を抱く。

その異和感をごまかせなくて、歴史家が引用（資料からの再引用）している証言者たちに直接会い、米騒動目撃の話を聞こうと考える。事件から半世紀近くのち、資料に書かれている住所氏名を頼りに歩き出した。

事件当時二十歳としても、五十年へている高齢の人たちを探し出し、遠い日の記憶を丁寧に聞き出そうというのだ。ようやく探し歩いて会った「証人」たちの談話は、当時の「風評」の影響がつよく、歴史資料として扱われることについての説明を受けず、したがって証言をのこす自覚はなかったこと、取材者により恣意《しい》的にまとめられた「証言」であることが明らかになってゆく。

「鈴木が米の買占めをした。だから焼打ちされた」という事実の単純な証明が欲しいと城山さんは書いている。戦争の末期、志願したとはいえ、己れを少年兵に仕立てた世相、天地が逆転した戦後世界に投げ戻されて、城山少年は「イソップの蛙のように、ふくれ上る異和感で腹がはじけそうであった」。己れの「異和感」をごまかさず、徹底すること。それが城山さんの武器であり、エネルギーの源泉となった。

米騒動は、米価の暴騰に耐えかねた富山県下の女たちが口火を切り、全国にひろがった。米が生活に占める圧倒的な重さは、現在では比較するものがない。生死にかかわる焦眉のことであった。

神戸の鈴木商店焼打ちの背景には「大阪朝日新聞」(当時は東京と大阪で別立て)記事によるセンセーショナルな鈴木商店攻撃があった。城山さんは一連の記事に政治的な意図と、背後に競争資本三井が介在することを感じる。しかし関係者へのあくことない面談をくりかえしても、一つの「事実」に到達はできない。証言者一人ひとりに、その人の米騒動があった。それが「経験すること」であった。

当時の「朝日」の論客、つまり当事者の一人というべき長谷川如是閑《にょぜかん》が、九十歳の高齢で現存していた。訪ねた城山さんは求めた答を得られない。だが言論人の「仕事のあり方」を教えられる。この面談の文章は、幾度読み返しても静かな感動をよびおこされる。

小学校に通う日のなかった金子直吉の大番頭になる道筋。天性の商人感覚で巨利をあげながら、その経験主義から時代にとりのこされ、「敗者」になってゆく過程と、彼をとりまく人びとによって、大正という変り目の時代がくっきりと描き出されている。

直吉が選んだ俳号の「白鼠」にちなみ、風采《ふうさい》のあがらぬ前垂れ小僧時代からの鼠のような働きぶりだった人生の集約としても、タイトルの「鼠」は貧弱すぎはしまいか。しかし城山さんはみずから信ずるままに、調べつくした真実を書くことがすべてであり、タイトルによってその成否が左右されるなどとは考えなかったと思われる。野心はなく、「無欲」な人でもあったのだ。

しかし、作品の重厚さと展開はタイトルを凌駕している。時代におきざりにされる人間の悲哀と見果てぬ夢。忘れられた直吉の妻がみつけた生き甲斐など、現在の社会を生きる人びとが直面している日常とつながるものがある。それが世代、性別をこえて読者の支持を得ているこの作品の生命ではないだろうか。

本書は、一九七五年三月に出版されました文春文庫『鼠　―鈴木商店焼打ち事件―』の新装版です。解説は新装版書き下ろしです。

連載　『文學界』　一九六四年一〇月号～一九六六年三月号
単行本　『鼠』　一九六六年四月　文藝春秋刊

本文内のカッコ内注記等は、作者の執筆当時のものであり、貨幣価値等、現在とは異なる場合があります。

本作品には今日では差別的ととられかねない表現がありますが、もとより作者に差別を助長する意図はなく、また作者が故人であることから、そのまま収録されております。読者におかれましては本作品を注意深い態度でお読みくださるよう、お願い申し上げます。

文春文庫編集部

DTP制作　ジェイ エスキューブ

文春文庫

鼠《ねずみ》　鈴《すず》木《き》商《しょう》店《てん》焼《やき》打《う》ち事件《じけん》

定価はカバーに表示してあります

2011年12月10日　新装版第1刷
2025年3月25日　第5刷

著　者　城《しろ》山《やま》三《さぶ》郎《ろう》
発行者　大沼貴之
発行所　株式会社 文藝春秋

東京都千代田区紀尾井町 3-23　〒102-8008
TEL 03・3265・1211㈹
文藝春秋ホームページ　https://www.bunshun.co.jp

落丁、乱丁本は、お手数ですが小社製作部宛お送り下さい。送料小社負担でお取替致します。

印刷製本・TOPPANクロレ

Printed in Japan
ISBN978-4-16-713932-2

（　）内は解説者。品切の節はご容赦下さい。

安野光雅
絵のある自伝
昭和を生きた著者が出会い、別れていった人々との思い出をユーモア溢れる文章と柔らかな水彩画で綴る初の自伝。心温まる追憶は時代の空気を浮かび上がらせ、読む者の胸に迫る。
あ-9-7

井上ひさし
四十一番の少年
辛い境遇から這い上がろうと焦る少年が恐ろしい事件を招く表題作ほか、養護施設で暮らす子供の切ない夢と残酷な現実が胸に迫る珠玉の三篇。自伝的名作。　（百目鬼恭三郎・長部日出雄）
い-3-30

磯田道史
無私の日本人
貧しい宿場町の商人・穀田屋十三郎、日本一の儒者でありながら栄達を望まない中根東里、絶世の美女で歌人の大田垣蓮月――無名でも清らかに生きた三人の日本人を描く。　（藤原正彦）
い-87-3

海老沢泰久
美味礼讃
彼以前は西洋料理だった。彼がほんもののフランス料理をもたらした。その男、辻静雄の半生を描く伝記小説――世界的な料理研究家辻静雄は平成五年惜しまれて逝った。　（向井　敏）
え-4-4

小川三夫・塩野米松　聞き書き
棟梁
技を伝え、人を育てる
法隆寺最後の宮大工の後を継ぎ、共同生活と徒弟制度で多くの弟子を育て上げてきた鵤《いかるが》工舎の小川三夫棟梁。後世に語り伝える技と心。数々の金言と共に、全てを語り尽くした一冊。
お-55-1

小田貴月《たか》
高倉健、その愛。
孤高の映画俳優・高倉健が最後に愛した女性であり、養女でもある著者が、二人で過ごした最後の17年の日々を綴った手記。出逢いから撮影秘話まで……初めて明かされる素顔とは。
お-79-1

かこさとし
未来のだるまちゃんへ
『だるまちゃんとてんぐちゃん』などの絵本を世に送り出してきた著者。戦後のセツルメント活動で子供達と出会った事が、絵本創作の原点だった。全ての親子への応援歌！　（中川李枝子）
か-72-1

（　）内は解説者。品切の節はご容赦下さい。

かこさとし
だるまちゃんの思い出 遊びの四季
ふるさとの伝承遊戯考
花占いに陣とり、ゴムひもとびにかげふみ……かこさんが生涯にわたり描き続けた〈子供の遊びと伝承〉。貴重なカラーカット絵が満載の、日本エッセイスト・クラブ賞受賞作。（辻 惟雄）
か-72-2

清原和博
清原和博 告白
栄光と転落。薬物依存、鬱病との闘いの日々。怪物の名をほしいままにした甲子園の英雄はなぜ覚醒剤という悪魔の手に堕ちたのか。執行猶予中1年間に亘り全てを明かした魂の「告白」。
き-48-1

清原和博
薬物依存症の日々
5年ぶりに会った長男は「大丈夫だよ」と笑ってくれた。覚醒剤取締法違反による衝撃の逮捕。苦痛の中でもがき続けてきた清原の自殺願望、うつ病との戦い、家族との再会。（松本俊彦）
き-48-2

久世番子
よちよち文藝部
芥川に夏目にシェイクスピアにドストエフスキー……国内から世界まで、文豪と名作の魅力を取材と綿密な妄想で語り倒す「よちよち文藝部」。読んでなくても知ったかぶれる大爆笑の一冊。
く-42-1

佐野眞一
旅する巨人
宮本常一と渋沢敬三
柳田国男以降、最大の業績を上げたといわれる民俗学者・宮本常一の生涯を、パトロンとして支えた財界人・渋沢敬三との対比を通して描いた傑作評伝。第二十八回大宅賞受賞作。（稲泉 連）
さ-11-8

城山三郎
「粗にして野だが卑ではない」
石田禮助の生涯
三井物産に三十五年間在職、華々しい業績をあげた後、七十八歳で財界人から初めて国鉄総裁になった〝ヤング・ソルジャー〟の堂々たる人生を描く大ベストセラー長篇。（佐高 信）
し-2-17

曽野綾子
百歳までにしたいこと
2021年に90歳を迎え、作家生活70年を超える著者。老年を生きるための心構えを説き、真の人間力とは何かを指し示す。「人生百年時代」の道しるべになってくれるエッセイ集。
そ-1-27

（　）内は解説者。品切の節はご容赦下さい。

俵 万智
牧水の恋
旅と酒の歌人・若山牧水は恋の歌人でもあった。若き日を捧げた女性との出会い、疑惑、別れに、自ら恋の歌を多く詠む著者が迫る。堺雅人氏も絶賛のスリリングな評伝。（伊藤一彦）
た-31-10

中村 徹・松本博文
天才 藤井聡太
史上最年少でプロ棋士となった藤井聡太の活躍は、想像のはるか上を行く。師匠・杉本昌隆、迎え撃つ王者・羽生善治、渡辺明、精鋭揃いのライバルたちの証言が明らかにする天才の素顔。
な-79-1

新田次郎・藤原正彦
孤愁〈サウダーデ〉
新田次郎の絶筆を息子・藤原正彦が書き継いだポルトガルの外交官モラエスの評伝。新田の精緻な自然描写に、藤原が描く男女の機微。モラエスが見た明治の日本人の誇りと美とは。（縄田一男）
に-1-44

延江 浩
小林麻美 I will
芸能界を突然引退し子育てに専念した伝説のミューズ。引退の決断から女性誌の表紙を飾った25年ぶりの復活まで、その半生をラジオ名プロデューサーが秘話で綴る評伝。（酒井順子）
の-24-1

星野 源
よみがえる変態
やりたかったことが仕事になる中、突然の病に襲われた。まだ死ねない。これから飛び上がるほど嬉しいことが起こるはずなんだ。死の淵から蘇った3年間をエロも哲学も垣根なしに綴る。
ほ-17-3

松尾 諭
拾われた男
自宅前で航空券を拾ったら、なぜかモデル事務所に拾われた。フラれてばかりの男が辿り着いた先は。自称「本格派俳優」松尾諭、笑いと涙のシンデレラ(!?)ストーリー。（高橋一生）
ま-43-1

（　）内は解説者。品切の節はご容赦下さい。

みうらじゅん　編
清張地獄八景
松本清張を敬愛するみうらじゅんの原稿を中心に、作家や映像化に携わった役者、夫人や元同僚による清張に関する記事、清張自身が書いた手紙や漫画などたっぷり収録。入門書に最適。
み-23-9

文藝春秋　編
向田邦子を読む
作家としての軌跡、思い出交遊録、家族が見た素顔――今なお色褪せない向田邦子とその作品の魅力を、原田マハ・小川糸・益田ミリ・小林亜星らが語り尽くす。永久保存版の一冊！
む-1-28

向田和子
向田邦子の遺言
どこで命を終るのも運です――死の予感と家族への愛。茶封筒の中から偶然発見した原稿用紙の走り書きは、姉邦子の遺言だった。没後二十年、その詳細を、実妹が初めて明らかにする。
む-9-3

村上世彰
生涯投資家
二〇〇六年、ライブドア事件に絡んでインサイダー取引容疑で逮捕された風雲児が、ニッポン放送株取得の裏側や、投資家としての理念と思いを書き上げた半生記。（池上　彰）
む-17-1

森本俊司
ディック・ブルーナ
ミッフィーと歩いた60年
小さなうさぎの女の子ミッフィーの絵本は、多くの国で翻訳され、世界中の子どもたちに愛されてきた。作者ブルーナに取材をしてきた著者がその生涯をたどった本格評伝。（酒井駒子）
も-31-1

若松英輔
小林秀雄　美しい花
稀代の批評家・小林秀雄。ランボーやヴァレリーの翻訳、川端康成ら同時代作家との交流の中で己のスタイル＝詩法を確立していく様を描き出す、真摯な文学者の精神的評伝。（山根道公）
わ-24-2

（　）内は解説者。品切の節はご容赦下さい。

阿佐田哲也
麻雀放浪記1　青春篇
戦後まもなく、上野のドヤ街を舞台に、坊や哲、ドサ健、上州虎、出目徳ら博打打ちが、人生を博打に賭けてイカサマの限りを尽くして闘う「阿佐田哲也麻雀小説」の最高傑作。（先崎　学）
あ-7-3

安部龍太郎
姫神
争いが続く朝鮮半島と倭国の平和を願う聖徳太子の遣隋使計画。海の民・宗像の一族に密命が下る。国内外の妨害工作に悩まされながら、若き巫女が起こした奇跡とは——。（島内景二）
あ-32-6

浅田次郎
月のしずく
きつい労働と酒にあけくれる男の日常に舞い込んだ美しい女。出会うはずのない二人が出会う時、癒しのドラマが始まる——表題作ほか「銀色の雨」「ピエタ」など全七篇収録。（三浦哲郎）
あ-39-1

浅田次郎
姫椿
飼い猫に死なれたOL、死に場所を探す社長、若い頃別れた恋人への思いを秘めた男、妻に先立たれ競馬場に通う助教授……。凍てついた心にぬくもりが舞い降りる全八篇。（金子成人）
あ-39-4

浅田次郎
獅子吼《ししく》
戦争・高度成長・大学紛争——いつの時代、どう生きても、過酷な運命は降りかかる。激しい感情を抑え進む、名も無き人々の姿を描きだした、華も涙もある王道の短編集。（吉川晃司）
あ-39-19

浅田次郎
大名倒産（上下）
天下泰平260年で積み上げた藩の借金25万両。先代は「倒産」で逃げ切りを狙うが、クソ真面目な若殿は——奇跡の「経営再建」は成るか？　笑いと涙の豪華エンタメ！（対談・磯田道史）
あ-39-20

あさのあつこ
透き通った風が吹いて
野球部を引退した高三の渓哉は将来が思い描けず焦燥感にさいなまれている。ある日道に迷う里香という女性と出会うが……書き下ろし短篇「もう一つの風」を収録した直球青春小説。
あ-43-20

（　）内は解説者。品切の節はご容赦下さい。

有栖川有栖
火村英生に捧げる犯罪
臨床犯罪学者・火村英生のもとに送られてきた犯罪予告めいたファックス。術策の小さな綻びから犯罪が露呈する表題作他、哀切でエレガントな珠玉の作品が並ぶ人気シリーズ。（柄刀　一）
あ-59-1

有栖川有栖
菩提樹荘の殺人
少年犯罪、お笑い芸人の野望、学生時代の火村英生の名推理、アンチエイジングのカリスマの怪事件とアリスの悲恋。「若さ」をモチーフにした人気シリーズ作品集。（円堂都司昭）
あ-59-2

有川　浩
三匹のおっさん
還暦くらいでジジイの箱に蹴りこまれてたまるか！　武闘派2名と頭脳派1名のかつての悪ガキが自警団を結成、ご近所に潜む悪を斬る！　痛快活劇シリーズ始動！（児玉　清・中江有里）
あ-60-1

青山文平
遠縁の女
追い立てられるように国元を出、五年の武者修行から国に戻った男が直面した驚愕の現実と、幼馴染の女の仕掛けてきた罠。直木賞受賞作に続く、男女が織り成す鮮やかな武家の世界。
あ-64-4

青山文平
跳ぶ男
弱小藩お抱えの十五歳の能役者が、藩主の身代わりとして江戸城に送り込まれる。命がけで舞う少年の壮絶な決意とは。謎と美が満ちる唯一無二の武家小説。（川出正樹）
あ-64-5

阿部智里
烏《からす》に単《ひとえ》は似合わない
八咫烏の一族が支配する世界「山内」。世継ぎの后選びを巡る有力貴族の姫君たちの争いに絡み様々な事件が……。史上最年少松本清張賞受賞作となった和製ファンタジー。（東　えりか）
あ-65-1

阿部智里
烏《からす》は主《あるじ》を選ばない
優秀な兄宮を退け日嗣の御子の座に就いた若宮に仕えることになった雪哉。だが周囲は敵だらけ、若宮の命を狙う輩も次々に現れる。彼らは朝廷権力闘争に勝てるのか？（大矢博子）
あ-65-2

（　）内は解説者。品切の節はご容赦下さい。

朝井リョウ
武道館
【正しい選択】なんて、この世にない。「武道館ライブ」という合言葉のもとに活動する少女たちが最終的に〝自分の頭で〟選んだ道とは——。大きな夢に向かう姿を描く。（つんく♂）
あ-68-2

朝井リョウ
ままならないから私とあなた
平凡だが心優しい雪子の友人、薫は天才少女と呼ばれる。成長に従い、二人の価値観は次第に離れていき、決定的な対立が訪れるが……。一章分加筆の表題作ほか一篇収録。（小出祐介）
あ-68-3

安東能明
夜の署長
新米刑事の野上は、日本一のマンモス警察署・新宿署に配属される。そこには〝夜の署長〟の異名を持つベテラン刑事・下妻がいた。警察小説のニューヒーロー登場。（村上貴史）
あ-74-1

安東能明
夜の署長2　密売者
夜間犯罪発生率日本一の新宿署で〝夜の署長〟の異名を取り、高い捜査能力を持つベテラン刑事・下妻。新人の沙月は新宿で起きる四つの事件で指揮下に入り、やがて彼の凄みを知る。
あ-74-2

安東能明
夜の署長3　潜熱
ホスト狩り、万引き犯、放火魔、大学病院理事長射殺。夜間犯罪発生率日本一・新宿署の「裏署長」が挑む難事件。やがて20年前の因縁の事件の蓋が開き……人気シリーズ第3弾！
あ-74-3

浅葉なつ
どうかこの声が、あなたに届きますように
地下アイドル時代、心身に傷を負った20歳の奈々子がラジオアシスタントに。「伝説の十秒回」と呼ばれる神回を経て成長する彼女と、切実な日々を生きるリスナーの交流を描く感動作。
あ-77-1

浅葉なつ
神と王　亡国の書
弓可留国が滅亡した日、王太子から宝珠「弓の心臓」を託された慈空。片刃の剣を持つ風天、謎の生物を飼う日樹らと交わり、命がけで敵国へ——新たな神話ファンタジーの誕生！
あ-77-2

（　）内は解説者。品切の節はご容赦下さい。

浅葉なつ
神と王　謀りの玉座
琉劔の若き叔母であり、虫を偏愛する斯城国副宰相・飛揚。ある小国の招待を受けたが、現王に関する不吉な噂を耳にする――「世界のはじまり」と謎を追う新・神話ファンタジー第二巻。

あ-77-3

天祢　涼
希望が死んだ夜に
14歳の少女が同級生殺害容疑で緊急逮捕された。少女は犯行を認めたが動機を全く語らない。彼女は何を隠しているのか？ 捜査を進めると意外な真実が明らかになり……。（細谷正充）
あ-78-1

天祢　涼
葬式組曲
喧嘩別れした父の遺言、火葬を嫌がる遺族、息子の遺体が霊安室で消失……社員4名の北条葬儀社に、故人が遺した様々な〝謎〟が待ち受ける。葬式を題材にしたミステリー連作短編集。

あ-78-2

秋吉理香子
サイレンス
深雪は婚約者の俊亜貴と故郷の島を訪れるが、彼には秘密があった。結婚をして普通の幸せを手に入れたい深雪の運命が狂い始める。一気読み必至のサスペンス小説。（澤村伊智）
あ-80-1

朝井まかて
銀の猫
嫁ぎ先を離縁され「介抱人」として稼ぐお咲。年寄りたちに人生を教わる一方で、妾奉公を繰り返し身勝手に生きてきた、自分の母親を許せない。江戸の介護を描く傑作長編。（秋山香乃）
あ-81-1

彩瀬まる
くちなし
別れた男の片腕と暮らす女。運命で結ばれた恋人同士に見える花。幻想的な世界がリアルに浮かび上がる繊細で鮮烈な短篇集。直木賞候補作・第五回高校生直木賞受賞作。（千早　茜）
あ-82-1

芦沢　央
カインは言わなかった
公演直前に失踪したダンサーと美しい画家の弟。代役として主役「カイン」に選ばれたルームメイト。芸術の神に魅入られた男と、なぶられ続けた魂。心が震える衝撃の結末。（角田光代）
あ-90-1

（　）内は解説者。品切の節はご容赦下さい。

麻見和史
凍結事案捜査班《コールドケース》　時の呪縛
行方不明だった重要参考人の目撃情報から捜査が再開された、青梅小学4年生遺体遺棄事件。妻に先立たれた刑事・藤木は悲しみを抱えながらも「捜査班」のメンバーと事件の真相に迫る。
あ-93-1

雨咲はな
暁からすの嫁さがし
閉塞感を抱える令嬢・深山奈緒は、失踪した友人を探す中で、不思議な一族の血を引いた青年・当真と出会う。ひょんなことから奈緒は当真の嫁候補に選ばれ、共に妖魔がらみの事件を追うことに。
あ-95-1

顎木あくみ
人魚のあわ恋
新任の美しい国語教師で話題の夜鶴女学院に通う16歳の天水朝名。家族からはある理由で虐げられていた。そんな朝名に思いがけない縁談が。帝都を舞台に始まる和風恋愛ファンタジー！
あ-96-1

秋木　真
助手が予知できると、探偵が忙しい
暇な探偵の貝瀬歩をたずねてきた女子高生の桐野柚葉。彼女は「私は2日後に殺される」と自分には予知能力があることを明かすが……。ちょっと異色で一癖ある探偵×バディ小説の誕生！
あ-97-1

石田衣良
池袋ウエストゲートパーク
刺す少年、消える少女、潰し合うギャング団……命がけのストリートを軽やかに疾走する若者たちの現在を、クールに鮮烈に描いた人気シリーズ第一弾。表題作など全四篇収録。（池上冬樹）
い-47-1

池井戸　潤
オレたちバブル入行組
支店長命令で融資を実行した会社が倒産。社長は雲隠れ。上司は責任回避。四面楚歌のオレには債権回収あるのみ……。半沢直樹が活躍する痛快エンタテインメント第1弾！（村上貴史）
い-64-2

池井戸　潤
かばん屋の相続
「妻の元カレ」「手形の行方」「芥のごとく」他。銀行に勤める男たちが、長いサラリーマン人生の中で出会う、さまざまな困難と悲哀。六つの短篇で綴る、文春文庫オリジナル作品。（村上貴史）
い-64-5

（　）内は解説者。品切の節はご容赦下さい。

池井戸　潤
民王
夢かうつつか、新手のテロか？　総理とその息子に非常事態が発生！　漢字の読めない政治家、酔っぱらい大臣、バカ学生らが入り乱れる痛快政治エンタメ決定版。（村上貴史）
い-64-6

乾《いぬい》　くるみ
イニシエーション・ラブ
甘美で、ときにほろ苦い青春のひとときを瑞々しい筆致で描いた青春小説——と思いきや、最後の二行で全く違った物語に！「必ず二回読みたくなる」と絶賛の傑作ミステリ。（大矢博子）
い-66-1

乾　くるみ
リピート
今の記憶を持ったまま昔の自分に戻る「リピート」。人生のやり直しに臨んだ十人の男女が次々に不審な死を遂げて……。『イニシエーション・ラブ』の著者が放つ傑作ミステリ。（大森　望）
い-66-2

伊坂幸太郎
死神の精度
俺が仕事をするといつも降るんだ——七日間の調査の後その人間の生死を決める死神たちは音楽を愛し大抵は死を選ぶ。クールでちょっとズレてる死神が見た六つの人生。（沼野充義）
い-70-1

伊坂幸太郎
死神の浮力
娘を殺された山野辺夫妻は、無罪判決を受けた犯人への復讐を計画していた。そこへ人間の死の可否を判定する〝死神〟の千葉がやってきて、彼らと共に犯人を追うが——。（円堂都司昭）
い-70-2

阿部和重・伊坂幸太郎
キャプテンサンダーボルト（上下）
大陰謀に巻き込まれた小学校以来の友人コンビ。不死身のテロリストと警察から逃げきり、世界を救え！　人気作家二人がタッグを組んで生まれた徹夜必至のエンタメ大作。（佐々木　敦）
い-70-51

石持浅海
殺し屋、やってます。
《650万円でその殺しを承ります》——コンサルティング会社を経営する富澤允。しかし彼には、殺し屋という裏の顔があった…。殺し屋が日常の謎を推理する異色の短編集。（細谷正充）
い-89-2